社会と精神のゆらぎから

野田正彰

講談社

社会と精神のゆらぎから

野田正彰

講談社

目次

第1章 高知が若かったころ……9

第3章

精神科医療に打ちこんで

第4章

本書は高知新聞に連載された「高知が若かったころ」（２００６年5月〜２００７年5月）、
連載中の「過ぎし日の映え」（２０１６年5月〜２０１９年12月）を書籍化したものです。
なお、本書の中には、現在は差別的と思われる言葉が使用されている場合がありますが、
その時代性と、著者に差別の意図がないことから、そのまま掲載しております。

装幀／五十嵐直樹（ダイアートプランニング）
本文デザイン／松林環美（ダイアートプランニング）
写真提供／高知新聞社、野田正彰

第1章

高知が若かったころ

敗戦から3年目の高知市街地。戦災復興と南海地震による震災からの再建が進む。

06.5

終わりと始まり

大都市の変化が激しくなるにつれ、故郷をもつ人間は幸せだな、とよく思うようになった。同じ街に住んでいながら、5年前、10年前とすっかり変わってしまうのではやりきれない。思い出が重なりあい歳月の厚さをまとった故郷のイメージは、眼前の建物、街並みが少し変わっていても、揺れ動きながらほどよい姿に静止する。

1962年、地方の多くの若者がそうであったように、高等学校を終えた私は故郷を離れた。あの山脈を越えて行かない限り、おとなの人生はないかのように思えた。それではどんな人生を想像していたのだろうか。日本列島の外、地球に向かって生きること。それくらいのぼんやりしたものでしかなかった。

それから四十数年がたった。日本社会が硬直化し、アメリカ追随の幼稚なスローガンが連呼され、奇妙な国家主義の動きが強まるにつれ、私が若かったころの高知はもっと人びとが理想を抱いて生きていたように回想される。単なる甘い故郷のイメージの投影かもしれないが、戦後の混乱のなかで、人びとは何かをしなければならない、何かが出来ると思っていた。私が若かったとき、高知も若かったように思えてくる。

私は幼少時は高岡町（土佐市高岡）で育ち、学校に入学するころ、高知市中島町（今の本町三丁目）へ移ってきた。南に鏡川が流れ、筆山があり、一筋北に大橋通りの商店街のある申し分のない環境だった。西隣は古い大きな武家屋敷、東側は道をへだてて高野寺、元板垣退助邸だった。父の病院の裏、つまり私たちの家の庭の一角には、焼《しょう》夷《い》弾の外層と瓦礫《がれき》が積み上げてあった。私はミカン箱の底に小さな鋳物の車輪を取り付け、それに焼夷弾の殻（同市升形の第六小学校南側にある「平和資料館・草の家」の前庭に今もその一片が保存されている）を乗せ、近所の子どもと一緒に古鉄屋へ引きずっていった。真言宗高野山の寺の少し西に古鉄屋があり、廃品の鉄屑《くず》を買い取ってくれた。川底をあさって金属片を拾う川太郎《がたろう》（淘屋《よなげや》）がいた時代のこと、焼夷弾の骸も喜んで買ってくれた。こうして私たちは5円か10円をにぎりしめ、それで御焼きを買って食べた。不発弾の心配をする大人もいなかった。

そんな戦争の破片の残る街を通って、私は第六小学校へ通学するようになった、米軍の爆撃によって高知市もほとんどの家屋を焼き尽くされていたが、第六小は被爆していなかった。１９３４（昭和9）年に改築された鉄筋3階建ての校舎だけでなく、１９１１（明治44）年の開校時に建てられた、南舎と呼ばれていた木造平屋の教室も健在だった。

焼夷弾の殻の積み上げられた中島町から、破壊をまぬがれた第六小学校へ、小川の流れる８００メートルほどの道を歩いて通った。子どもだったため、また親から告げられなかったため、知らなかったが、入学した年の6月、朝鮮戦争が起こっている。子どもたちは戦争の後片付けがまだ終わっていない街を通り、はやくも次の戦争に騒《ざわ》めく社会に向かって、歩み始めたわけだ。敗戦、戦争はこりごりだという思いと生きていくのに精いっぱいだった時代、5年にして朝鮮戦争特需。私は自分の幼少時と政治の変動とを重ねて、どんな時代から人生の一歩を踏み出したのか、振り返る。

そんな時、クラクフ（ポーランドの古都）の詩人、ヴィスワヴァ・シンボルスカの「終わりと始まり」が浮かんでくる。彼女は日常語で静かに語りかける。

戦争が終わるたびに
誰かが後片付けをしなければならない
何といっても、ひとりでに物事が
それなりに片づいてくれるわけではないのだから

誰かが瓦礫を道端に
押しやらなければならない
死体をいっぱい積んだ
荷車が通れるように

誰かがはまりこんで苦労しなければ
泥と灰の中に
長椅子のスプリングに
ガラスのかけらに
血まみれのぼろ布の中に

誰かが梁を運んで来なければならない
壁を支えるために
誰かが窓にガラスをはめ
ドアを戸口に据えつけなければ

それは写真うつりのいいものではないし
何年もの歳月が必要だ
カメラはすべてもう
別の戦争に出払っている

橋を作り直し

駅を新たに建てなければ
袖はまくりあげられて
ずたずたになるだろう

誰かがほうきを持ったまま
いまだに昔のことを思い出す
誰かがもぎ取られなかった首を振り
うなずきながら聞いている
しかし、すぐそばではもう
退屈した人たちが
そわそわし始めるだろう
誰かがときにはさらに
木の根元から
錆ついた論拠を掘り出し
ごみの山に運んでいくだろう

それがどういうことだったのか

知っていた人たちは
少ししか知らない人たちに
場所を譲らなければならない
そして
少しよりももっと少ししか知らない人たちに
最後にはほとんど何も知らない人たちに

原因と結果を
覆って茂る草むらに
誰かが横たわり
穂を嚙みながら
雲に見とれなければならない

ヴィスワヴァ・シンボルスカ『終わりと始まり』
（沼野充義訳、未知谷、1997年）

中世の都市クラクフをナポレオン軍が通過し、ロシア軍が通り、次にドイツ軍が占領し、再びソ連軍が通過していった。日本列島が戦場になったことのない日本人には、「誰もが隣人のいない祖国を持ちたがった
そして人生を生きぬくなら　戦争と戦争のあいまにしたいと思った」と詩人が書くほどの無情

を、十分に理解できないだろう。わが国は他の人びとが住む土地で人を殺し、爆撃されただけだ。それでも私は、90年代、何度か訪ねたクラクフの森の街を想《おも》い浮かべながら、自分の人生が戦争の瓦礫のなかから始まったと振り返る。「終わり」を「始まり」にしたくないと思いながら。

06.7

高知の民衆運動の第二のうねり

升形、中島町、鷹匠町の通りの風情は変わったけれど、第六小学校だけは変わっていない。日本の小学校のなかで、稀有《けう》なことであろう。東正門から玄関まで続くカイヅカイブキ（柏槙）の並木、その爽《さわ》やかな芳香も含めて、変わっていない。築70年を経た校舎、板張りの廊下、当時から水洗だったトイレ、幅広い階段、先生に禁止されても禁止されても滑り降りた階段の手すり、腰板の美しい教室、ガリ版刷りを手伝いにいった教員室……、すべて昔のままだ。

この鉄筋3階建ての校舎は、１９４５年７月４日未明の高知空襲に耐え、焼失した高知市役所の代用としてしばらく使われた。47年5月、第四小学校に移されていた児童、教職員が戻り、元の小学校に復帰した時、廊下の板はささくれ立っていたという。だが私たちが入学したころは、生徒と教職員の努力によって板の床は磨かれ艶《つや》やかだった。子どもたちは廊下に座ってオハジキをし、馬乗り遊びをし、そして床磨きの掃除をした。

私たちが入学した第六小学校も、戦争で多くの男たちが死んだため、女の先生の比率が高くなっていたのか、担任の先生は皆、女性だった。福冨峯香、石川愛子、片山三千子の三先生とも女性だった。3年生、4年生のとき担任だった石川愛子先生は矍鑠《かくしゃく》としておられる。

私は1学年、2学年ともに微熱のために長期欠席した。そのためか、授業に集中する良い生徒になれなかった。教科書は先に読んでおり、書いてあることを教える先生に我慢ならなかった。学年があがり雑誌「子供の科学」や中学生用の歴史や物語を読むようになって、この傾向はひどくなった。だが愛子先生は授業を聴かない少年を容認してくれた。幼友達に尋ねると、先生はよく教科書の全文写しをさせたそうだが、全く記憶にない。きっと無視して、別のことをしていたのであろう。

当時、愛子先生は30代の初め。声に張りのある、気性のさっぱりした先生だった。子どもたちへの対応に教師と個人の使い分けがなく、先生の人格全体をもって付きあってくれていることが、よく伝わってきた。精神科医になっての回想であるが、私は先生から感情を伝えることの大切さ、感情交流の喜びを教えられたのではないかと思う。先生は感情豊かであり、しかも安定していた。

石川先生は高知県教職員組合の結成（1946年）に加わり、婦人部の仕事をしておられた。先生が書かれた「手をとりあって」と題する冊子を読むと、私たちの担任だった時、高知で開催された日本教職員組合（日教組）の第2回教育研究全国大会の準備をされ、講師として来高された丸岡秀子、羽仁説子、屋良朝苗の話に感動され、丸木夫妻の「原爆の図」の展覧会を開いている。しかし小学生にはまだ理解できないと思われていたのか、先生の仕事に触れる話はなかった。

5年生になり担任が替わり、石川先生と話す機会は少なくなった。我が家の前を通りかかった時、「いつも本を読んでいるのね」と言われたことぐらいしか、憶《おぼ》えていない。翌年、新堀小に移られ、私が中学に入った年には高知県教組の専従となり、法制厚生部長として働いている。

56年、地域社会に大きな影響力をもつ教職員組合の解体を狙い、政府保守派は教職員管理のために勤務評定を導入した。高知県教組と学生、市民は、教師を国家の思想注入者に戻す反動政策に対し激しい反対運動を起こした。それは自由民権運動に続く、高知県の民衆運動の第二のうねりだった。

58年12月15日夜、来高した小林武日教組委員長らを旧仁淀村森の保守派の住民約80人が電源を切って闇討ちにし、9人に重軽傷を負わせた。この事件を相殺するためか、翌16日、県警は中内力教育長監禁の容疑で教組幹部14人の逮捕・指名手配の挙に出た。石川先生もこの時、逮捕されている。高知人の気性が燃えていた季節であった。

多くの人の抗議によってすぐ釈放されたものの、石川先生は起訴され免職となった。その後、日本共産党公認の高知市会議員を2期8年務め、婦人の権利擁護に貢献された。

貧しいけれど心あたたかく実直な両親の三女として育ち、先生を志して高知女子師範学校を卒業。ひたむきな彼女は戦争国家日本の小学校教師として働き、敗戦後、教組の活動を通して視野を広げていった。一貫して変わらなかったのは、感情の豊かさと他者を信頼する力である。それは今日の教育行政がほとんど評価しない、初等教育の教師に求められる本来の能力である。私は石川愛子先生から多くの知識を学習したとはいえないが、その後の先生の生き方そのものが、遠くから先生を思う私たちの人生の教師であり続けた。

石川愛子先生は今春、高知市長浜の高齢者ケアハウスに妹さんと移られた。

「こんな大変な時代、もう一度先生はできませんね」と苦笑しながら、浦戸の内海を眺めておられることだろう。

追記

石川愛子先生は2013年1月に亡くなった。私は高知新聞（1月14日）に先生の追悼文を書いた。長生きされた小学校の恩師に、幼い子どもだった私が思い出を綴《つづ》れることに感謝しながら。

ありがとう、愛子先生

2013年正月明けの2日、石川愛子先生が帰らぬ人となった。1920（大正9）年1月1日生まれ、その性格どおり誕生日を越した翌日、93歳を迎えて区切りよく旅立たれた。と言っても、それは此《こ》の世に生きた歳月のこと、先生の優しい心と笑顔は青い高知の冬空に今もたゆたっているだろう。

２０１２年８月、入居されていた江ノ口川近くの高齢者向けホームにお見舞いに伺ったときは、少し脚が弱っているだけで、頭脳明晰《めいせき》、和やかに老いを生きておられた。年の暮れ、にわかに臥せられ、初春を待って逝去された。

私たちは空襲による瓦礫《がれき》が残る道を通って、升形にある第六小学校へ通った。３年、４年の担任が、30歳代初めの石川先生だった。一人ひとりの子どもの想いを聞き、可能性を尊ぶ先生に触れ、「筆順を守って漢字の勉強をするのが好きになった」とか、「ものの見方はひとつでないと、考えるようになった」と振り返る教え子は多い。私は授業を聞かず、家でも教室でも自分の興味のある本を読んでいる様な少年だったが、先生は黙って認めてくれていた。

子どもは今を生きていると同時に、未来に向かって生きている。大人が子どもを教え、導き、評価するとき、多かれ少なかれ自分が生きてきた過去に引き摺《ず》られている。石川先生は眼前に存る子どもを過去の陰翳《いんえい》で見ることなく、未来に向かって進んでいく姿において見ていた。それは生来のものであり、また戦後の教育改革から先生が学んだものであった。

真面目で直《ひた》向きな少女は女子師範学校を卒業後、模範的な教師になる。強国日本を教宣し、国防を説き、艱難《かんなん》辛苦を美徳と考える単純な女性教師だった。敗戦後、その愚かさに気付き、高知県教職員組合の結成に加わり、共に考えることを通じて本当の教師となる。本当の教師とは、国家の代理人としての教師ではなく、自らも、生徒も、同僚も、自主的精神に充ちた個人として理解できる人である。

1956年、県教組の専従となり、法制厚生部長として、男女教師の給与格差問題などに精力的に取り組んだ。この頃、教師を国家の代理人にもどそうとする保守政治は、教職員管理の武器として勤務評定を導入。和歌山、愛媛に続き、高知の教職員、市民も激しく抵抗した。58年12月15日夜、来高した小林武日教組委員長を囲む教職員に旧仁淀村森の住民約80人が計画的に電源を切って集団テロを行い、9人に重軽傷を負わせた。県警は暴行犯を逮捕することなく、翌16日、逆に中内力教育長監禁の容疑で教組役員の一斉逮捕の挙に出た。こうして山原健二郎県教組副委員長らと共に石川先生も逮捕起訴され、天職ともいえる教師の職を奪われたのだった。自由民権運動を弾圧してなお連綿と続く高知の陰の権力と、戦後の平和と民主主義を求める市民の希望が、激しく衝突した政治の季節であった。

愛子先生は12年にわたる裁判闘争を耐え、故郷高知の人びとの悲しさ、喜び、騙されやすさ、激しやすさを静かに見てきた。1971年、高知市議会選でトップ当選（共産党公認）、2期8年務め、婦人の権利擁護に貢献された。新日本婦人の会、高知県退職婦人教職員連絡会は彼女の拠《よりどころ》であった。2006年末、教育基本法の改変が急になったとき、高知県の元校長340人が「真理と平和を希求する人間の育成」に人生を懸けてきた教育者として反対声明を出し、それは各市町、県教育長の改悪反対の表明につながっていった。石川先生らが闘った勤評闘争の精神は、高知において生き続けていた。

（中略）

私も雲となった石川愛子さんを見とれる。だが諦めではなく、噛む穂の先に平和と自由の香をかぎながら。愛子先生、ありがとう、さようなら。

06.7

故郷は誇るものではなく、偲ぶもの

大学2年のとき（1964年）、北大生協の書店で槇村浩《こう》『間島パルチザンの歌』（新日本出版社）という新書判の詩集を手にした。

「思い出はおれを故郷へ運ぶ　白頭の嶺《みね》を越え　落葉松《から》の林を越え　蘆《あし》の根の黒く凍る沼のかなた　赭《あか》ちゃけた地肌に黝《くろ》ずんだ小舎の続くところ　高麗雉子《きじ》が谷に啼《な》く咸鏡の村よ……」

長白山の抗日ゲリラの戦いを伝える詩、1932年3月とある。満州事変の半年後、軍国主義になだれ込む日本で、朝鮮の人びとになりかわって抵抗を謳《うた》った詩人がいた。高知県の人である。この詩の発表の翌月逮捕され、拷問により衰弱、3年後に出獄したが、健康は回復せず、1938

年、土佐脳病院で死亡している。26歳だった。タカクラ・テル（高倉輝）だけでなく、高知県にはすごい抵抗者がいたんだと思って、この詩集を読んだ。

それから40年近くたって、「平和資料館・草の家」を創設した西森茂夫さんより、槇村浩が第六小学校に通っていたことを教えられた。槇村浩、本名は吉田豊道、小学4年生修了で2学年とびこえて土佐中学校（旧制）に入学している。西森さんは、『間島パルチザンの歌』を読んだ前年に同じ北大生協の書店で、雑誌に載ったこの詩を目にしている。彼は植木枝盛と槇村浩への関心から、札幌の高校教師を辞め、母校土佐高の教師として高知へ帰ってきた、と後日語っていた。吉田も、西森さんも、私もおなじ小学校、同じ中学校に通っている。

1981年に出版された『高知市第六小七十年の歩み』――卒業生と先生たちが思い出を綴った400頁《ページ》近い本――を開くと、同級生たちが天才少年・吉田について繰り返し書いている。『論語』を通読し、多くの詩や童話を書き、ワシントン会議や中国の将来を論じ、神童として新聞に紹介されている。冒頭の『間島パルチザンの歌』は、その吉田が19歳で日本プロレタリア作家同盟高知支部に加わって発表したものである。

私は99年初夏、北朝鮮から脱出してくる飢餓民を探して長白山の山奥を潜行した。汚れた服をつけ、延辺（かつての間島）に住む朝鮮人のおばさんに寄り添うその息子を装い、小川の流れに足跡を消しながら、北朝鮮難民がかくまわれる森へ分け入っていった。図們江《ともんこう》の草叢《くさむら》に身を隠し、対岸の北朝鮮・咸鏡の村を眺めたこともあった。そんな時、およそ朝鮮北部や間島地方を知らない槇村浩が想像した、その詩の描写の正確さに驚いたものだった。

２００３年、西森さんは「草の家」より『槙村浩詩集』を出版した。10年ほど前の１９８４年に高知県解放運動旧友会の人びとが現存する槙村のすべての著作を集め『槙村浩全集』を出版している。土佐中学校で槙村の1年後輩だった井上清教授（京都大学人文科学研究所）も編集に加わっている。私は京大人文科学研究所で協同研究をしていたころ、日本近現代史の優れた研究を続けた井上清教授のお宅を訪ね話をうかがったりしているが、土佐中出身であることも知らなかった。こうしてたどっていくと、私と同じ中島町に育った槙村浩と、井上清、西森茂夫が細い時の糸によってむすばれていたことに気付く。


借りてきた『第六小七十年の歩み』のページを繰っていると、多くの有為の人びとが育っていったことをあらためて知る。しかし、そんなことはどうでもいい。いかなる組織の歴史にも、人間性を豊かにした人と貧しく強張《こわば》らせた人がいる。故郷も母校も誇るものではなく、偲《しの》ぶものである。

この本には１９１９年に卒業した地主愛という方が、「私の第六小学校」と題する文章を載せている。彼女が1年生だった年、宿題を忘れてきた貧しい少女に先生がハクボクを投げつけ、少女は泣きだし、泣きやまぬ少女をさらに先生が打とうとした。その時、彼女は叫んだという。

「先生、やめて。梅子ちゃんを打つなら、愛ちゃんを打って頂戴《ちょうだい》。先生は子供が好きでないの。どうして、そんなら先生になったの。子供がかわいそうよ」

Ａ先生は、翌日から二度と生徒を泣かすことはなかった、と書いている。私はこんなに熱い感情が流れていた小学校に通ったことを、自分の体験と重ねてなつかしく想《おも》う。

すでに半世紀たってなお、母校の小学校が存在している。建物が在るだけでなく、心象の母校が現在と重なるのは、不思議なほどだ。今の大学生に尋ねると、私学と違い公立学校へ通った若者は、母校のイメージが希薄である。小学校、中学校どころか、３、４年前に通った高等学校にさえ、母校を感じられないと言う若者もいる。母校とは、卒業後数年たって訪ねたとき、すべての先生は在職していないとしても、何人かの先生に会うことができ、懐かしい人を通して建物が息づき始めるところである。だが近年の教育行政は教師の管理のために短い年数で教師を転勤させ、若者たちから母校を奪っている。それは市民すべての故郷のイメージを傷つけることであり、精神を貧しくさせることでもある。

06.9

市の復興は市民図書館からだった

私は10歳のころまで、厚い本を読む力がなかった。初めて一冊の本を読み上げて頁《ページ》を閉じた時の感動は、よく覚えている。講談社の『三銃士』だった。それから、大部の小説を読むのが好きになった。

家と第六小学校の長い通りの間、電車通りを挟んで北側に、「高知市立市民図書館」があった。木造2階建ての粗末な建物であったが、子ども心にも職員の対応が快く、公共施設の敷居を感じさせないものであった。すぐ近く、高知城への入り口にあった県立図書館は重々しく、小学生を寄せつけなかった。1954年4月より市民図書館は読書会を行っており、夏から「子供会社会科教室」も始めていた。私はその二つに遊びに行くようになった。

『三銃士』から読書に開眼したためか、私は日本の中世の軍記物語をよく読んだ。『平家物語』、『源平盛衰記』、『義経記』を、七五調の和漢混淆文《こんこうぶん》、仏教的無常観にひたりながら、何度も読んだ。子どもの記憶力は高く、ノートに平敦盛や源義経などの人間関係をメモしていくうちに、「祇園精舎の鐘の声、諸行無常の響あり、沙羅双樹の花の色、盛者必衰の理をあらわす……」と、言い回しがすっかり頭の中に入ってしまった。そのため、子供読書会での私の発表は、延々と陶酔を伝え続けて止まるところを知らなかった。図書館のお姉さんはあきれて、「こんな読み方もあるんですね」と言ってくれたのだった。

市民図書館は1951年、自動車で運んで本を貸し出す「自動車文庫」を始めており、日曜日はこの大型車で河や山へ連れていってくれた。時には高知市を越えて、鏡川の上流の河原で読書会をもった。読書会以上に、山や河へ連れていってくれるのが待ち遠しかった。職員は休日の出勤をいとわず、交通事故の心配も振り払い、子どもたちを連れ出してくれたのだと思う。私は図書館で本を借り出す必要はなかった。帯屋町の島内書店、中ノ橋の金高堂、はりまや橋の片桐書店、いずれも家の名前を言えば付けで買えるように両親がしてくれていた。市民図書館で手にして気に入った本を本屋で求め、市民図書館でお喋《しゃべ》りをする日々が続いた。

これほどすばらしい市民図書館への感謝は歳をとるにつれて強くなった。あれから50年がたち、当時の館長さんが健在と聞き、お会いした。どんなに高齢かと想《おも》っていると、髪の黒い若々しい渡邊進さんが現れた。渡邊さんは25歳のとき、館長を命じられ、1952年から71年まで19年間館長だったという。この間、1956年、「ユネスコ協同図書館事業」に、日本で初めて、アジアで初めて、加入承認されている。

高知市は戦災で市街の7割を失い、さらに翌46年12月の南海大地震で壊滅的被害を受けていたが、復興事業の第一に図書館を挙げたのだった。新しい地方自治法によって再出発した高知市議会は、議会に知性と資料の裏付けが必要だとして、全国の市議会に先がけて議会図書室を設けた（1947年）。議会図書室は市民に公開されただけでなく、高知の知識人を招いて読書会まで開いている。

この市議会資料課に21歳で勤務を始めたのが渡邊進さんであり、議会図書室を創《つく》り、さらに高知市立市民図書館へ発展させていったのは、高知新聞記者出身の中島龍吉市議会議長であった。後に（1951年）、中島議長は鏡川の向こう、筆山を市民の山にと主張し、山内家から80万円で筆山を購入し、公園にしている。高知市立中央公民館を創り、建物だけでなく、文化活動支援をしていったのも中島議長であった。そして中央公民館の初代館長として、夏季大学や市民学校を充実させていったのは、片岡一亀さんだった。阪神・淡路大震災後の神戸市役所などおよびもつかないような高い理念によって、高知の戦後は始まっている。

私たちにはすっかり馴染《なじ》んだ名称だが、全国の自治体に、市立図書館はあっても、市民図書館の名称を聞かない。これも市立は官僚的だから、市民図書館と名付けたのだった。こうして、若い渡邊館長のもと、「市民の図書館」が始動していった。まず市内85ヵ所に「貸出文庫」を置き、夜9時までの夜間閲覧を始めている。保存されるより、なくなるまで読まれる方がよいとして、全国に先がけて開架式にしている。

「生活と読書は結びつかねばならない」を方針とし、自動車文庫に九州大学医学部の巡回診療班も乗せて運んでいる。渡邊さんは「人の心を癒やすのが読書なら、まず体の病気を癒やすことも大切だ」と考えたのだった。市と県の役所を超え、県の労政課の職員を乗せて工場に「労働文庫」を運び、県の農業改良普及所の職員を乗せて農山村に農業書を運んだ。マイクで「イモチ病の駆除方法は……」と語りかけながら、農民に役立つ本を紹介していった。高知市の車なのに、越境して後免（南国市）まで出掛けていくこともあった。

渡邊進さんたちが創った高知市立市民図書館は生きている図書館であり、市民と語り合う図書館である。もう一度、渡邊さんに図書館を超えて、人と人をつなぐ、人との交流こそが生きる喜びであると伝える仕事をしてもらえないかと、私は心から願っている。

追記

市民図書館から20を超える読書会が生まれた。渡邊進さんが市民図書館から異動になった後、読書会の意義を理解する高知市幹部がいなかったためか、急速に市民図書館との結びの糸が切れ、読書会は消えていった。

ところが1958年から、桂浜の西、潮風の吹く長浜に創られた「はまかぜ」は休むことなく続けられ、2014年まで約56年間、会誌「はまかぜ」を毎月発行し続けた。「はまかぜ」は高知市立市民図書館の魂の継承者であり、渡邊進さんが生み育て、後に大きな幹となって、渡邊進さんと共に語りあってきた人びとの交流の場となった。

渡邊進さんは2014年11月1日に亡くなった。「はまかぜ」に集った人びとは、松吉千津子さんが中心になって、『渡邊進『はまかぜ』寄稿集書くことは生きること生きた証を刻むこと』(飛鳥出版室、2017年6月)を出版した。

06.10

旗を振る、その騒めきの中で

個人と社会と、どちらが理性的であり、どちらが情動的であろうか。個人はしばしば感情によって行動するけれど、議会、政府、政党、行政、企業、学校など、つまり近代社会を成り立たせている組織は多くの優れた人びとの理性的討論から行動しているはずだ、そう私たちは思い込んでいるのではないだろうか。近年の小泉政治、はては小泉純一郎から安倍晋三への政権交代、さらにはアメリカの政策などを見ていると、社会は個人よりも理性的であり、情動的でない、とはとても考えられない。

１００年以上前の論文「群集心理」（１８９５年）で、フランスの社会学者ル・ボンは、群集を衝動的で移り気、暗示にかかりやすく、誇張癖があって過度の単純化に陥り、偏狭で破壊的、権威主義的で非合理的なものと見なした。さらに加えて、指導者の暗示によっては没我、献身もありえると書いていた。今さらこんな古い論文を思い出したくないが、小泉と小泉を容認した社会は群集に似ていないか。

巨大な社会がテレビに煽《あお》られ群集化しており、選挙や会議などの制度は気分によって動かされているとしたら、私たちはどうすればよいのか。群集の一人として流されるしかないのか。

否、そうではないはずだ。時代の気分なるものは、政府やマスコミによる間接的な情報によって作られたものと、直接、厳しい体験によって作られたものの二つがある。敗戦後も操作された間接情報が流され続けてきたことに変わりはないが、それより人びとは圧倒的に戦争を身をもって体験していた。直接的な体験からくる時代の気分は、単なる群集の気分とは違っている。時代の気分の移り変わり、そのリズムのなかに隠された直接体験からくる気分と、間接的に知らされて作られた気分、それを見分けることが大切だと思う。

私の幼いころの追憶に、時代の気分を確かに感じとった光景がある。

高知市の中島町の通りと天神橋へ続く大橋通りの交差する角に父の病院があり、庭を挟んで私たちの家があった。庭とは呼びがたい雑木の植わった空間はかなり広く、病棟の陰になって暗かった。その暗がりで抱きあって嗚咽《おえつ》していた女たちの姿が、今も浮かんでくる。彼女たちは戦争で家族を失い、一所懸命に働きながら、今またやっと復員してきた夫の大病か、なんとか食物を確保し自分が食べるよりもまず与え育ててきた子どもの大病に直面していた。どうして不幸は何重にも押し寄せることを止めないのか――抱きあった2人の女、母と娘か、姉と妹かは、泣きながら運命に抗議しているかのように、幼い私には思えた。

またある日、入院していた男たち数人が「坊や、一緒に来るか」と言って、電車通りの人込みへ連れていってくれた。人びとは紙の「日の丸」を握って騒《ざわ》めいていた。脚や腕や胸を再手術した男たちは、包帯をした体をいとわず、私を抱きあげてその行列を見せてくれた。「俺《おれ》をこんな体にした男はどんな男か、見てやろう」と言いながら。旗を振る群集は、旗を振るという動作そのものによって興奮し、その興奮に脱敗戦、脱占領の想《おも》いを託していたかもしれない。だが、表層の騒めきの底に、戦争で傷ついた男女の本当の感情が流れていた。

当時の高知新聞（1950年3月）を開くと、連日、「土佐路は天皇日和」、「爆発する歓呼と旗の波」、「万歳太平洋を圧す」といった大見出しが躍っている。敗戦後、日の丸掲揚は占領軍に届け出、許可が必要とされ、原則禁止だった。宮内庁はGHQの許可を得て、装いを新たにした天皇制を宣伝するため、46年より地方巡幸、全国植樹祭、国民体育大会を実施して「日の丸」を焼き付けていったのである。体制権力とマスコミは紙の旗のうねりを演出することによって、時代の気分を変えようと努めていたが、戦争で傷ついた人びと、爆撃で傷ついた人びとは反戦の強い気分のなかで生き抜こうとしていた。

私はこうして戦後の気分を呼吸したのだが、日本各地が同じだったわけではない。保守的で過剰適応を強いる文化をもった日本の多くの県で育った人びとは、こんなエピソードを想像さえできない。一方、高知で育った私たちは、広島、長崎の被爆者の悲痛を知らず、沖縄の人びとの苦悩を想ってみることもなかった。そのため、昭和天皇の戦争責任問題との絡みで唯一の国体未開催県であった沖縄で87年、国体が初めて開催されたとき、高知県を代表する国体役員が「日の丸」掲揚を強要し、地元民と対立し事件（読谷村《よみたんそん》日の丸事件）となったが、沖縄の人びとの想いを理解できなかった。

歴史は大きなうねりをもっている。観光資源として坂本龍馬、自由民権の地が喧伝されているが、それから軍国主義の強張《こわば》った時代があり、海南中学（現・高知小津高校）を中心として多くの軍人を出し、永野修身《おさみ》（海軍元帥）、山下奉文《ともゆき》（陸軍大将）などを郷土の英雄とした時代をもっと知らなければならない。

06.11

暮らし方、そのものが資源

鏡川のほとりを歩くと、いつも幼い日の想《おも》いにもどっていく。第六小学校はあんなに校舎が立派だったのに、プールがなかった。そのため夏の体育の時間は、近くの鏡川に泳ぎに行った。そこには日本で最初に架けられた沈下橋があった。沈下橋のたもと、少し深くなったところで水遊びをした。――この橋が日本最初の沈下橋だったことを、建築家の友人、大原泰輔君に教えてもらった。高知市の技官だった吉岡吾一氏が、中国杭州の西湖で見た増水時に沈む石橋を想起して、安価な永久橋として考え出したものという。嘲笑《ちょうしょう》する本省担当者を説得し、1927年に竣工《しゅんこう》した。水の流れに手がとどきそうだった優美な鏡川の沈下橋は、今はない。その後、四万十川に多くの沈下橋が架けられ、近年に見直されて47の沈下橋が保存されている。

学校から帰ってからも、すぐ鏡川へ遊びに行った。巾着《きんちゃく》型になった金魚鉢に炒《い》った糠《ぬか》を入れ、川の淀《よど》みに沈め、そのなかにイダや鮎《あゆ》が入ると、再び潜って金魚鉢を揚げた。よく川に顔をつけ、岩をはぐってゴリやハゼを突いた。満潮時には冷たい川水の下に、浦戸湾から温かい海水が上がってきて二層となり、フグやチヌを見ることもあった。自分で捕ってきたハゼの空揚げは、とりわけおいしかった。夜も出掛けていった。懐中電灯で川岸の石組みを照らすと、ウナギが顔を出していた。ウナギ鋏で捕まえたウナギはおそらく小さかっただろうが、私の手に残る回想の感覚では大きく、力強く跳ねていた。

こんな魚捕りの思い出を、今はお婆さんになった同級生の女の子に話しても、やはり目を輝かしてなつかしむ。今の子ども、ましてや女の子には想像もできないことであろう。

中学生になると、貸しボートでよく遊んだ、ボート屋の主人が「遠くへ行くな」という声を無視し、潮江橋をこえ、九反田橋をこえ、浦戸湾の入り口にある丸山台まで1時間ほど漕《こ》いでいった。ボート漕ぎがうまくなり、左右のオールを逆に漕いでボートを急回転させる技を磨き、アベック（若い男女の2人づれを当時そう呼んだ）のボートに並行させ、突然90度回転させてぶちつける、自称「海賊」に興じた。アベックのボートに水が入り、叫び声があがるのを後にして、逃げきるのだった。それは幸せな男女への羨望《せんぼう》を秘めた思春期初めのいたずらだった。

小学校の帰り、山内神社に寄り、昆虫採集をすることもあった。どの樫《かし》の木の幹が洞《うろ》になっており、クワガタやカブトムシがいるか、どの繁みに肉桂《にっけい》の木があるか、知っていた。秋の筆山、高見山にはリンドウの花を求めてよく歩いた。

すべての場所と季節が結びついて記憶されており、いつ、どこに行けば、何が採れるか、どんな遊びができるか知っていた。中島町は電車通りをはさんで商店街、大橋通りに隣接していたが、子どもたちの世界は南側の鏡川、筆山にあった。私たちは高知の街の中心にありながら、小さな採集狩猟民だった。子どもの発達と共に拡《ひろ》がった外界への関心は、私を四国山脈の登山に向かわせ、精神科医になったとき、作業療法や園芸療法の下地となり、あるいは星空のブルーより深い藍色のリンドウ（ヒマラヤのリンドウ）を求めて、雲南・チベットを歩かせるようになった。

鏡川と筆山で私たちが遊んでいる間にも、北側に並行して流れる江ノ口川の汚染が進んでいた。江ノ口川がかつて生活用水であったことを知らず、私は町中を流れる川はただ汚いものだと思い込んでいた。高知は中央から遠い後進県であるとして、企業誘致、工業振興に異議を唱える人は少なかった。旭町のパルプ工場は数少ない工業の見本であったのだろうか。

しかし後進県とは何か。これほども文化が豊かで、山と海の環境で生きる喜びを住民が知っており、すぐれた思想家、芸術家を輩出してきた県はあまりない。強者が既存の秩序と因習に依拠して、個人を圧し潰《つぶ》す日本文化の特性は、高知県において相対的に少ない。そもそも中央から遠いとは何を意味するのか。東京は極東の辺境都市にすぎない。ニューヨークもワシントンも、世界史に登場したばかりである。世界の中心も、日本の中心も在りはしない。それぞれの文化はその世界観、コスモロジーによって中心である。そこに生きている人びとが、他者との交流を楽しみ、環境と対話していれば、そこが中心である。

私はヨーロッパのアルプスやチロル地方、あるいはイタリアのアグリ・ツーリズモなどを知るにつれ、戦後の高知人に工業コンプレックスに抵抗する力の乏しかったことを残念に思う。長期低金利の融資による民家と街並みの改善、若い女性たちにもてなしの文化を教える学校、個性ある教養高い県民の育成が進められていれば、私たちの暮らし方そのものが資源となっていたであろう。農林業、漁業、文化創造を、魅力ある県民と楽しむためにやってくる人が少なくなかったであろう。後進とは、陳腐な発想の模倣者が抱くコンプレックスである。

06.12

好きなように物に向かう　美術教育

06年12月15日早朝、教育基本法改悪の反対意思を表すために、私は国会前に座りに行った。国会前の歩道にはさまざまな市民団体、各県の教職員組合の人びとが座っている。早速、北海道教職員組合の知人に声を掛けられ、彼らの間に座らせてもらうことにする。高知の先生たちにも出会った。久しぶりに国会へ行った。数えると37年ぶりだ。しかし、時代の気分はすっかり変わってしまった。

私は教育基本法の字句を頭に浮かべる。前文では「個人の尊厳を重んじ」、「個性ゆたかな文化」と述べ、第一条（教育の目的）では「個人の価値をたつとび」、「自主的精神に充ちた」と続け、そのうえさらに第二条（教育の方針）では「自発的精神を養い」と繰り返し強調している。これほども個人の確立を謳《うた》った教育基本法だったのに、戦後教育は失敗し、個人を確立できなかった政治家たちによって解体されようとしている。

今さらながら、教育基本法が私たちの精神を支え育ててくれたことを思う。例えば美術教育。戦時中、抽象画を描くことは非難され、取り締まりの対象となっていた。敗戦後、少しは変わったであろうが、もし教育基本法の理念がなければ、私は高崎元尚先生に出会うことができただろうか。高崎先生も、すぐれた現代美術家であり得ただろうか、と思う。

1956年、私は家に近い、遊び場・筆山の裾《すそ》にある土佐中学校に入った。そして土佐高等学校卒業までの6年間、高崎先生に美術を習った。美術を高崎先生に習ったというよりも、振り返ると、高崎先生に出会い、美術の時間を過ごしたと言った方がよい。

高崎先生は母校・土佐中（旧制）を1940年に卒業している。数学が得意だった先生は早稲田大学専門部工科に進んだが、ドイツで起こった近代建築運動、バウハウスに興味をもち、東京美術学校（現・東京藝術大学）彫刻科へ移った。数学を好み、精緻《せいち》な論理を組み立てる性格は、その後の作品にも反映されている。

だが、43年秋、学徒出陣となり、海軍の通信に携わり、敗戦。東京都の学校に勤めたりした後、51年に郷里へ戻り、城北中学校を経て母校土佐高の教師になった。高知へ帰ると、ピエト・モンドリアンの幾何学的抽象画を東洋的に解釈したという「朱と緑」の作品を描き、東京のモダンアート協会に参加している。以来、高知県美術展覧会（県展）、モダンアート研究会、具体美術協会などを通して、若い芸術家に刺激を与え、常に自分の既成の作品を打ち破る作品を発表してきた。

私たちが高崎先生に出会ったころは、まだ貧しい時代、美術の教材は満足できるものではなかった。だが先生はいろいろな材料を工夫し、毎回、私たちの前に置いてくれた。白い大きな紙に墨汁で、好きなように描きなさいとか。木切れを積みあげ、好きなものを取って、勝手に彫刻しなさいとか。予算の乏しいなかで、エッチングの機械を購入し、好きなものを描きなさいとか。材料は多様だったが、すべて好きなように取り組みなさいだった。こうして高崎先生は、静物、風景、人物などに向かって描写の修練をするのではなく、物そのものに向かうように誘った。

既成の教材を使わない、物あるいは自然と自己との関係を問う、この構えは私たちが卒業した後さらに深まっていった。ある時は、剪定《せんてい》後に校庭に積まれた楠《くすのき》の枝を使った。生えている木の上部をそのまま地面に立てると、みすぼらしく見える。ところが幹から水平に伸びている枝を、90度起こして地面に立てる。群がった枝は林になり、山になり、枝の分岐や曲線が組み合わさって、校庭が思わぬ景観に変わった。

あるいは、枯れて切り倒されたメタセコイヤの大木を使って、「現代美術葬」を行うと宣言した。校庭に大木を横たえ、木が高く伸びた姿を際立たせるため、幹に石膏《せっこう》を塗った白い布を巻きつけた。雨が降り、石膏が溶けて地面に流れたり、再び乾いて固まったりし、木はさまざまな表情を見せる。

これらは高崎先生の頭脳から湧《わ》き出る着想の、わずかな断片である。生徒たちは先生の美術の授業から、物に向かって感じることが、知識を媒介にせずに直接考えることにつながる、得がたい体験をするのだった。見方を変えれば、こんなに新しい発見に出会う。その感激は、生きることに喜びを見出す力になっていったに違いない。

高崎先生は生徒たちを刺激するだけでなく、ベニヤ板に無数のキャンバス片を張りつけた代表作「装置」シリーズ、積みあげたブロックを破壊して、その陰翳《いんえい》のなかを歩かせる作品など、高知から関西に、ニューヨークに、先駆的な現代美術を送り続けてきた。また、決して先輩ぶらずに若者を評価する先生は、田島《たじま》征彦、田島《たしま》征三、合田佐和子ら多くの美術家を鼓舞してきた。

私は高崎元尚先生への感謝と共に、現代美術が学校の授業でありえたのも、個人の確立を求める教育基本法の理念のもとでのことだったと思う。

追記

高崎元尚先生は２０１７年６月22日、94歳で亡くなられた。病に倒れ死が迫った先生は、回顧展に先だって、寄稿文を書くように私に求められた。私は先生が逝かれた朝、追悼文を綴った（高知新聞、17年６月23日）。

高崎元尚さんを悼む

大歩危《おおぼけ》をすぎると、山と河が次第に陰影を深めてくる。地球上のある地表の山河ではなく、感情と思い出をもって緑を濃くしてくる。水は甘く、森は香り、岩はやさしくなる。

やがて土佐山田の平野に至ると、故郷に向かって体が拡《ひろ》がり、胸が膨らんでくる。

２０１７年6月21日、「高﨑元尚新作展―破壊COLLAPSE―」を観《み》るために、私は久しぶりに高知を訪ねた。県立美術館で作品を観た後、高﨑先生をお見舞いするつもりだったが、面会できなかった。先生は夜更け、94年の生涯を後にされた。今、初夏を待つ雨水をたたえて浮き上がる県立美術館の2会場に、「装置」から「破壊」へ、高﨑さん自身が新たに作り直した作品が残されて待っている。

高﨑元尚先生は１９２３年1月6日、物部川に面した丘陵の農家に生まれた。家を出て土佐中学校（旧制）で寄宿舎生活を送り、幾何学が得意だったので早稲田大学専門部工科に進学（１９４０年）。ドイツの近代建築運動バウハウスに興味を抱き、東京美術学校（現・東京藝術大学）彫刻科へ移った。当時の教育を受けた人並みの少年として軍人に憧れながら、反軍国主義・反全体主義のバウハウスに引き付けられる。そして転学した美術学校の専攻も、建築や工芸、ましてや洋画ではなく彫刻科。モラトリアム期の高﨑青年はあえて境界に立って、物質そのものに向き合う人間（自己）の自由を求めていたのではないだろうか。

１９４３年秋、学徒出陣となり、海軍の通信に携わり、敗戦。美術学校にもどり、目的喪失のバガボンドの日々を過ごして卒業、ともかく母校土佐高に職を得た。

戦争時に抑圧されていた抽象画、シュール・レアリズムなどの現代美術が解禁となり、高崎さんもモダンアート協会へ出品を始めた。私たちが土佐中・高に入った1950年代、先生は鮮やかな「朱と緑」の巨大な抽象画を描いていた。それは鮮明で力強く、新しい秩序を伝えるものだった。

美術教師としての高﨑先生は、一度も写生の上達を求めなかった。木切れ、墨汁、エッチングなどさまざまな材料を準備し、「好きなように壊しなさい」「好きなように作りなさい」と語り続けた。まだ、「好きなように描きなさい」とは言われなかった。その後の土佐高生は、あれほどの先生とどのような対話をしていったのだろうか。文武両道といったまずしい標語を未《ま》だ掲げる学校、白線付きの学生服を強制する時代錯誤の学校にあって、高﨑先生は生徒たちに常に精神の自由を伝えていた。教育者として自由を伝え、芸術家として創造された秩序を表現していた。

私は1962年に卒業、週1回の自由の精神を呼吸する機会を失った。その後、高﨑さんは教師である以上に、芸術家として活躍する。高﨑さんの「朱と緑」はアクション・ペインティングと拮抗《きっこう》しながら、突然、色彩から離れ、理知的な高﨑さんが好む秩序の世界へ純化していく。「装置」と題する作品群は、キャンバスを裁断した正方形を巨大な平面に整然と並べたものである。一片、一片の白い紙は思い思いに反り、それでいて黒い陰影の秩序を作る。切られた力はリズムとなり、白と黒の秩序となった。

「装置」後の創造力は凄《すさ》まじい。床に鉛を打ちつける「密着」などをへて、「破壊」の美に到達する。高﨑さんは1966年より、神戸の吉原治良《じろう》を中心とする具体美術協会の会員となるが、具体のアクション・ペインティングに影響されてはいない。それよりも力強さ、自由の精神に共鳴したのであろう。組み上げたレンガの壁を上から対角線状に叩《たた》き割っていく。崩れ飛び散った赤い破片は、残された壁と対になり三角形の影の秩序となる。加えられた暴力は無秩序でも、物自体は秩序を創って美となる。高﨑芸術には、作品になるまでの行動と力の時間があり、その後に静止した美があり、さらに動きだす未来への秩序がある。

高﨑元尚先生は個展開催に先だって2017年3月、「自分は芸術家である以上に、思想に生きてきた。そのことを書くように」と私に遺言してきた。グッゲンハイム美術館で評価されたことを評価する日本の美術界、彼の思想と十分に対話しなかった高知の人びと。晩年の高﨑さんは「誰もやらなかったことをやり続けた」と自己肯定しながらも、全身で伝えた自由な創造力を土佐人が生き抜くことをなおも求めている。さようなら高﨑元尚先生、お会いできた幸せを感謝します。

07.1

樹や水や雲と対話した

私は１９５６（昭和31）年、土佐中学に入った。公立では城西中学校を指定されていたが、第六小学校の校区の東の端、中島町に家があり、鏡川と筆山を遊び場としていたため、筆山の裾《すそ》にある土佐中学校の方がより近く、親しみをもっていた。小学校の３学級からそれぞれ６人が、土佐中学へ進んだ。仲良しの少女と一緒でなくなるのが、少し寂しかった。

小学５年のとき、高く伸びた楠《くすのき》から射《さ》す木洩《こも》れ日が隣の席の女の子に当たって、舞っていた。波紋に見とれているうちに、少女が手にした採点済みのテスト紙に顔を傾けた形となった。私は何も見ていないが、少女は点数を見られたと思って、怒って少し涙ぐんだ。その時、きれいだなと感じた。

後年、少女の母（彼女は１ヵ月前に亡くなった）が、私は忘れてしまっていたこんなエピソードを話していた。

学期末試験のとき、少女の教科書が見つからず、学校に忘れてきたのか、隣の男の子の鞄《かばん》に紛れたのか、そう思って私の家へ電話したという。当時、高知城の北側にあった高知赤十字病院の官舎が少女の家だった。少年は自分の教科書を使うように、届けてきたという。私は試験勉強はしないので、教科書は必要でなかったのであろう。少女は町中の土佐女子中学校へ進み、会うことは少なくなっていった。

土佐中学校の入試は筆記と面接があった。面接試験で「踊り場は何のためにあるのか」と問われ、空間を圧縮するためとはいわず「足を踏み外したとき、途中で止まって怪我《けが》をしないためでしょう」と答えた。2人の先生は笑っていたが、これは第六小の立派な階段で遊んだ実感だった。土佐中に入って驚いたことは、同級生の多くが幡多《はた》や安芸《あき》などの遠くから来ていることだった。まだ12歳の少年が親許《おやもと》を離れ、下宿で泣いていた。だが彼らは、私たち高知市の子どもにない個性の強さを持っているように感じた。

私は3月31日生まれのためか、中学生のころまで体が小さかった。それでも山遊びが好きだったので、山岳部に加わった。中学2年、13歳の夏、四国山脈の縦走に連れて行ってもらった。夜汽車で四国山脈を越え、多度津で乗り換え、愛媛県西条で降りる。

本数の少ないバス便を待って登山口にようやく着き、キスリング（リュック）を背負って山道を登り、クマザサのなびく「瓶ヶ森」でテントを張る。高原には白骨化した樹木が並び、冷たい霧が走ってきては白骨木を隠し、再びぼんやりと浮き上がらせる。翌日は石鎚山の天狗岳に登り、ムササビの飛ぶ原生林を抜け、谷間に泊まる。こうして面河《おもご》に抜けるのだった。

重い荷物を背負っての、中学生の山行は容易でなかった。高校生の先輩たちが、時には幼い私のキスリングを自分のキスリングの上に載せ、励ましてくれた。恥ずかしさと登山の喜びが混じりあい、なんとか彼らのように大きくなりたいと思ったものだった。

そんな風景のなかに、疲れを知らない杉村城一さん（部長）の輝く顔があった。的確な判断力、強い脚、明るい声。すばらしい先輩だった。ところが彼は早稲田大学に入学してすぐ、冬の富士山の雪崩《なだれ》で亡くなった。その前年（１９５９年）には、合田雄一さん（土佐高―中央大）が冬の日本アルプスに消えていた。後に北大に入ってからも、医学部の実習仲間であった山男、西信君が、卒業試験の前に単独行した冬の大雪山に去っていった。長期の試験を前にして、ひとり雪山を歩きたい気持ちは痛いほどよく分かっていた。雪山を歩き続ければ、いつかは流れる雪に消える。杉村さんの遭難は悲しかったが、私は山歩きにのめり込んでいった。

長期の休みには縦走を行い、学期の間の週末には梶ヶ森などへ1泊登山を重ねた。月曜日の放課後、部屋の窓の外の屋根にテント、キスリング、シュラフ（寝袋）などを乾かし、火曜は次の登山計画、水曜・木曜はマラソンや学校裏の筆山・高見山への駆け足登りで足腰を鍛え、金曜は高知で初めて出来たスーパーマーケット（帯屋町）へ安い食料を買いに行った。一匹のカマスの開きを食べた後、頭と骨を焙《あぶ》って湯に浸しスープを作る二度賞味法や、普及し始めたポリ袋に野菜を入れマヨネーズを加え、入り口をしめて振り、食器を汚さない簡便サラダ作りを考えたりした。

土曜の午前の授業が終わり終業の時間となると、教壇の真ん前に席を移し、担任の正木哲夫先生（数学）の終業伝達を「早く終わってほしい」と急がせた。と言うのも、土讃線の列車が午後に2本しかなく、乗り遅れると夕刻の便しかない。夜はヘッドライトを着けて登っていたが、山頂近くに到達するのは深夜となる。生徒に終礼を急がされるにもかかわらず、「いいかげんにしろよ」と言いながら、正木先生は容認してくれた。

学年が上がるにしたがって、単独行が多くなっていった。冬の夜、翌朝を雪原で迎えるために、アイゼンを着けて8合目まで登る。闇のなかに氷で鎖《とざ》された山小屋の扉をこじ開け、一人で横になる。夜明けにつららを割って溶かし水を造る。きしむ白雪の音、梢《こずえ》を鳴らす峰の風、私は山と対話した。山行は総合的な判断力と静かに思索する力を育ててくれた。私は樹、岩、渓流、空と雲と対話し、愛読したロシア文学やドイツ文学を思い浮かべ、批判力をつけていった。四国山脈は青年期の私に思索の喜びを贈ってくれた。

07.2

6000人の高校生が立ち上がった

２００6年末の教育基本法の改悪問題において、高知県の教育関係者の構えは際立っていた。県内35市町村の教育長のうち31人が反対し、賛成は皆無だったという。とりわけ元校長たち３４０人の反対アピールは後輩教師たちの襟を正しめるものだった。ある元校長は「私は敗戦の日までだまされてきた。だから教職にあった日々、子どもをだまさない、を教育の信条とした。子どもをだます教育だけは、許してはならない」と意見を添えていた。

私はこの元校長のアピールが送られてきたとき、教職員の勤務評定提出を拒否して県教育委員会から免職あるいは教諭に降格された校長の名前があるかどうか、照らし合わせてみた。あった。明神孝行（仁井田中学校、１９６2年4月、分限免職）、松村幸雄（大豊中学校、60年9月降任）、藪田拓（久通小学校、同・降任）を探し出した。当時、15人の校長が免職され、27人

1959年秋、高知市の丸の内高校。
校長への処分撤回などを求めた県高校生徒連合の抗議集会。

の校長が降任され、処分された校長は４７９人に達している。教諭の処分も約５００人、校長も含めて10人に一人以上が免職、停職、減給処分とされている。それから、どれだけ苦難と抵抗の道を生き抜いてきたことだろう。彼らの信念が、高知の教育を支える文化として脈々と流れ続けている。

米ソ冷戦が進むなか、アメリカ占領軍の政策が変更され、民主主義への反動を強めていった40年代末、高知の教育は他県が出来なかった抵抗を示す。ＧＨＱ民間情報教育局の教育顧問イールズがレッドパージを叫ぶなか、49年12月、高知県教育委員会にもＧＨＱより追放教員のリストが持ちこまれた。県民から公選されていた当時の県教育委員会は、それを拒否した。全国で唯一の抵抗だった。アメリカ本国では、マッカーシー上院議員によるアカ狩りの集団狂気が燃えあがりつつあったころのこと。

続いて教員の政治活動を制限する修正教育二法（54年）がつくられ、教育委員会は選挙から任命（56年）に変えられていった。さらに、教育の上意下達、中央集権化、教師のエージェント（国家と政府の代理人）化を押し進めるために、支配の手段としての勤務評定が導入されていったのである。58年から60年にかけての3年間、高知県内は県教職員組合、高等学校生徒会連合、3大学（高知大学、高知女子大学、高知短期大学）、学生自治会、婦人団体などが、任命県教育委員会や各地の有力者と保守層、警察などと正面から対決していった。

前にも述べたが、58年12月15日、仁淀村森地区では旧満州特務であった男などにそそのかされた人びとが、教員三十数人に執拗《しつよう》な暴行を加え、重軽傷を負わせた。同じころ、第六小学校で私の担任だった石川愛子先生も、県教育長をカン詰めにしたとして逮捕、免職されている。この時期に逮捕された教師は50人に達する。高校生たちも各校の生徒会、高知県高等学校生徒会連合（54年1月、授業料値上げ反対闘争によって結成）に結集し、校長の奪還、先生の処分撤回を求めて果敢な運動を繰り広げた。

59年10月6日は全県23校、5800人の高校生が高知丸の内高校のグラウンドを埋めた。そのなかには、夜を徹して自転車でやってきた室戸高校の生徒もいた。生徒代表たちは知事、教育委と交渉に入ったが、この時も警官隊が襲いかかっている。60年1月25日には、山田高校で処分された山本校長の復帰を願う生徒たちを警官隊が襲い、7人の生徒に重軽傷を負わせた。他方、東京では安保闘争が激しくなり、6月15日、全学連が国会へ突入、女子学生が殺された。

59年秋、県下の公立高校生が高知丸の内高校のグラウンドを埋めたとき、私は高校1年生だった。私立の土佐高には校長・教員の処分問題はなく、勤評とは何か、討論さえなかった。同世代の熱気、組織力、闘いに胸騒ぎをおぼえながら、傍観していた。安保の年は、アジアの端にありながらなぜ遠いアメリカと軍事同盟を結ぶのか、疑問に思った。だがエリート意識の強い進学校にあって、社会や政治への関心は巧妙に抑え込まれていた。むしろ高校3年の秋には、理系の生徒の模擬試験のひとつとして防衛大学校の試験（無料）を受けるように勧めていた。そのため希望の大学に不合格となり、やむなく防衛大学校に進み、葛藤を抱いて不幸になる学生もいた。

組織された労働者の少ない高知県では、教職員組合が中心となって朝鮮戦争以降の反動化と闘った。「勤評は戦争への一里塚」と考えた教師たちは、さらに農民・漁民の組織化に向かっていった。革新と保守がぶつかり、激しい県民性がとりわけ保守派の暴力となって顕《あら》われた。そこには、自由民権運動が弾圧されて以降、軍国主義県として軍人を育て続けてきた文化が底深く流れていた。

だが、この県民が大陸に出て何をしたか、県内でいかに抑圧を強めたか、実証的に調べる視点を欠いていた。日本が臨海工業地帯を中心とする産業化、さらに80年代の情報サービス社会へ移行していくにつれ、青年は外に出て行った。近現代の歴史を直視し、この県で生きる幸せについて議論しなければならないが、その動きは今もほとんどない。

07.4

あの頃、少しだけ自由だった

高知市は方位のはっきりした都市である。どこを歩いていても、北に重厚な山脈が見える。衝立《ついたて》のように切り立って迫ってくるわけではない。ひとつかふたつ聳《そび》え立ち、その向こうに再び明るい平野を予感させるものでもない。ほどよく後に引いて、重畳《ちょうじょう》する峰々が空を区切り、巨大な塊となって私たちの往《ゆ》く手を遮っている。北の方向は明確であるが、それを越えて出て行くことは容易でない。

私はその四国山脈を、何度となく縦走した。物部川を分け入り、大栃から三嶺に登り、剣山に抜ける。あるいは仁淀川を遡《さかのぼ》り、面河渓を越えて石鎚山に登り、瓶ヶ森や笹ヶ峰を経て、伊予に抜ける。剣山と石鎚山に挟まれた吉野川に近い山々、梶ヶ森、工石山もよく登った。麓《ふもと》を土讃線が通る梶ヶ森は、何十回登ったか分からない。まるで裏山のように、渡河する岩、石楠花《しゃくなげ》の林、山小屋の竹の樋《とい》、曲がった小径《こみち》の先に開ける尾根、白雪の山頂などが脳裏に浮かんでくる。

歩いて越えていくという感覚を伴って北の山々を眺める土佐人は、もはや少ないのではないだろうか。だが幕末の青年は、この山脈を越えて都へ出て行った。あるいは山が険しいが故《ゆえ》に、室戸、甲浦《かんのうら》を迂回《うかい》して、海づたいに遠い中央の世界へ出て行くしかなかった。今、土讃線特急か高知自動車道を高速で走る人や飛行機で往来する人には、通過する感覚はあっても、山を越えて行く感覚はないだろう。

それでもなお四国山脈は、土佐人の性格を形成する土台であり、遮る相手であり、導き手であり続けている。この山を越えて大阪へ行くか、東京へ行くか。あるいはこの山の向こうに天下があると考えるか、どうか。否、向こうにある東京は日本国でしかなく、さらにアジアがあり、世界がある。そう気付くと、私たちの故郷は四国山脈を背にして直接太平洋に、世界に開かれているのではないかと再発見される。いずれかによって、私たちの世界観は創《つく》られているのではないだろうか。

私はこの山脈を様々に体験している。遠くに在る未知のものから、歩き馴染《なじ》んだものへ、そこを越えて出て行くものへ、そして再び還《かえ》っていくものへと体験している。高等学校の学年が上がるにしたがって、馴染んだ山脈から、やがて越えて行く山脈へ変わっていった。梶ヶ森へ同級生多数を案内したことがあった。徳島県の小歩危、大歩危への遠足を計画したこともあった。土佐高では県外への遠足は禁止となっていたが、担任の正木哲夫先生は容認してくれた。小歩危から大歩危まで吉野川を楽しみながら歩くのだが、ゆっくり歩く人もいて、予定の列車に乗り遅れそうになった。私は蒸気機関車に上って頼み込み、何分だったか、級友皆が乗り終わるまで待ってもらった。国鉄マンも乗客もおおらかだったころのことである。これらは馴染んだ四国山脈の初期の思い出である。

九州への修学旅行のとき、私は加わらず、級友の浜田継夫君と共に剣山から三嶺へ縦走した。その日、テントを背負って高知駅へ行くと、曾我部校長に呼び止められた。

「君、その恰好《かっこう》で修学旅行か」

「いや、剣山を抜けるのです」

彼は唖然《あぜん》としていた。やがて列車が阿波池田に着くと、制服の級友たちと正木先生に挨拶《あいさつ》をして別れた。1週間の晩秋の山行。三嶺にススキの穂がきらめき、雲は流れ、鹿が鳴き、いつもは出来ない秋の縦走を堪能した。

しかし帰ってくると、私だけ校長室へ呼ばれた。

「修学旅行は学校の行事です。参加しないのなら、なぜ登校して自習しないのか」

「それでは、なぜ野球の選抜戦のときは応援に行かせて、自習を勧めないのですか」

校長は黙った。そして取り寄せてあった私の成績簿を開きながら、「君、勉強はしているか」とつぶやいた。それほど成績が悪くなかったのであろう、彼はそれ以上言わず成績簿を置いた。私は級友の遅刻を報告しないためか、いつも学級の委員長に選ばれていた。修学旅行より登山を選ぶクラス代表に、正木先生は困惑していたであろうが、認めてくれた。校長に注意もされたであろうが、私には何も言わなかった。振り返って、深い感謝の念が湧《わ》いてくる。土佐高が比較的自由で、生徒と教師が対話していた時代のことである。このエピソードは、私が四国山脈を越えていくころの出立の体験である。

高等学校を卒業し、東京を通過して、私は北海道大学へ進んだ。南極越冬隊に医師を派遣してい

四国山地の雲海。旧本川村の手箱山から望む。

る北大、北極の研究の中心でもある大学。私は南極にも、北極へも行きたかった。親しんだロシア文学を通して、ロシアに、キエフに、シベリア行きに憧《あこが》れた。熱帯の探検も望んだ。同時に、人間の精神について知りたい、人間の社会の在り方について考えたいと決めていた。それは土佐高の教育で、ほとんど満たされなかったものである。だが母校は自然に対しても、社会に対しても恐怖心を持たないように育ててくれた。

戦前のような恐れや畏敬《いけい》の念で子どもを縛る教育は最悪の教育である。あの頃《ころ》の学校はまだ少しだけ自由であった。

喋り、議論し、聞き、思索する

明治初期の時代の雰囲気は中期以降、大きく変わったといわれている。「四民平等」によって階級をなくし、「広く会議を興《おこ》し」、「智識を世界に求め」るとの決意は、天皇制国家主義によって抑圧されていった。同じく、敗戦後に民主主義社会の建設が謳《うた》われた時期はあまりにも短かった。二つの開明と改革の短い時期には、よく似た現象があった。

近年、日本国憲法を改悪しようという動きが急である。保守派はあれはアメリカに押しつけられた憲法だから改正し、もっと米軍と一体になれる日本軍を増強しなければならないと主張している。先の戦争時の反米愛国は、戦後、従米愛国という歪《ゆが》んだ思考となって今に到っている。しかし日本国憲法とほとんど同じ憲法草案が、半世紀前の明治初期、植木枝盛によって起草されていた。

「日本連邦に関する立法の権は日本連邦人民全体に属す」という人民主権に始まり、自由権、平等、思想の自由、学問の自由、さらに死刑の廃止、人民の抵抗権、地方自治まで明記していた。憲法草案には書かれなかったが、枝盛は戦争放棄、万国統一の会所（国連）も求めていた。家永三郎教授の主著『植木枝盛研究』（岩波書店、１９６０年）は、戦後民主主義は単に与えられたものではなく、「枝盛ら先覚者により基礎づけられた平和主義・民主主義の伝統の復活と見なすことができる」と結んでいる。幕末の高知に生まれ、藩校致道館で「四書五経」の教育しか受けなかった枝盛は、その後の読書と議論と思索によって、半世紀以上後の戦後民主主義の地平にまで達していたのである。

戦時に生まれ生き残った者、戦後生まれの団塊世代。彼らは明治初期に青年期を過ごした者と同じく、旧体制が崩れた良き時代に成長している。それでは、彼らは何を創造したのか。藩閥政治から天皇制軍事国家へ、日本の辺境にありながら立身出世を主旋律とした文化を批判し、新しい市民社会を創ろうとしたのか。どのような土佐人を育て、どのような生き方を後の世代に伝えようとしたのか。

枝盛は初等、中等教育についても、「小学生徒をして大に政治思想を起すべき」「集会条例中学校生徒の政談演説に臨むを禁ずる個条などは全く刪除《さんじょ》すべき事」と記し、1887(明治20)年7月3日、私が育った高知中島町での講演で、「凡《およ》そ教育は各自の所好に放委すべきものにして、政府は之が干渉を為すべきものにあらず」と述べている。ここには、健全な市民はいかにして育てられるか、鋭い洞察がある。しかし戦後の高知の教育は、よき市民を育てるとはどういうことか、いまだ理解できなかった。

先日、本紙で作家の坂東眞砂子さんと対談するにつき、土佐高の後輩である彼女はどんな学級で少女時代を送ったのか、同窓会名簿を開いて驚いたことがあった。61人のクラスから11人が医科大学へ進学している（1976年卒業）。その14年前の私のクラスでは5人だった。5人でも多いのに、2割ほどが医師になるとは。

高知県は工業が少ない、大企業がないと言われ続けてきた。それ故《ゆえ》、医師になって郷里へ帰ってくるのが最も望ましい選択のひとつ、と考えられてきた。こうして医師が高知市に集中し、国民健康保険制度に依拠して私立病院が増えていった。今、政府が医療費の抑制に入り、医療レベルの高くない病院は行き詰まっている。まるで、海南中学などから幼年学校、士官学校への進路が奨励され、多くの軍国主義者を送り出していった、戦前の空虚なサイクルをもう一度繰り返したかのようだ。

医師だけでなく、一流大学へ進み、大企業への就職、官僚になることなどが望ましい選択と信じられてきた。極少数の青年はそうなったであろうが、彼らが幸せだったわけではない。そして多くの青年は大阪や東京に出ていった。出ていった青年は会社人間になり、残った者や親たちはあいかわらず「高知県は中央に遠く、産業がない」という言葉に縛られてきた。

いかなる人も幸せに生きる権利がある、と私は考える。自由権、社会権と共に、人権には幸福権があるはずだ。人は国家、家、社会、産業などを維持発展させるために生まれてくるのでは決してない。社会は生まれきた人を幸せにするためにあり、人はこれほども自分の可能性を引き出してくれた社会のために、何らかの貢献をしたいと思うのである。逆ではない。

それでは、幸せとは何か。人と人との交流に尽きると思う。旬の魚をとり食べる喜びも、その行為によって人と交流することから湧《わ》いてくる。芸術作品の創作も、作品を通して人と会話しているのである。枝盛たち土佐の自由民権運動は、貧しい者も、差別されていた女性も、部落民と呼ばれていた人も、一緒に議論をし交流の文化を創ることによって、充実した生を選び取った。

土佐で生きる幸せとは、よく喋《しゃべ》り、よく議論し、よく聞き、よく思索する幸せであってほしい。そこから知的社会が創られてくる。「じんまもばんばもよう踊る」（よさこい節）ような交流の文化の地であってほしい。そんな幸せな人びとの暮らす地に、旅人が訪ねてくるだろう。

追記

高知新聞での「高知が若かったころ」の連載を終え、しばらくして「南国土佐を後にして」を書くつもりだった。だが2009年、高知県はNHK「龍馬伝」放送にあわせて観光龍馬を煽ろうとした。私はその軽薄な商才を同紙（09年12月4日）で批判したために、依頼原稿であったにもかかわらず、当時の編集局長らから嫌がらせを受け、その後6年にわたって執筆依頼されなくなった。2016年5月、ようやく18歳からの回想を再開連載し始めた。

過熱する龍馬に寄せて

もうすぐＮＨＫの大河ドラマで「龍馬伝」が始まる。龍馬は28歳（１８６２年）で脱藩し、京都、大阪、江戸、神戸、下田、福井、長崎、鹿児島などを行き来し、33歳（１８６７年）で保守勢力のテロに倒れた。あまりにも短い、だが青年から壮年期へ駆け抜けていった人生は、人びとが若さや情熱に憧れるとき、モデルになりやすい。彼が長生きし、政治や実業において紆余曲折をへていれば、後世の人々は自らのあり得たかもしれない奔放で開明な青春の幻想を投影する対象にならなかったであろう。

龍馬はいつも、「第二、第三の龍馬出でよ」として語られる。19歳で剣道修行のために初めて江戸に出、河田小龍（中浜万次郎の聞き書きを著した）、勝海舟、横井小楠ら、これぞと想う先輩の懐に飛び込み、自己啓発をしていった。それは永い年月をかけた学識、思慮ではなく、手の届きそうなところにある理想像である。司馬遼太郎の『竜馬がゆく』も、そのような龍馬像を利用した。今再び、視聴率のさらなる上昇を願うＮＨＫが、手の届きそうなところにある理想像を利用しようとしている。

すでに、高知と長崎での龍馬利用は過熱している。ＮＨＫでの連続放送による人気を予期し、それを利用して観光ブームにつなげようとする企画は目白押しである。長崎市は龍馬通りという、亀山社中への道を整備し、龍馬の幟《のぼり》を連ね、高知の龍馬から長崎の龍馬へ、お株を奪おうとしている。長崎に少し遅れたかに見える本家高知市、高知県も、龍馬観光作りに追い込みをかけている。さらに、東京の宣伝会社が龍馬を利用して観光ブームを作りたいと熱望する高知人の心理をくすぐり、龍馬企画を売りこんでいる。作られた手の届きそうなところにある理想像は、司馬によって利用され、さらにＮＨＫによって利用され、さらに高知や長崎によって利用され、その利用しようとする心向けが東京の広告会社とそれに群がる文化人によって利用されようとしている。

１９６８年の明治維新百周年に始まって徐々に、とりわけ80年代後半より、高知県人は坂本龍馬を消費してきた。空の玄関は高知龍馬空港と改名され、写真撮影の黎明期、上野彦馬の写真館で撮られた龍馬の写真は標章（エンブレム）となって、龍馬グッズとして溢れている。飾り台にもたれ、遠くを見つめる肖像は、若さ、希望、文明開化の象徴である。噛んでも噛んでも噛み尽くせぬ、食べても食べても食べ尽くせぬ龍馬像であるとしても、それを消費し続けている高知人は幻想の青年期に足踏みしていることになりはしないか。

龍馬が生きていれば、どうなったか。彼の「船中八策」には、後の自由民権運動に発展する思考――「上下議政局を設け議員を置きて万機を参賛せしめ万機宜しく公議に決すへき事」と、国権を強化し朝鮮・中国へ出て行こうとする構え――「政令宜しく朝廷より出つへき事」、「海軍宜しく拡張すへき事」、「御親兵を置き帝都を守衛せしむへき事」など、

2つの方針がより合わされている。

その後の土佐は征韓論（後者）をへて、立志社を興し、言論（前者）によって政治を動かそうとした。その卓越した思想家は植木枝盛であった。彼は龍馬と同じく、板垣退助ら優れた先輩の懐に飛び込み、福澤諭吉などの明治啓蒙思想家の講義を聴き、彼らを超えて市民思想を創っていった。18歳で、高知新聞に部落差別を非難する投書を出している。人権の不可侵を強調し、男女同権を説き、市民の抵抗権、革命権、死刑の廃止、国籍離脱の権利を明文化した日本国国憲案を作り、万国共議政府（国連）と国際法による世界平和の実現を構想した。だが自由民権運動は弾圧され、10年後の1880年末には力を失い、枝盛も1892年、36歳で急死した。

以後半世紀をこえ日本敗戦まで、天皇制君権主義を否定した自由民権運動は知ることさえ許されなかった。例えば土佐中学を出た呉服孝彦は枝盛の著作を出版しようとして、警察に迫害され、26歳の若さで自殺（1938年）したといわれている。

自由民権から天皇制軍国主義へ、高知県はその振幅の最も大きかった県である。封建大名であった山内家は土佐の子弟を軍人にするため海南中学を創り、卒業生の多くを陸軍士官学校、海軍兵学校へ送り込んだ。小さな県（現在の人口も80万たらず）で、これほどの将官を出したところはないであろう。太平洋戦争開戦時のシンガポール攻撃、フィリピンにおける敗戦時の司令官、山下奉文陸軍大将は土佐の山里の人である。彼の軍隊はシンガポールで華僑を大量虐殺、マニラ防衛でも無数の市民を虐殺した。敗戦直後の陸軍大臣、下村定《さだむ》大将も高知市の人である。開戦時の軍令部総長であり、フィリピンのレイテ戦で神風特攻機による攻撃を始めた日本海軍の最高責任者、永野修身元帥も高知市の人である。『高知県人名事典』を開くと、大将、中将、枚挙に暇《いとま》がない。将官だけでなく、徴兵された兵士は攻撃的な軍隊となって中国侵略を支えた。

龍馬が活動した十数年に比べて、遥《はる》かに永い半世紀をこえる軍国主義の時代がある。にもかかわらず、高知県人に軍国土佐についてて尋ねるとほとんど知らない。政治的に隠されている。龍馬のロマンから一直線に、今日の高知へつづいているわけではない。封建士族の心情は軍国土佐に継承され、国家権力の強化によって一身を確立しようとする権威主義、上下のタテ関係、立身出世、狭い秩序のなかでの几帳面さは戦後の高知文化にも流れ続けてきた。敗戦後、かつての自由民権運動のように涌きあがった民主主義を暴力的に抑圧していったのも、底にひそんだ尚武保守の伝統であった。戦後の進学出世の風潮にもつながっている。

ＮＨＫの時代ドラマは作り話である。フィクションによって感情を沸きたたせ、歴史を歪《ゆが》めて見てよいものではない。土佐人こそ、近代高知の歴史を直視し、過去を克服する位置にある。龍馬の精神は自国民向きの語りを止めることを求めているのではないか。

第2章

札幌での日々

1960年代の春の北海道大学古河記念講堂。

16.5

世界は美しく、生命は甘美

老いとは何か。老いへの想いも年齢によって移ろう。若いころの老いへの想いは否定的だったとしても、老いるにしたがって老いは肯定的になっていく。

老、病、死。此の世に生存する虚しさに気付き、出家していったのはゴータマ・ブッダ（釈尊）であった。「中阿含経」仏伝にいう。「無知なる凡夫は、みずから老いゆくもので、同様に老いるのを免れないのに、老衰した他人を見ては、悩み、恥じ、嫌悪している。われもまた老いゆくもので、同様に老いるのを免れないのに、老衰した他人を見ては、悩み、恥じ、嫌悪するであろう。――このことはわたしにはふさわしくない、と言って、わたしがこのように観察したとき、青年時における青年の意気は全く消え失せてしまった」（中村元訳）。仏伝は続けて、「みずから病むもの」、「みずから死ぬもの」と虚しさを畳み掛けていく。ただし、いずれにしても、それらは青年期における想いである。

29歳でルンビニー（現・ネパール南部のインドとの国境近く）を出たゴータマ・ブッダは、50年の歳月をへて、齢《よわい》80になり、生まれ故郷をめざして「死の旅」に出かけた。イエスの死後60～70年後に書かれたキリスト教の福音書と違い、この最後の旅でブッダが語った言葉はそのまま弟子によって「大パリニッバーナ経」に記述されている。老いた釈尊が語る老いは、青年期に想っていた老いとすっかり異なっている。ある日、ヴェーサーリー市での托鉢からもどり、食事をすませた後、木陰に入って若き人アーナンダに言う。「アーナンダよ。ヴェーサーリーは楽しい。ウデーナ霊樹の地は楽しい。ゴータマカ霊樹の地は楽しい。七つのマンゴーの霊樹の地は楽しい。バフプッタの霊樹の地は楽しい。サーランダダ霊樹の地は楽しい。チャーパーラ霊樹の地は楽しい」。そして、「世界は美しいもので、人間の生命《いのち》は甘美なものだ」と伝える（マンゴー以外の名称は樹木名でなく、林の地名）。

この文章を読むたびに、私はアショーカ王石柱碑とマーヤー聖堂のあるルンビニーを出て、マヘンドラ道路を東へ、サールの樹（沙羅双樹）の連なるボルイの森に入っていった旅の日（2008年1月）を想《おも》い出す。真っ直ぐに林立する乾期のサールの林は明るく、村人が落ち葉を拾ってお皿に利用しているので下草はまったく茂っていない。遠くまで褐色に透けて見えるサールの林は、微《かす》かに乾いた爽やかな香が流れていた。

臨終においてさえも、神仏への信仰を説かず、ただ「戒めと三昧と行いと明知と心を統一することを、わたしは修した。尊い真理を説く者であった。これ以外に人の道なるものも存在しない」と告げたゴータマ・ブッダ。私たちは人生を振り返って、彼のようにいつも「世界は美しいもので、人間の生命《いのち》は甘美なものだ」と思えるわけではないが、老いの想いは変化し、今を生きている以上に、思い出が幾度となく重なり、謝罪や後悔を伴いながらも、「人間の生命は甘美なものだ」と思う時がある。これもまた老いの意識の変化である。

若い時、さらに中年期、生きられる時間の意識は徐々に短くなっていくが、それでも毎日、毎月、毎年、新しい出来事が起こり、今を生きるのに忙しい。やがて老いて、過去のイメージや思い出が被さり、現在を過去と今の重なりのなかで見ている自分に気付くようになる。

私は生き残って、すでに70歳をはるかに過ぎた。故郷土佐を出て半世紀を過ぎる。故郷に戻る機会はほとんど無かった。この間、何を想って生きてきたのか。振り返ると、多くの友が、知人が亡くなっていった。今も亡くなっている。若い世代に、このユーラシア大陸の端、極東の島国の、さらに島国の四国の際に生まれ、土佐人から日本人に、アジア人に、人類の一人へと自己認識のサイズを変えていった者として語りかけてみよう。先に逝った故人に、今、世界はどうなっているのか、伝えてみよう。

戦後の高知で少年期、青年期を送った者として、「高知が若かったころ」を高知新聞に連載したのは、２００６年5月から07年5月、高校生のころまでだった。再開する連載は、１９６３年、高知を出て北海道大学へ入ったころから始めよう。

どの年齢でも環境は、人に多くの影響を与える。とりわけ教育環境は、私たちが思っている以上に多くの意味をもつ。ただしその意味とは、単に授業カリキュラム、設備、学校の実績のことではない。学生同士の関係、教授たちの学生への態度、研究者たちの人間関係。理念とその実現の歴史としての伝統。それらが織りなすひとつの文化、である。

私は1963年3月、特急「はつかり」「おおぞら」に乗り、津軽海峡を渡り、初めてみる春の雪原を越えて札幌、北大へ行った。1876（明治9）年、W・S・クラークを教頭に迎えて開校した札幌農学校（北大の前身）は、全国から学生を集める伝統から、東京にも入学試験場を設けていた。東京で入試を受けた私は、北海道、札幌は初めてだった。

くもり空に小雪の舞う札幌駅、少女の毛糸のへアバンドに粉雪がかかるのに眼を留めて、すぐ駅の北西、歩いて10分ほどの北大正門へ入って行った。そのためか、私の意識では北海道のなかに札幌があるのでもなく、札幌に北大があるのでもない。まず北大があって、札幌があり、北海道がある。その日の朝は、北大合格発表日であり、私は落ちるとは思っていなかったので、大学で発表を見て、下宿を探すために北大に向かったのだった。

冬枯れの楡《にれ》の梢が雪の中央ローンに影を落とし、小川は雪融け水で輝いていた。まわりには白い板壁と濃緑の銅板の屋根の教養部の建物が点在していた。私はここで若い中村元教授（文学部、仏教学）から、「原始仏教」の講義を受けたのだった。それは高知の実家、中島町の隣にあった高野寺で親しんだ、甘茶を仏像にかける日本仏教とはまったく違っていた。中学・高等学校の中等教育への不満をすっかり忘れさせるものだった。そこでこの連載を、中村元教授の唾のとぶ情熱的な講義——私たちはつばき姫と呼んだ——をなつかしみつつ、書き始めよう。

16.6

人生を楽しむための知性

２０１５年６月、文部科学相名で、18歳人口の減少などを理由に、国立大学の人文社会科学系学部の改組・廃止を求める通知が出された。塾の教師から政治家になった下村博文文部科学大臣による政策である。すぐ「文系軽視」の批判に直面し、文科省は「廃止は教員免許取得を卒業条件としない教員養成課程が対象で、人文社会科学系は対象でない」と言い訳をした。だが教員免許取得を必須としない大学への統合圧力は十数年前より加えられており、この種のすり替えで弁明できるものではない。「国家に役立つ人材は理工系および医学系、人民管理のための少数の法学」という、明治期以来のさもしい発想が露呈していた。

いま実施されないとしても、人文社会科学への軽視は続くだろう。戦後、旧制総合大学に創られた教育学部は骨抜きにされ、国家による教育イデオロギー批判としての教育学は追い詰められている。２００６年の教育基本法の改悪のとき、反対声明を出した教育学部は皆無だった。大学としても、学部としても無く、唯一北海道大学総合博物館の教授会が反対声明を出した。戦前の師範学校から改組された教育大学、教育学部、学芸大学は旧に復し、国家の代理人として坦々《たんたん》と機能している。そこでは本来の教育学は軽視され、心理学が本流となっている。何のための教育か考える教育学は忘れられ、いかに学習するかを説く教育心理学が横行している。

戦後の大学教育改革の柱であった教養部も、1960年代にすでに旧に復しつつあった。旧制高等学校を廃し、専門学部に進む前に広く深く人文、社会、自然科学を学ぶための教養課程1年半から2年が設けられていた。そのため各学部の教授も、教養部の講義を担当することになっていた。だが東大がいち早く教養部を廃し、教養学部として独立させた。旧制高校にいた教授の不満と、敗戦で行き場を失った近代中国研究者の思わくが重なり、両者が一緒になって教養学部を分離させた。他の旧制総合大学でも、教養部は解体されなくとも、戦後改革のリベラル・アーツ（人文学）の理念は捨てられていった。北大は、戦後の大学教育改革の理念を最後まで維持していた大学の一つであった。高校から進学したばかりの若蔵に講義する負担は大きかったであろうが、私たち教養部学生は法、文、経、理、農学部などの教授からも講義を受けることができた。堀淳一教授（理）の物理学、中村元教授（文）の原始仏教、植物の多様性の意味を説かれた農学部の教授など、第一線の研究者から知を開く思想と喜びを伝えられ、感動したものだった。

教養とは専門教科を学ぶための基礎ではない。人生を楽しむための知性である。人類が創造してきた成果を味わい、人間社会のあり方について認識を深め、自然の仕組みについて考える。この歩みが教養であって、一定の到達点や合格点があるものではない。専門課程に進んだ後も、広い教養と専門との内なる対話がその人の生き方を豊かにする。

教養に生きようとする者の場である大学は当然、諸学部を持つ総合大学でなければならない。ユニバーシティという制度は明治になって輸入され、日本の令制にあった「大学寮」(式部省に属する官吏養成機関)の名称が転用され、大学と呼ばれている。だがこの名称は11世紀ボローニャやパリ(ソルボンヌ)に始まった、国籍・階級を問わず才能ある者を受け入れる組織としてのユニバーシティ、普遍的で全人類的なものという意味とは、まったく異なる。学ぶことに、小も中等も大もないはずだ。大学寮とは、国家や王に仕える大官への狭い階梯《かいてい》を前提としており、ユニバーシティとは似て非なるものである。本来の大学は世界に向かって開かれ、さまざまな分野の研究者が交流し、教養を豊かにする機関でなければならない。

私が北海道大学を選んだ第一の動機は、北の国の登山をしたかったからである。それまで四国の山はほとんど歩いた。山、高きが故に貴《たっと》からず。よく分かっていたが、それでもやはり峻険の峰、巨大な山脈を歩きたかった。北大は南極越冬の中心であり、北極研究の調査船も持っていた。北国の探検を続ければ、熱帯の探検の機会もあるだろう。大都市東京は偏頭痛がして、私はとても生きていけそうになかった。

第二のぼんやりした動機は、北大の歴史、理念を好んだから。旧制帝国大学は天皇制国家の官僚・指導者養成機関としての性格を強く持ち、そこで掲げられる理念は文武両道、和魂洋才といった武士階級の支配原理を取り繕って近代化しようとしたものであった。福澤諭吉の私学・慶應義塾も武士資本主義を出るものではない。たまたま北海道の開拓のための官庁「開拓使」は、文部行政の外にあって、札幌農学校を創った。その創設をケプロン、クラーク、ペンハローらアメリカ人農学者に要請、彼らはアメリカ北部出身のプロテスタントであった。明治政府は本性において耶蘇（キリスト教）嫌いであったが、彼らが厳格なプロテスタント倫理に生きているのを已《や》むなく黙認。第1期卒業生全員、第2期生のほとんどが「イエスを信ずる者の契約」に署名していった。
以来140年、その後の北大も他の帝国大学と同じく国家主義、軍国主義に振り回され、戦後の経済高度成長に合わせて歴史を刻んできている。しかしそれでも、初期の隠された理念は静かに生きているように思えた。

私たちの入学式では、有島武郎作歌の校歌「永遠の幸」ではなく、北大オーケストラの学生によって1912（明治45）年作の恵迪《けいてき》寮歌「都ぞ弥生」が演奏される。横山芳介によって作歌された寮歌の最後五番に「貴とき野心の訓《をし》へ培《つちか》ひ」とある。言うまでもなく、初代教頭W・S・クラークの別れの言葉、「Boys, be ambitious」からとられた詞である。私は入学する前も、その後しばらくもアンビシャス、野心という言葉に違和感を抱いていた。英語であれ日本語であれ、野心という言葉は野望、野心家といった否定的な色調を伴う。それが世俗的な野心ではなく、神に向かっての自覚であると気付いたとき、ああ、この大学は北米プロテスタントによって創られたのだったと理解できた。因《ちな》みに「都ぞ弥生」を作詞した横山芳介は、中央官僚への道を選ばず、制度化された最初の小作官として静岡県で地主との調停にたずさわり、46歳で結核に倒れた。彼の貴き野心は貧しい小作農と苦楽を共にすることに貫かれた。

だが北米プロテスタントの理想主義も自文化中心であった。アメリカ先住民の土地を奪い、森を破壊し、バイソンの皮を剝ぎ、鯨の脂を取り、ともに絶滅近くまで殺害してきた事実に無自覚だった。創立期の札幌農学校はアイヌの教育、女子教育に取り組んだとはいえ、北海道旧土人保護法によってアイヌの土地と生業を奪ってきたことを反省できなかった。

１９２０（大正９）年の寮歌「瓔珞《ようらく》みがく」（北大は今も毎年学生によって寮歌が作られている）は、「浜茄子《はまなす》紅《あか》き磯辺にも　鈴蘭《すずらん》薫る谷間にも　愛奴《あいぬ》の姿薄れゆく　蝦夷《えぞ》の昔を懐《おも》ふかな」と歌い、侵略者、加害者でありながら感傷ですませた。アイヌの知里真志保を文学部教授（アイヌ言語学）に迎えたぐらいで、北海道開拓が台湾、朝鮮、中国への植民地化の先駆になっていったことに深く反省することはなかった。

16.7 烏の言葉に驚いて

春４月、大学構内を流れるサクシュ琴似川の流れは斑《まだら》になって崩れかかる土手の雪を静かにとかしていた。白い空にアラベスクの様に伸びるエルムの黒い枝に烏《からす》が飛びかい、時どき古枝を雪《ゆき》消《げ》の中央ローンに落としていた。１９６３年、私たちが入学したころ、教養部の建物はまだ中央ローン北側の楡の森に点在していた。緑の屋根と白い板壁の洋館で、入学オリエンテーションを聴き、外に出ると、角帽の先輩大学生が才たけたお兄さんに思えたものだった。才媛のお姉さんもいたが、まだその数は極少なかった。

教養部医学進学課程に入学した青年は85人。このオリエンテーションの日に、担任となった岡不二太郎教授（自然科学概論）から、「入学の動機」を書くように求められた。何を書いたか憶《おぼ》えていないが、数日後「君、学生自治会委員として、第1回の会議に出てくれないか」と指名された。入学当初なので立候補者はいない。市民として成長するために、各学部の自治会は大学から公認されており、自治会費も授業料と共におさめることになっていた。私は、「またクラス委員か」とためらったが、「ともかく見てきてください」と勧められて出席した。

新しい大教室で学生自治会は開かれる。安保闘争からすでに3年がたち、学生運動は分裂していた。安保闘争時の全日本学生自治会総連合の委員長は北大生の唐牛《かろうじ》健太郎、社学同（社会主義学生同盟）から出ていた。その社学同も運動の退潮とともに衰退し、マル学同（日本マルクス主義学生同盟）中核派、革マル派（革命的共産主義者同盟革命的マルクス主義派）、社青同（日本社会主義青年同盟）などと共に、自治会執行部をとる民青系（共産党の日本民主青年同盟）と対立していた。そんなことさえ分からず、2回生の委員に交じって私は座った。議題は米原子力潜水艦寄港についてだったか、ソ連の核実験反対と第9回原水禁世界大会問題だったか、よく憶えていない。

記憶に残っているのは議論にまったく付いていけなかったことだ。1年上の学生たちはマルクスの初期の著作『経済学・哲学草稿』などを読み、「疎外された労働」や「人間の自己疎外」について語り、その上安保闘争後に流行となっていたサルトルの実存主義の言葉をない交ぜて喋《しゃべ》っていた。本人がよく理解していない言葉を力をこめて喋るのだから、聴いている方はなお分からない。夕暮れになって、手稲山に陽《ひ》が落ち窓の外の北大農場が暗くなっていく。すると教室の後ろに立って野次《やじ》っていたセクト（党派）の先輩格がつかつかと前の席に詰め寄り、時に殴りかかる。ショックを受けて帰り、下宿の隣室の経済学部の上級生小川東二さんに尋ねた。「自治会で喋っている言葉が鳥の言葉のようで、分からない。どうすれば彼らより難しい話ができるようになるだろうか」

彼は笑いながら、「まずヘーゲルの『大論理学』を読みなさい。そして北海道大学新聞会の試験を受けなさい」と教えてくれた。理系の学生である小僧を、彼はからかって答えたのかもしれない。

それでも私は武市健人訳（岩波書店）の『大論理学』を入手し、「何を学の始元とすべきか」に始まって、「無はむしろ空虚な直観または思惟《しい》そのものである。また無は純粋有と同じ空虚な直観または思惟である」、それ故に「無は一般に純粋有と同一のものである」といった文章について考えこみ、陶酔し、それがどうしたと思い、次にヘーゲルのように世界を論理によって獲得しようとしても自己満足に終わると考えたりした。具体的なものから抽象思考へ、少年から成人の思考へ、考える練習にはなったが、弁証法によるヘーゲル的体系化はどうしても受け入れがたかった。私は観念の世界に遊ぶより、現実を様々に体験する方を好んだ。それでも最近、宇宙の生成の理論を聞きかじっていると、ヘーゲルが２００年前に思索していたことのようだと思ったりする。

他方、私は北海道大学新聞会の扉を叩《たた》いた。正門を入ってすぐ、大学本部棟に向きあって楡の大木の下に学生会館があり、その２階に新聞会はあった。北大オーケストラ、北大合唱団、有島武郎などが集った油絵の黒百合会《くろゆり》、演劇部など古いクラブが並ぶ廊下の突き当たり、天井の高い広い教室が北大新聞会だった。「北海道帝国大学新聞」は１９２６（大正15）年創刊。戦後は教官のレッドパージを企図した連合軍総司令部民間情報教育局教育顧問イールズへの抗議運動の一翼を担い、学生運動のたまり場のひとつになっていた。一般文化サークルではなく、月２回、４面から６面、15段で発行する新聞は学生、同窓生が購読するだけでなく、大学本部が部局用に５千部買いとっていた。大学は支援はするが干渉しないという姿勢を貫いていた。顧問は北大新聞会の先輩でもある、布施鉄治教授（教育社会学、人権擁護の闘いに生きた布施辰治弁護士のお孫さん）。編集、経営はすべて学生が行い、事務員も学生が面接採用して給与を払っていた。

私も石炭ストーブの燃える編集室で面接を受け、作文を提出して新聞会員に採用された。山岳部を訪ねるのはしばらくお預けと思っているうちに、講義と読書と新聞編集に忙しくなっていった。いつの間にか友人たちと同じく鳥の言葉を喋るようになり、それもやがて飽きていった。まだ鳥の言葉の語りを残す２年後のコラムをひとつ、転写しておこう。クーデター（65年６月19日）で失脚したアルジェリアの初代大統領ベンベラを思う文をその日に書いている。

〈アルジェの乾いた白色の街を、一人の孤独な革命の戦士が、その華麗さのゆえに消えていった。民族解放戦線を従へ、しかし彼は異邦人のまま、暗黒の陰謀とアラブに咲き誇った思想や派閥の対立の中を、アルジェリア革命と社会主義を一身に体現し、カミュが〝太陽と死〟をうたったように、若き急進派ベンベラは〝太陽のアルジェリア〟をうたった。（中略）しばしば政府官僚や大衆に、彼の言動は座興的手法や場当たり的興味と映ったかもしれない。彼の理想を積み上げる姿は、無能な陰謀病者と政治山師には〝魔の独裁者〟に思えたことであろう。97・8％という圧倒的な大統領支持率は、権力の個人的争奪とテロによって中世より発展を停止した北アフリカの思考に、嫉妬をあおるに充分であった。（中略）ベンベラは去った。安定しはじめた国内体制をもとに、ＡＡ（アジア・アフリカ）会議を主導し、反帝反植民地路線と平和共存路線をのりこえた、バンドン精神にかわるアルジェ精神をつくり出そうとして、会議の戸口で突然消えていった。若き大統領ベンベラの見続けたものは人民と大地ではなく、アルジェリアの地に惜しみなく降りそそぐ太陽であったのか。〉

北アフリカの現状をほとんど知りもしないで、カミュの作品とバンドン会議を混ぜ合わせたぐらいのイメージで書いている。それでも24年後、私はアルジェリアの隣国リビアで理想を追う独裁者カダフィに会って、ベンベラを思い出したものだった。

16.8

ロシア精神の振幅たどり

教養課程の講義が始まり、エルムの森に点在する建物から建物へ、移動しながら講義を受ける北海道大学での生活が始まった。英語とドイツ語、数学、物理学、生物学、化学、体育は必修科目で教官は指定されていたが、他の語学（フランス語、ロシア語、中国語、ギリシャ語、ラテン語など）や人文科学、社会科学の選択科目は多く、どれを取るか迷った。医学部へ進学するために取らなければいけない単位は2年間で98単位、かなりきつかった。今日の大学文科系での4年間、卒業までに取らなければならない単位は１２４単位ほどという所が多い。私は2年間で１１０単位ほど履修した。医学部へ進むと月曜朝の第一講から土曜日昼第二講まで、講義と実習が休みなくある。

教養課程での厳しさは、学部での苛酷に耐える準備になった。

しかしかなりの学友が留年していった。教養から医学部へ進級したとき、十数人が留年となり、すでに工学部・理学部に進級していた学生や東大理類などの学生が編入試験を受けて入ってきた。彼らの多くは少し年上だった。2年後の基礎医学から臨床医学へ進級するときも数人が留年し、初年度に入学したのは誰だったのか、分からなくなって、85人が卒業していった。

教養のとき、シンガポールとマレーシアからきた2人の留学生がいた。彼らは物理や数学の試験がどうしても通らず、助けようとしたが、結局消えていってしまった。高等学校での理数のレベルが違っており、なんとかならないものかと思ったが、教官は妥協してくれなかった。名前は思い出せないが、ぼんやりと浮かぶ細面の青年の顔に申し訳ない思いが重なる。

ロシア語の担任は川端香男里講師（後に東大教授、川端康成は義父）。私はロシア文学を愛読していたので、2年次に選んだものの忙しく、続かなかった。ただ文学部ロシア文学科の福岡星児先生に北大新聞へ原稿を書いていただくよう、何度か頼みにいった。ドストエフスキー、トルストイ、プーシキン、ツルゲーネフ、ゴーゴリ、チェーホフなどの日本ですでに親しまれた作家だけでなく、思想家アレクサンドル・ゲルツェンの大著『過去と思索』、文芸批評家ベリンスキー、宗教思想家ベルジャーエフを愛読した。翻訳されたばかり、ソルジェニーツィンの『イワン・デニーソビチの一日』の時間をなめるような文体に感心したのも、このころであった。

ロシアの知識人は西洋文明に憧れ、ドイツやフランスの思想文学を愛好し、後れた社会制度としてツァーリズムと農奴制を厳しく批判する。西欧を模倣し農奴の搾取によって創られた首都サンクト・ペテルブルグ、そこで育った若き知識人たちはベルリン、ウィーン、パリに留学し、西欧の文明を理想化し、脱ロシアを説く。だが西欧の社会、文化、工業技術との較差はあまりに大きい。彼らは西欧文明・文化に憧れた反作用として、科学技術は西方の西欧が進んでいるとしても、精神の高さは「聖なるロシア」にあると考える。西欧に憧れた情熱が強ければ強いほど、その反動としてロシア精神の高貴な美しさが強調される。「脱露入欧」から聖なるロシアへの振幅回帰の思索は、ロシア知識人の厚い層によって絶えず続けられてきた。それらは福澤諭吉の「脱亜入欧」のような、浅い思索ではない。

私もまた北国の自然にふれ、脱亜入欧や富国強兵による手痛い敗戦挫折の後に育った青年として、このロシア知識人の思索に親しんだ。おそらくそれは、有島武郎ら札幌農学校に学んだ先輩たちがかつて歩んだ思索に近いものであっただろう。私はロシアの作家、思想家、革命家たちの思想の振幅に共鳴することによって、近代日本の歪《ゆが》みを理解する視点を得ていった。

それから25年ほど後、1990年代になって、ペレストロイカ後に調査しやすくなったソ連邦、バルト三国、東欧の国々を広く旅し、『紊乱のロシア』（1993年）や『聖ロシアの惑乱』（98年）（ともに小学館）などを書くに至る。青年期、ロシアから見た西欧、あるいは西欧とロシアの間にはさまれた東欧への思い入れは、連綿と続いている。

ドイツ語は医学進学課程だったので、2クラスに割って必修になっていた。井手貴夫《あやお》教授（ヘルマン・ヘッセの研究者）が英訳つきのドイツ語会話の分厚いテキストを買わせ、文法も教えず、いきなり会話文を読んでくるように求めた。つまらないので、授業はほとんど出席しなかった。代わりに夏休み、十分に時間ができた2ヵ月間、大学中央図書館で集中して独習した。

各学部、各学科ごとに古い図書館がある。ただし中央ローンの北側に、主に文科系の図書を集めた中央図書館が新築されていた。新築であったが、内部は高い天井、昔のデザインに合わせた木製の机が並び、2階の分厚い壁に支えられた大きな窓の外に、楡の梢が揺れていた。私はよく図書館で読書したので顔を憶《おぼ》えられ、大学院生なみに専用の机をあてがわれた。

爽やかな夏の札幌、私は暑い高知に帰らず、中央図書館ですごし、夕暮れになるとクラーク会館の食堂で夕食をとり、再び図書館に戻り、夜の楡の森を通って大学病院の前の下宿に帰っていった。

ドイツ語の初歩を終えると、短編小説を辞書をひきながら読み始めた。初期に努力して読んだ原書は印象深い。オーストリアの小説家、ヨーゼフ・ロート（1894~1939年）の『皇帝の胸像』もそのころ読んだ短編である。

現在の東ポーランドと西ウクライナにまたがる東ガリシア。この地方はかつて永らくオーストリア君主国の直轄領だった。州都リボフの北、ロパティーニ村にひとりの老伯爵が住んでおり、彼は先の大戦後に消滅したオーストリア・ハンガリー帝国の思い出に生きていた。国境が変わり、ある日、村にやってきたポーランド政府の役人が、オーストリア・ハンガリー帝国の最後の皇帝フランツ・ヨーゼフの石像を見つけ、取り去るように通知する。時代が変わり反抗できないと悟った老伯爵は、村人と共に皇帝の胸像を棺に収めて厳かに埋葬する。

ここで語られる皇帝はプロイセンの皇帝や、まして日本の昭和天皇とは異なる、親愛なる人間として尊敬される老皇帝である。その皇帝のもとで、自分が何民族であると強調することなく、多民族がほどほどの幸せとほどほどの不幸の内に暮らしていた。老伯爵は、そしてヨーゼフ・ロートは、民族国家（ひとつの民族、ひとつの国家）の観念に翻弄される以前のオーストリア君主国を偲び、東欧ユダヤ人の失われた故郷としてのガリシアを繰り返し語っている。

こうして私はロートのドイツ語を通してガリシアを想像するようになった。彼《か》の地はカルパチア山脈の北麓にあたり、南北路を進むとハンガリー平原に通じる。ナポレオンのフランス軍も、ナチス・ドイツ軍もこの地を通過し、また反撃するロシア軍もこの路を下っていった。ルブリン、マイダネックのユダヤ人絶滅収容所があり、ポーランドのクラクフ西にあるオシフィエンチム（ドイツ名はアウシュビッツ）絶滅収容所も遠くない。1992年、ウィーンからクラクフを訪ねて以後、私は西ウクライナ側のリボフ、ルブリン、そしてカルパチア山脈へと3度旅している。

平田達治、佐藤康彦教授の精力的な翻訳によって『ヨーゼフ・ロート小説集』全4巻、および

『ラデツキー行進曲』(ともに鳥影社)、『果てしなき逃走』(岩波文庫)も後に出版されている。声を聞いたわけではないが、ロートによると「鼻にかかり、少しなげやりに口にされ、やわらかな中世語を思い出させる」オーストリア人のドイツ語を通して、ドイツ語にふれ、ウィーンとガリシアの文化を知ったことを幸せに思う。それはドイツ文化とロシア文化をつなぐものでもあった。

16.9

因習から解放された大学

遠い札幌、高知とはほとんど関係がないと思われているかもしれない。私も、土佐人がどれだけ北海道へ渡っているのか、考えたこともなかった。

北大に入って1ヵ月ほどして、私は北海道拓殖銀行の東条猛猪頭取から夕食の招待を受けた。東条さんは高知市出身、大蔵省から拓殖銀行頭取になり、生涯北海道振興に尽くされた経済人である。当時はそんな偉い人であることも知らず、ただ遠く高知から来て寂しがっている青年を励ましてくれるのだと思った。柔和な東条さんに、「よく北海道まで来られましたね」と迎えられた。2年ほど前から、東条さんは歓迎の宴を開いてくれていた。その年、北大入学者が極少なかったのか、他に誰がいたのか、思い出せない。

土佐高の私たち正木哲夫先生のクラスから、3人も北大に進んだが、それぞれ入学年が違うので夕食会を共にしなかった。農学部に進んだ田原哲士君は母校で研究に打ち込み、札幌農学校以来の伝統ある農芸化学科の教授を永く務めた。退官後はどこの大学にも出ず、余市に畑を借り、晴耕雨読の余生を送っている。田中汎君は水産学部を出て日本水産に入り、北洋の海上で16年間、水産加工の仕事にたずさわり、陸に上って常務取締役を務めた。その安定した人格が、狭い船の工場で働く多数の労働者の心を支えたのであろう。ほとんど家に帰れず、氷の海での16年間を想うと、最も北大生らしい生き方をした人の一人として尊敬している。

私は高知県人の多くがそうであるように、ただ同郷や同窓であるといって連れ合うのを好まない。薩摩や長州の県人会、早稲田大や慶應大の同門会などを見ると、固い親睦が他を差別する閉ざされた力にもなりうることを、なぜ気付かないのかと思う。なるべく開かれた社会を作るために、親睦に閥《ばつ》の影が伴わないよう警戒しなければならない。

それでも意外なときに、「同じ大学ですね」と言われることがある。1989年夏、リビア政府より渡されたビザによりトリポリへ「よさこい鳴子踊り」の一団を送ろうと企画したとき、高知へ帰り、高知商工会議所の西山利平顧問（8期24年間、会頭）に支援をお願いに行った。「よさこい祭り」の生みの親である西山さんは、「君が野田君か。僕も北大だよ」と、初対面の私を満面の笑みで迎えてくれた。80歳の西山さんは北大農学部農業経済学科（新渡戸稲造が初代教授、札幌農学校以来の伝統ある研究室）卒。思ってもいなかった厚意に、私は驚かされた。自分が若かった頃がなつかしかったのであろう。こうしてトリポリの西、地中海に面した古代ローマ時代の遺跡サブラータの円形劇場で、よさこい鳴子踊りが舞うことになった。アラブの男たちは、日本女性の美しい脚が見えたと言って喜んでいた。

札幌農学校と土佐人、北海道開拓と土佐人は最初から深い繫《つな》がりをもって今に到っている。東京大学に先だって1876年、日本で最初の学位（学士相当）を授与できる学校として開校した札幌農学校。それは徳川時代の各地の藩校を源流とし、儒教思想から天皇制国家主義へと到る日本の大学群の流れとは、まったく異質な理念をもって始まった。明治政府が自覚的に意図したものではなかったが、ロシアの南下を恐れ北海道開拓を急ぐ政府が植民地国家アメリカに指導者を求め、たまたまW・S・クラーク（アマースト大学教授、マサチューセッツ農科大学学長）を推挙されたことによって、アメリカ東海岸の大学がそのまま移植されたのだった。クラークと彼が伴った3人の若い教授の思想は民主主義とプロテスタンティズム、理念としてはフランス革命からアメリカ独立、南北戦争へと続く自由、平等、博愛であった。

クラーク教頭（実質上は初代学長）は1876年8月14日、開校式の祝辞でこう述べている。
「長年にわたり東洋の国々を暗雲のごとく包んできた因習と身分制度の暴政からの素晴らしい解放は、教育を受けようとする全ての学生たちの胸に高邁なる志（Ambition）を抱かせずにはおきません。若い紳士諸君、諸君の忠実にして有効なる働きを大いに必要としている祖国において、各自が各自の労働と信頼で最高の地位とそれに伴う名誉を得、それに値する人物となることができるように努力しなさい」

ここでは辛苦して北海道の開拓にはげめとも、屯田兵のごとくロシアとの戦いの礎になれとも言っていない。上下関係を求めていない。彼はアメリカ民主主義の体現者として、これまでの日本を「暗雲のごとく包んできた因習と身分制度の暴政」にあったと全否定している。その上で「若い紳士諸君」と呼びかけた。クラークはその後に16人の全生徒を集めて、「この学校の前身である札幌農学校にはきわめて細密な規則があって生徒たちの一挙一動を縛っていたようである。しかし自分が主宰する学校ではそのすべてを廃止する。今後自分が諸君に望む鉄則はただ一語、Be Gentleman。これだけである。自己の良心に従って行動し、出処進退すべて正しい自己の判断によるのであるから、やかましい規則は不必要だ」と告げた。封建制徳目教育のもとで育った秀才たちは、「紳士たれ」が何を意味するか、理解するのは難しかったと思われる。それは異文化の衝突であったから。

例えばクラークと生徒たちが冬の手稲雪山を登った時のエピソードが伝えられている。第1期生（卒業したのは13人）の内、3人もが高知県士族だった。黒岩四方之進（小説家・黒岩涙香の兄、高知県安芸出身）、内田瀞（北海道開拓功労者、上川の農場経営）、田内捨六の3名を「土佐ボーイ」と呼んで、クラークは親しんでいた。1877（明治10）年1月30日、教官と生徒たちは札幌近郊の手稲山（1023メートル）に道なき深雪を踏破して登った。山頂近くの枯れ木の先に珍しい地衣類を見つけたクラークは、手が届かないので、根元に四つばいとなり、「ボーイ！　私の背中に上って採れ」と言った。「三尺去って師の影を踏まず」という教えの下で育った青年たちは誰も近づかない。クラークは最も背の高い土佐ボーイの一人、黒岩を呼び、「クロー、上って採れ」と言った。已むなく黒岩青年（この時、21歳）が靴を脱ごうとすると、「靴のまま上れ」と言った。困りはてながらも黒岩は靴のまま学長クラーク（この時、50歳）の背中を踏み、地衣を採集してクラークに渡したのだった。一同歓喜した、と伝えられている。この時採られた地衣類は「みやまさるおがせ」だった。

クラークは帰国を前にして「イエスを信ずる者の契約」を起草して、学生に示した。その冒頭に黒岩四方之進が署名、第1期生全員が続いている。翌年には内村鑑三、新渡戸稲造、廣井勇《いさみ》（橋梁工学の世界的権威、高知県高岡郡佐川町出身）、宮部金吾ら第2期生の多くが署名している。卒業後、彼らは海外の教団に属さない、個々人が聖書に向き合う「札幌基督教会（現・札幌独立キリスト教会）」を創った。教会存続に困窮する彼らのもとに、海の向こうのクラークは100ドルの大金を送ってきた。生涯誠実なクリスチャンとして生きた黒岩も、北海道十勝郡浦幌に大農場を開拓しながら、独立教会を支え続けた。

黒岩は老いてなお手稲山登山について語り、「今に到るまで先生に済まぬと思うことは、如何に許して下さったのであるとはいえ、自分は先生の背に靴のまま上ったのである。かく老年となってみれば、アンビッションも持ちかねるが、然しクリスチャン・ゼントルマンでありたい」と語っている。

これほども土佐人と北大・北海道は繋がっている。坂本龍馬も怒濤《どとう》の月日の彼方に夢みた新天地。因習のない異国のように思えた島。土佐の青年は彼の地へ渡り、近代社会の理念に触れていったのだった。

16.10

読者と対話する大学新聞

ひとりの人間の時間体験は、若い日には永《なが》く感じられ、次第に短く早く過ぎるようになる。老いて気付くと短い繰り返しとなり、昔と今が重なってひとつに想《おも》えたり、遠く別のものに想えたりする。青年期、為《し》たいこと多く、為なければならないことも多いが故に、生きられる時間は永かったはずだ。十分にあった大学生時代の時間を、私は何に使ってきたのだろうか。

講義、演習、実習が終わった後、楡の森の道を2キロ歩いて正門前の学生会館2階、北海道大学新聞会の大教室に通っていった。その部屋は、事務と会議と資料室の三つに区切っても余るほど広かった。組織は業務部、資料部、討論会、読書会、写真部、教養部会、全学新（全日本学生新聞連盟）、そして一面、二面、三面、四面ごとの編集部門に分かれていた。私は医学部を卒業したが、同時に北大新聞会を卒業したといえるくらい、多くの時間をここで過ごした。「鳥の言葉」に驚かされ、難しい抽象的論理に親しみたいぐらいの動機で、門をくぐった北大新聞会に何故《なぜ》あれほど打ち込めたのだろうか。

さまざまなテーマに取り組み、教授を訪ね、本を調べて原稿を書いた。大学の自治、大学の役割、日韓条約、原水禁運動、早稲田大学の授業料値上げ・学生会館管理問題に始まる闘争、保健婦助産婦看護婦法改変による看護問題、医師インターン制問題ほか。個別問題では、北大の東京試験場廃止の議論、大学中央図書館の運用など。反ナチの文学、ロシア文学、近現代の絵画について等々。ひとつひとつの主題を考え、会のなかで討論して出稿していった。一面を埋め尽くして書くこともあった。とりわけ晩秋から冬期、期末試験が近づいてくると、会に出てくる者が急に少なくなる。2、3人で総《すべ》てを書いて出すしかなかった。

経費は学生部買い取り5千部、東京のリクルート社と東京弘報社が集めた広告費（主として書籍広告）、僅《わず》かばかりの大学近辺の商店からの広告費だった。北大新聞はよく読まれたが、学内各所に置かれた新聞ボックスに投入されたカネは少なかった。ちなみに1966年10月25日号、創基90周年記念号8ページで30円。定期予約購読料（送料共）で年間420円であった。卒業生、父母で購読してくれる方もいたが、発送が大変だった。事務職員一人では間に合わず、その日出てきた者で手伝った。役割分担は自主的に行われており、怠けるのを咎めたり、強制する文化は一切なかった。

教養部を終え医学部へ進学した学部1年、2年（いわゆる3回生、4回生）のとき、私は編集責任者になっていたが、いつも印刷所の支払いに苦労した。東京の広告取次会社は送金がしばしば遅れ、新聞印刷（株）の社長に催促された。

年の暮れの夕刻、解剖学講義棟から出てくると、新聞印刷の社長に腕をつかまれた。「カネを払え。払ってくれないと、年が越せない、社員にボーナスが出せない」と責める。「今から学長のところへ行こう。工面してもらうために」、「嫌だ。待ってくれ」と遣《や》り取りしながら1キロほど離れた大学本部棟まで連れていかれた。私は困惑していたが、赤絨毯《じゅうたん》の敷かれた学長応接室で杉野目晴貞学長は笑いながら対応してくれた。それから数日後、額は忘れてしまったが、学長が用意してくれた札束を持って新聞印刷に届けに行った。若僧《わかぞう》の身、数十万の現金の持ち運びに緊張したことを憶《おぼ》えている。もちろん、東京の広告取次会社より送金を受けて返却した。

杉野目晴貞教授（理学部化学）は54年から65年まで、3期北大学長を務めた。彼はクラーク博士ゆかりのマサチューセッツ大学と交流を深め、戦後のまだ貧しい時代、自ら率先して寄付を集めて職員宿舎、クラーク会館などを造った人である（蝦名賢造、『札幌農学校・北海道大学百二十五年――クラーク精神の継承と北大中興の祖・杉野目晴貞』、西田書店、2003年）。クラーク会館は杉野目学長が心血を注いで集めた寄付によって、日本初の学生会館（１９６０年）として建てられた。杉野目学長は「新教育の理念は全人教育にある。専門の知識は教室で与えられる。しかし、人格の形成は、課外の教官と学生の人間的接触によってはじめて可能となる。そしてお互いが接触する場、それがクラーク会館である」と述べている。この理念のもと、パイプオルガン、学生群像・札幌独立教会・モデルバーンなどを描きこんだ大緞帳《どんちょう》（京都の川島織物）を備える大講堂、大食堂、特別食堂（グリル）、カフェ、理髪店、売店、画廊、談話室、宿泊室を配置した学生会館が建てられた。私たちはこのクラーク会館開設3年目に、「都ぞ弥生」で迎えられる入学式に座ったのだった。以後、小川と中央ローンを囲む、北大新聞会と中央図書館とクラーク会館の三角点で、私は優れた友人、教官と深い交流を持った。エルムと建物は私たちを育ててくれた。

大学の大きな行事ごとに、私たちは学長の談話を取りに行った。彼は時に「アカ新聞を代表しているのは困るな。なんとかならんか」と冗談を言って笑っていたが、決して内容に干渉する発言はしなかった。新入生に贈る文章を書いてもらいに行ったとき、「先生、昨年も『エルムの鐘』と札幌農学校の精神でしたね」と私が切り出すと、「ああ、君はよく分かっている。代わりに書いてくれないか」と答えられた。半信半疑で書いて持っていくと、「よく書けている」と受け取られた。

北大新聞会運営の困難は、経理の遣り繰りに加え、政治セクトの干渉をいかに防ぐかであった。医学部へ進学し講義実習に追われ、3年間通った北大新聞会を辞めようとした。だが後輩たちが左右のセクトとの対応に苦しみ、復帰を求めてくるため、再び代表になったりした。

もとより大学新聞は日本の商業新聞のように不偏不党を謳いながら、保守体制擁護・現状維持の機能をはたしていくものであってはならない。すべてのジャーナリズムは「人間と社会はどうあるべきか」、考える視点をもってのみ新しい事実を発見できる。発見し整理した事実と見解を提示することによって、読者と対話が起こり、その対話から人間と社会への認識が深められていく。大学新聞は規模予算において零細だが、若い知識層である大学生・大学院生に向かって語り掛けることによって、一般のマスコミよりも、より具体的な、より直接的な対話ができるはずだ。

他方、右にしろ左にしろ、セクトの機関紙に変えようとする策動は、まったく逆の方向にある。党派が宣伝する文章を書き連ねることによって、学生に影響を及ぼそうとすれば、新しい事実の発見は止まり、思考はステレオタイプ化し、読者との対話は忌避される。

私たちは60年安保闘争の後、分裂した革共同（革マル派）の繰り返される北大新聞乗っ取り策動と闘わねばならなかった。彼らは屈強な学部学生を送り込んできた。政治党派にかかわっている疑いで、入会を拒むわけにいかない。入会させ記事を書かせ、徹底的に朱を入れて、レベルの低さを指摘する。その繰り返しによって、暴力がふるわれるのを防ぐしかなかった。統一教会・原理研究会による紛らわしい「北大学生新聞」偽造とも闘わねばならなかった。そのため後輩の衝立として、北大新聞会を辞めるのが難しかった。

16.11

屍体、あなたは誰？

教養部の課程を終え、銀杏並木《いちょう》をはさんで大学病院と向きあった医学部へ進級したのは1965年春。3月2日にはアメリカ軍による恒常的北ベトナム爆撃が始まり、駐留米兵は増派し続けていた。ベトナムへの米兵は主として沖縄米軍基地から飛びたっていた。だが、日本での抗議行動はほとんど無かった。2年前の63年6月11日、クアン・ドク師が反仏教徒政策に抗議して焼身自殺していたが、日本の仏教徒・仏教教団は同朋の苦しみを想う力はなかった。ようやくこの年、65年4月、小田実《まこと》の呼びかけ「一人でも行動する」によって「『ベトナムに平和を！』市民連合」が創られ、徐々に多彩な反戦活動が展開されるようになる。私はたまにデモに参加するくらいだった。後に1989年、ホー・チ・ミン、プノンペンを初めて旅して以来、何度となくインドシナ戦争の後遺症を調べることになる。

65年6月には日韓基本条約が調印された。私たちは経済成長を遂げた日本資本主義が、アメリカの意図する日韓結合の戦略の下で、韓国を再び市場にしようとするもの、として街頭デモを繰り返した。着任したばかりの若いドイツ人講師に、クラス討論の時間がほしいと片言交じりのドイツ語でお願いしたことを憶《おぼ》えている。左右サイド・ベンツのジャケットを着た長身の講師は、教室の後ろに座って熱心に私たちの討論を聴いていた。

私はこの日韓条約問題をとおして、韓国併合の歴史、在日朝鮮・韓国人の状態について本を読み、後れ馳せながら学び始めた。だが海峡の向こうでは、学生たちがクーデターで権力を奪った朴《パク》正熙《チョンヒ》軍事政権に対し、軍事独裁を強化するものとして激しく闘っていることを知らなかった。彼らにとっては、命懸けの民主化闘争だった。隣国に生きる人びとの苦しみへの想像力の欠如は、明治の開国以来、ほとんどの日本人に一貫している。北朝鮮の核の脅威は叫ばれても、あの石化した独裁政権の下で生きる人びとを思い遣り、共に悲しむ心はない。ナチス・ドイツのユダヤ人虐殺を黙認していた当時のドイツ人、イギリス人、アメリカ人らと同じである。

同年9月、インドネシアで9・30事件が起こり、スハルトの反共クーデターによって100万人といわれる人びとが虐殺された。アジア・アフリカ諸国の独立と平和を謳ったバンドン会議の提唱者、スカルノは失脚。私的に個人的に嫌っている近隣の人びとを殺害する手段として、共産党容認の疑いが使われていった。私は憶えている、同級生の小林一三君が医学部の階段教室で、インドネシアの無数の人びとが殺されている、君たちどう思うか、と叫んでいた。考えなければならないことは多かったが、基礎医学の講義に追われていた医学生はアジアの問題に反応する知性を持たず、討論にならなかった。

65年に起こった三つの政治問題を挙げただけだが、こうして振り返ると、青年期に起きていた政治的・社会的問題に関心を持ち、討論し、自分の判断意見を創ろうとする努力が、いかに後の視野への踏み石と成ってきたか、分かる。安保世代、全共闘世代といった大きな社会運動によって括る世代論があるが、それは外部から見た操作的分類でしかない。大きな社会運動に直面する、しないにかかわらず、今起きている政治的・社会的問題に対してひたすら考え、判断し、討論をする。曖昧で、自分の意見を持たない方が生き易いといわれる日本の社会に抗して、あえて自分の感情を言語化することが、思想と感情を育てていくのである。

医学部へ進むと、解剖学Ⅰ、Ⅱ、組織学、生理学Ⅰ、Ⅱ、生化学Ⅰ、Ⅱ、細菌学、薬理学、病理学Ⅰ、Ⅱ、衛生学、公衆衛生学、法医学の各講座の講義と実習・実験が毎日続くようになる。北大新聞会の仕事と医学部の授業を両立させるのは、かなり厳しかった。医学生で大学新聞の編集に携わった者はいなかった。新聞会での長い討論の後、夜明けまで本を読み、原稿を書き、雪の道をキシキシと踏み締めて傾斜のきつい階段教室に入っていく。スティームで温まった空気が上に昇ってくる。後列に座っていると、講義用の大机は谷の底にある祭壇のように遠くに見え、坦々と講義する教授の声も遠くでエコーしはじめる。そのまま眠ってしまうことも少なくなかった。こうして睡眠不足を補い、両立に耐えたのだった。

午後の解剖実習では、アルコールの入ったプールから決められた屍体を上げ、解剖実習室のテーブルまで運ばなければならない。6人グループで1体を、筋肉、腱、動静脈血管、リンパ管、神経系、各臓器、骨へと、一つひとつ取りだしながら辿っていく。私は昼休みも、正門前にあった学生会館の北大新聞会室まで行かねばならないことが多かった。そのため屍体の解剖台への準備は、心やさしい5人の同僚（6人グループは、臨床実習［ポリクリニック］まで4年間を共にするので、同級生というより同僚といってもいい関係になる）が前もってしてくれていた。

黄ばんで疲れた屍体を前にして、私が最初に思ったことは、彼（彼女）は誰か、だった。不幸にも遺体を引き取る者のいない行路病者だったのか、施設や刑務所で病死したやはり引き取る家族のいない人だったのか。自ら医学教育のために献体された人なのか。それぞれに生きてきた人生があり、社会があるはずだ。

しかし、彼は誰なのか、一切の情報は消されていた。それは屍体が名前をもつことから起こる面倒から、医学教育を守るためかもしれない。だがやはり、人間を1回限りの人生を生きた実存として理解するのではなく、ひとつの物体として捉えよという医学イデオロギーが強く働いていた。「この人はどうして、ここに来たのですか」と私は同僚にも、助手にも、教授にも小さい声で尋ねてみたが、誰も怪訝な顔をするだけだった。同級生たちは極めてなめらかに、人間を無名の身体として見ることに馴染んでいた。

さしあたり人を正常な生物学的身体として見るようになった医学生は、次に病理学を学び始めると、正常か病的か一瞥した後、すべての関心は病的なものへ集中していく。人は正常でもあり、病的でもある身体をもって生きているが、この揺れ動く曖昧な領域に生きている身体については関心を持たなくなる。このような視線は病理の追究には有効だが、同時に病気の概念を拡大して止まなくなっていくことを気付かせなくする。身体のみならず、精神についても病気の概念を拡げてやまないまったく同じ思考になる。

私は教養生のころから、精神医学を学ぶことにほぼ決めていた。医学教育で人間の無名化のイデオロギーに浸っても、精神科医になれば再び人間の実存、1回限りの人生を生きる全体的な人間理解への知性を取り戻せると思っていた。だが、学部教育によって無名の身体と病理に親しんだ若い医師にとって、それは容易ではなかった。それでもすばらしい先輩精神科医に出会って、少しずつ若い日の願いを辿ってくることができたように思う。

16.12

抽象的思考への臨界期

大学の教養部から学部への移行のころ、よく本を読み、考え、他者との交流に努めれば、具象的思考から抽象的思考へ飛躍する臨界の時期となる。少年期までの、見たもの、在るもの、体験したことの組み合わせによる思考から抜け出し、さまざまな事物の本質について考え、自分らしく言葉を定義し直し、概念と概念を組み合わせて思考できるようになる。この時、これまで実在するものとして疑ってもみなかった事物、また出来事が考え方によって違って見えることに気付き、新たに育まれた抽象的思考が具象的思考と対話し始める。

この時期を外すと、抽象的思考への飛躍はかなり難しくなる。そのため青年期後期、哲学、いくつかの人文科学、社会科学を学び考えることが大切となる。ドイツのギムナジウム、フランスのリセ（共に大学入学予備課程）は、この臨界期の教養を大切にしてきた。日本の旧制高等学校はそれを真似《まね》たが、似て非なるものでしかなかった。

幸運にも私は戦後の大学教育改革の最後の流れに乗り、抽象的思考と具象的思考の内なる対話を身につけた。だが医学部の講義・実習はほとんど具象的思考の範囲に留まっていた。疾病の成り立ちを考え、分類する病理学。血液、リンパ液の機能を考察する理論血清学。この病理学と理論血清学を結ぶ免疫学などに興味をもち、医学書も読んだ。だが他の多くの分野は知識の集合であり、ノートをとり、記憶する学科だった。単位を得るための勉強はしたが、振り返ってそんなに打ち込んだ科目はあまりない。

ただし2年間、ひたすら先端の心臓血管系についての手術を講義し、一般外科の講義はまったくなく（あったかもしれないが、私は憶えていない）、モニター・テレビで自分が執刀する心臓手術を観させ続けた杉江三郎教授（外科学第二講座）の講義。精緻な論理で診断と手術を結びつけていく都留美都雄教授（脳神経外科学講座）の講義・実習は、芸術にふれる思いで楽しんだ。当時、アメリカ系の脳外科が脚光を浴びていた。子どものころからラジオやテレビを作り、細工が好きだった私は、脳神経外科学もおもしろそうだなと思ったが、専門医になり10年もすれば、技術に倦《あ》きてくるのではないかと思えた。都留教授を尊敬しながらも、若いが故にこんな不遜な思いを同時にもったのだった。

精神医学の本は初歩的なものであるが、よく読んだ。S・フロイト、E・クレッチマー、K・シュナイダー、E・ミンコフスキー、V・フランクルなど、ヨーロッパの精神医学者の翻訳書を開いた。十分に理解しないいまま、そこには身体の医学を超えて、この社会で生きている人間の全体があるように思えた。とはいえ「人間の全体」とは何か。当時の私は、その考察の入り口でたたずむだけだった。

期待していた精神医学の講義は、期待が大きいだけに失望させられた。北大の精神医学講座は内村祐之《ゆうし》教授（内村鑑三の息子）に始まる伝統ある大教室ではあったが、4代目の諏訪望教授は医局講座制を上手に利用するだけの権威的な人だった。彼の著作『最新精神医学』（南江堂）は重版を重ね、日本全国の医学生に読まれた本であったが、それは当時の精神医学を受験参考書のように上手にまとめたものであり、後に読んだE・ブロイラーの『精神医学書』やカール・ヤスパースの『精神病理学総論』のように、独自の思想を感じさせるものではなかった。患者の写真を何枚も大写しで載せており、病める人への思い遣《や》りを欠いていた。とりわけ精神医学がどのように社会と関わってきたのか、歴史と現状を分析する視点はどこにも無かった。
後に私たちが青年医師連合（青医連）を創り、無給医・学位（博士号）システムがいかに日本の医療を歪めているか、詳しく分析し、教授会と団交を持ったとき、学部長であった諏訪教授は「博士号を授与するのは教授のビジネス」と答えて恥じなかった。彼は抽象的思考への臨界期をもたないまま大学人になったのか、とあきれたものだった。

こんなエピソードもあった。卒業後、精神医学教室で研修を始めて、その時代錯誤な慣習と雰囲気に驚いた。例えば昼食会。昼食時になると、外来や病棟、研究実験室に出ていた医局員たちが昼食に戻ってくる。大正期に建てられた洋館木造の会議室（医局室）には、長い大机が置かれていた。御前会議のごとく、一端に諏訪教授が座り、向かって左手か右手に助教授、講師が座り、続いて6、7人の助手たちが座り、大机の椅子に当たらない大学院生や無給医たちが後ろの長椅子に座る。それぞれ弁当を開いたり、医局事務の女性たちに注文依頼していた弁当を受け取り、お茶をもらう。

私はこの序列昼食会に参加すると、頭がおかしくなると感じた。精神科医全員が頭がおかしいとき、「おかしい」と言い出すとどうなるか。昔から精神科教室に伝わる小話がある。
先輩医師が若年医師に問う。「君、優れた精神科医とはどんな医師か、知っているか？」。答えは、「こんな医者に診てもらっているくらいなら、そろそろ病気を止めた方がいい。そう思わせる医師にならんといかん」

こんな話を思い浮かべるほど、卒業したての若者には奇矯に感じられた。そこである日の昼食会、私ともう一人の研修医はパンを持って早く入り、助教授、講師の座る席にそれぞれ座った。左右から教授をはさむ形となる。やがて医局に戻ってきた先輩医師たちは、席順が乱れているのに当惑した後、ばらばらに座り始めた。話もせず、黙っている。やがて諏訪教授が2階の教授室から下りてくる。彼は表情を硬くし、立ち止まる。なんとか全員を見渡すいつもの上席に座ったものの、2段の弁当を開くことができない。

私の向かいに座った友人研修医が、「先生、お弁当が冷えますよ」と促す。教授は弁当包みをほどいた。なんとか箸を持ったものの、手は途中で止まり呆然としている。駆け出し精神科医の私でさえ、この症状を「途絶」（思考の流れが一瞬停止する精神分裂病によくみられる症状）と呼び得た。さすがにそこまで言わず、「先生、午後の講義はないのですか。教授のビジネスでしょう」と彼の幼い具象的思考を喚起した。彼はそのまま箸を中空に止めたまま、何秒か、永い時間が止まったように思われたが、固定していた。やっと手が動き始め、弁当箱を閉じ、「用がありますので」と立ち上がり、出ていった。

序列によって座る医局の昼食会は、この日を限りに終わった。その後、似たような愚かな会が復活したかもしれないが、私は知らない。私はここに求める精神医学はないと断念し、1年で去っていったから。

17.1

ひと夏の先輩医師の厚意

大学の伝統なるものは、学部ごとに大きく異なっている。それぞれの学部は創られた時代の背景、社会の要請、時の政府・文部省の政策によって学風を異にする。「野心をいだけ」、「紳士たれ」と呼びかけた札幌農学校およびその予科の伝統は、開拓使から文部省所管に移り、北海道帝国大学になり医学部が設置（1919年）され、その後に工学部、理学部と増設されるにしたがって、まったく異質な学風の学部共存に変わっていった。

医学部は「フラテ　frate」を標語に掲げ、機関誌「フラテ」を出版してきたが、それが札幌農学校の学風とどのように関係するのか、不明である。イタリア語の frate は修道士をさし、fraternità は兄弟愛を意味する。ただし北大医学部のそれはフランス革命の精神、「自由、平等、友愛」の友愛ではなく、職業集団としての医師の結合を意味しているようだ。貧しくしいたげられた病人への友愛とは、ほど遠い。

若い医学生である私たちは、ぼんやりとではあったが、医師集団の排他的結びつきが市民の願いと対立していることに気付いていた。無給で研修体制もないインターン制度、無給で働かせるための飴としての学位（博士号）制と臨床系大学院。これら制度を束ねるタコ部屋としての医局。そんなものに組み込まれれば、戦後民主主義のなかで生きてきた私たちの市民意識は窒息してしまう、と思われた。

この医局講座制への心情的反発をもとにして、私たちは何故《なぜ》このような使い捨て若手医師が日本の医療に必要なのか、理論的に分析していった。富国強兵から戦争国家へ至る医療を支えてきた赤十字病院、国立病院（もと陸・海軍病院）、乱造された大学病院（多くは軍医を速成するための戦時医学専門学校に始まる）を整備し、経済成長に対応する医療の資本主義的再編が進んでいる。その底辺の医師として、使い捨てできる不安定な若手医師が構造的に組み込まれている。これが私たちの知的認識だった。

心情的反発と理論的分析によって、安保闘争後に低迷分裂していた学生運動のなかにあって、医学生の学生運動はいち早く再建された。それも政党の影響下ではなく、独自に。再建された全日本医学生連合（医学連）は上記の分析に基づきインターン制廃止の方針を確立（１９６５年）していった。

子どものころ、私ははにかみが強かった。だが大学生になり、北大新聞の編集に打ち込み、時には原水爆禁止・核実験反対運動を軸として全日本学生新聞連盟の再建にたずさわり、他者との討論の仕方、理論に基づく組織作りの経験を重ねていくうちに、はにかみを忘れていった。意図して組織者になろうとしたわけではないが、心情的共感と理論的分析を調和させることによって新しい組織が作られることを知った。勿論それはすべての組織に言えることではなく、大学生という知的な小集団についてである。

医学部3年（1967年、他学部の大学院1年に当たる）になって、私は医学連中央執行委員に選ばれた。北大医学部と名古屋大学医学部は日本共産党・民主青年同盟の影響が強く、医学連主流派と激しく対立していた。私たち新左翼・反日共系は小差で北大医学部委員長選に敗れていた。そのため、私は全国の主流派自治会の代表から選ばれて中央執行委員になった。こうして東京の会議に出ることが多くなり、京大などの遠くの医学部にも講演しに行くようになった。日本医大の活動家であった下司《げし》孝之君（高知県立高知小津高出身）、後に東大青医連委員長になった宇都宮泰英君（土佐高出身）に出会ったのは、この頃のことであった。

医学連はインターン制廃止を決めた翌年、医師国家試験ボイコットと自主研修を方針として、青医連の結成を決めていた。医師国家試験の入り口をくぐって、再編されつつあった医療の底辺医師になるのではなく、自主研修の計画書を作り、どのような医師になるのか、自分たちで考え、討論しながら選択していくと決意したのだった。「国家のための医師」ではなく、「市民のための医師」になる第一歩を踏み出そうとした。

北大新聞会は医学部2年の冬に辞めたとはいえ、後輩の相談に呼び出されることも少なくなかった。医学部の臨床講義と外来実習、医学連・青医連での活動に忙しく、何をしていたのか思い出せないほど春秋は走り去っていった。それでも山歩きへの想《おも》いは断ちがたく、独りで近郊の山登りに出かけることもあった。高校3年生のころより、単独行にはなれていた。空沼岳、支笏湖周辺の山々、遠くは大雪山系の然別湖周辺や羅臼岳などを歩いた。しかし一人で里村を通りすぎ山道へ入っていくと、出会った村人から「熊が出るので一人ではあぶない」、「夕暮れに登るものではない」と止められた。北海道の山は羆が多いことを思い知らされた。いつの日か、ユーラシアの北の大地、タイガやツンドラを歩こうと想っていたが。

大学では心臓外科や脳外科の先端手術を、芸術にふれる思いで鑑賞するだけだったが、小外科の研修をする機会もあった。

7月のある日の夕刻、大学病院前の喫茶店で休んでいた。大柄な男性が隣の席から振り返って、「君は医学部の学生か」と声をかけてきた。

鎌田剛先生は第二外科出身で、北海道北部にある美深厚生病院の外科部長。「外科に興味があるのなら、夏休み、研修においで」と誘ってくれた。夏休みに集中して医学書を読もうと思っていた私は、この先輩の厚意に感激した。

8月4日（金曜日）、列車で名寄まで行き、迎えの車で美深へ着いた。1日休んで、日曜の早朝から鎌田先生の特訓が始まった。先生は犬を数頭用意しており、麻酔のかけ方を教えた後、開腹手術、開胸手術を時間をかけて教えてくれた。翌日は19歳女性の虫垂炎の助手。次の日は指の細かい縫合手術の手伝い、癤《せつ》（腫れ物）の排膿の仕方。次の日は、6歳の男子のヘルニアの手術の助手。耳の後ろのフィスラ（錐体鼓室裂）の手術の助手。腹部消化器に転移した悪性腫瘍の手術の助手と続いた。病棟回診にも従った。あい間に、産婦人科部長から出産を見るように言われ、立ち会ったりもした。あまりの親切に、疲れも忘れて病院に通った。金曜の夜は、病院長（長野一雄内科部長）が歓迎の宴を開いてくれた。1週間後、病院が休みの日曜早朝から、鎌田先生は再び犬を使って大腸の切除縫合を教えてくれた。

翌月曜日、朝、病院に入ると、外科の婦長がやって来て、「今日の外来は先生です。鎌田先生からそう言われています」と告げられた。

「エッ」

迂闊《うかつ》だった。鎌田先生は昨年も夏休みをとれず、この年の7月も外科第Ⅱ医局に代診医師を派遣するように頼みに行って、送れる医師はいないと断られたのだった。がっかりして大学病院を出たところで、私に会った。そこで一計を案じ、後輩医学生を呼び、特訓して鍛え、簡単な外来診療に当たらせ、自分は久しぶりの休暇を取ろうと考えたのだった。50年前のこと、すでに時効だから告白するが、私はまだ医学生、医師ではない。多くの医学生が当直などしていたとはいえ、医療行為は行ってはならない。それでも外来の処置をこなし、病棟回診も終えた。夜、鎌田先生は旭川のバーから電話してきて、「野田君、しっかりやっているか。君のおかげで休みがとれた」と感謝された。私は3日間代診をして、美深厚生病院を後にした。厳しく批判した北大医学部の校風は、こんな形で後輩にやさしかった。私はそれに溺れてはならないと思いながら、札幌へ、大学へ戻っていった。

１９９３年の北海道南西沖地震の時、奥尻島津波の救援に行った私は函館赤十字病院長だった鎌田先生に再会、往時の御礼を述べることができた。

17.2

潮騒と夕陽に包まれ

北大の医学生だった最後の年、１９６８年、私は何をしていたのか。よく思い出せない。あまりにも慌ただしく、さまざまな活動、学習が融《と》け合って灰色になっているかのようだ。

全日本医学生連合（医学連）の東京での頻々の会議、統一行動・デモ、青医連の結成に向けての組織活動。その間に佐世保エンタープライズ入港阻止闘争、ベトナム反戦デモ、成田空港阻止闘争、三木外相訪豪阻止闘争、国際反戦集会、ソ連軍によるチェコ侵略抗議集会などが入る。大学の臨床講義やポリクリニック（実習）も、休みなく忙しかった。医学教育に沈没しないために、テーマを決めて立てた読書計画をこなすのは厳しかった。なんとしても専門家に埋没したくない、知識人でありたいと決めていたから。

それでも、よく散策した。宮部金吾教授が創った農学部附属植物園を、折に触れて歩いた。高知五台山に出来た牧野植物園は近年すばらしい植物園になっているが、当時はみすぼらしかった。日本には学問水準の高い植物園はほとんど無い。遊園地を兼ねたものか、薬草園を大きくしたものぐらいでしかなかった。北大植物園は後に知るベルリンのダーレム植物園、ミュンヘン・ニンフェンブルク植物園、ロンドンのキュー庭園、エジンバラ植物園などに劣らぬ、植物学者の情熱がそそがれて維持されている植物園である。私はここで、ライラック（花ハシドイ）の香の漂う並木を歩き、赤いコッパー・ビーチ（銅葉ブナ）の根元でまどろみ、ロック・ガーデンで可憐な山の花を探す歓びを覚えた。登山は非日常の楽しみだが、植物園の散策はなくてはならない日常の自然との付き合いだ。学生時代に覚えた植物園の快楽は、後に園芸療法を創る土台になった。

あるいは冬の夜、スキーをはいて北大構内をよく歩いた。前年秋、私は第六小学校で席を並べた少女と結婚していた。私たちは、ケプロン（開拓使顧問）の牧舎（重要文化財）の見える第二農場に接した高橋良子先生（夭折された夫、高橋直徳さんは農学部助教授）の家に住んでいた。粉雪が此の世の汚れを吸って地の果てに消し去っていくかのように想える夜、街灯に浮きあがる教養部からクラーク会館への2キロの白雪の道を2人で滑って歩き、中央ローンの斜面でスキーのまねごとをした。夜更けの小川の斜面、そこには雪を歓ぶ本州から来た学生が数人、スキーをつけて立っていた。

12月になると、4日おきに3月初めまで、全科目の卒業試験が始まる。私は結成された青医連北大支部の委員長に選ばれていたので、会議や文章書きにも追われた。そして卒業試験が総て終わった翌日、大学病院長（若林勝放射線科教授）と徹夜で団体交渉、青医連を公認させた。大学病院は6ヵ月更新の青医連自主カリキュラムを受け入れ、指導医は助手などの有給医が当たるというものだった。若林教授は初め「臨床科長会議の承認が必要」と形式論で逃げていたが、長時間の討論をへて、私たちの医療への分析、自主研修の意義に対して意見を述べるようになった。私たちは道具として自己疎外された学者・専門医を求めていたのではなく、限界があっても社会に多面的にかかわる先輩を求めていた。青医連運動の先駆けだった東大支部が誤認処分などで行き詰まっていると き、福島県立医大、九州大学と共に青医連を公認させたのだった。

私たちはこうして一旦ほこを収め、2日間の医師国家試験を受けて医師になり、北大病院での自主研修に入っていった。

新年度、1969年になっても忙しい生活は変わらなかった。青医連の全国大会が京大で開かれ、続いて医学連・青医連の統一行動（5月16日）。北大本部は学部共闘会議やクラス反戦（いわゆる全共闘）によって封鎖（5月20日）されていた。

そんな5月のある夕刻、大学病院と研究棟を結ぶ廊下の中程にあった青医連ルームの扉を、見知らぬ人が開けて入ってきた。

「ここも医局ですか？」

加藤先生は北海道の南端、日高支庁・静内《しずない》の町長に頼まれ、老医がいなくなった東静内診療所の医師探しに各教室を歩き、どこにも相手にされず、ふと青医連と書かれた表札を見て訪ねてきたのだった。聞くと、アイヌの人びとが多く住む、太平洋に面した海辺の村。無医村になって困っていた。

青医連の研修医はそれぞれアルバイト病院を持っていた。委員長である私と、副委員長の峯本博正君は多忙のため、どこにも出ていなかった。大学病院の研修医は無給であり、生活は楽でなかった。日高という地域にも関心があり、他に2人の研修医を探し、交代で診療することに決めたのだった。

早朝に札幌を立ち、苫小牧《とまこまい》で日高本線に乗り替え、太平洋の明るい海と緑に萌える日高の丘陵を走って、昼前にやっと静内に着く。そこから車で30分ほど。老医がいなくなって雨戸を閉じた木造の町営診療所が、河と磯の香の混じる土手にひっそりと建っていた。

私はここで、和人だけでなく貧しいアイヌの人びとを何人か診た。中耳炎で鼓膜が穿孔し膿がたれていた少年、全身をノミにくわれた貧血の女性、肺結核の老女、神経梅毒の男性。大学で心臓や膵臓の手術、癌の研究の先端についてばかり教えられてきた若僧にとって、大変な驚きだった。

そんな駆け出しのころ、往診で出会った2人のことが忘れられない。日高の波は荒々しく、遠くで丸石を揺す振る音が胸に響いてくる。老人の家は、土手の土とハマヒルガオの切れた広い浜に、流木を集めて建てられていた。戦争で片足をなくした一人暮らしの老人は、かすかにくすぶる炉端で、苦しそうにかがみこんでいた。一見して心不全であることは、私にも分かった。これまでどうやって生きてきたのか、いぶかりながら、ジギタリス（強心剤）を注射した。1時間ほど横に座っていたが、注射の効果はすばらしかった。

赤茶けて油紙のように薄くなった障子の所々に、数十年前の新聞のちらしが貼ってある。急に外が明るくなり、夕陽が老人と私と白衣の看護婦を橙色に染めた。潮騒《しおさい》がすぐ近くまで迫り、永い時間をかけて退いていく。波のあぶくと共に、私たちの一時の出会いも襟裳《えりも》の海に吸いこまれていくようだった。まだ精神科医としての経験のない私は、老人の人生を聞きとるすべもなく、ただ黙って座っていた。

錯乱して浜辺を走る中年女性を、往診したこともあった。わめきながら走っている女は、近づいていくと手を振りあげた。私は彼女と間をとりながら、しばらく一緒に走った。夫のこと、子どものこと、家計のこと、どんなに辛い日々を耐えてきたことだろう。走り疲れてきた彼女をなだめ、車に乗せ、此の地で唯一の精神科病棟のある遠い浦河赤十字病院まで運んだ。私は侵略者の造った旧帝国大学を卒業した、何も知らない青年医師にすぎないと思いながら、彼女の肩をだいて日高の海を走っていった。

17.3 偉大なる神経科医

東静内、日高のアイヌの人びとの家は貧しかった。私はほとんど無くなったと言われていた肺結核に驚き、患者が住んでいる環境を知るため家を訪ねていくと、窓全体が隙間風を防ぐため汚れたビニールシートで被われており、天井は首を傾けないといけないほど低かった。燃料を減らすための工夫だが、室内の空気は澱んでいた。

梅毒による進行麻痺を疑う患者も何人か診《み》た。貧しく職も得られない青年は自衛隊へ勧誘され、そこで梅毒に感染して郷里へ帰ってくる。戦前だけでなく、今も日本政府はアイヌの人びとを収奪し苦しめ続けている、と私は思った。だが現代の和人はそんなことを思いもしない。

瞳孔が左右不同、辺縁不正円形（アーガイル・ロバートソン瞳孔、進行麻痺の症状）の患者を私は診察し、そこで教科書どおり脊髄液を採って診断したかったが、腰椎穿刺は数度の経験で自信がない。夜、宿舎に帰り、精神神経科の伊藤耕三先生に電話し、「札幌で診るのとはまったく違います。新しい経験をしています」と話した。報告とも、相談ともつかぬ電話をしたかったのである。

すると翌日の早朝、耕三先生（耕三さんと私たちは呼んでいた）は札幌発の特急に乗り、5時間以上かかる列車で静内まで来られた。正午前に着き、私の腰椎穿刺を見守り神経梅毒の診かたを教え、夕刻の列車に乗って長路を引き返していった。

医局長の要職にあった耕三先生にとって、急遽《きゅうきょ》早朝から深夜までのまる一日を空けることは、どんなに大変だったことか。笑みを絶やさない先生は多くを語らず、静かに私に医師としての姿勢を伝え、旅費も受けとらずに帰っていった。

耕三先生は岩手県花巻の人。同郷人、宮沢賢治を敬愛し、精神科医「雨ニモマケズ」を生きた人だった。私たちの青医連運動に共鳴しつつ、その誠実な性格の故に、功利的にのみ事態に対応しようとする諏訪教授を「おろおろと」支え続けていた。おそらく「青医連や医学闘（医学部学生闘争会議）は医学部封鎖を目的とする集団ではない」と諭して脅える教授を落ち着かせ、真摯に討論するように助言していたのであろう。だがこの教授は討論する知性を持たなかった。おろおろする方向が賢治のデクノボーとは違うと思いながら、私は何も言わなかった。

「あなたの卒業試験の答案を見ましたよ。すぐれた答案でした。それでも〈優〉ではなく〈良〉にしたのは、やはり諏訪教授も人の子ですね」と打ち明けられたことがあった。教授はよほど団交相手である私を恨《うら》んでいたのであろう。

耕三先生は私が北大を去った同時期、大学を辞め、札幌市の札幌花園病院（精神科）の副院長・院長を永く務められた。学会などで京都へ来る機会があると必ず電話があり、会ってお喋りをした。太って色黒の先生に似ていると言って、私が信楽焼《しがらき》の狸《たぬき》の置物を送ると、先生は喜んで院長室の机に飾っていた。94年7月、肝臓癌で入院中の耕三先生を病室に訪ねると、いきなり若輩の私の手を握り泣き止まなかった。「残念、こんなになってしまって」と言葉をもらすのだった。翌95年3月、61歳で亡くなられた。病める人びとと共に生きた耕三先生は、賢治の「デクノボー」のようにどんなにか、もう少し病める人びとの傍らに佇《たたず》んでいたかったことか。

もう一人の精神医学の恩師は、講師であった西堀恭治先生。先生は土、日曜しか家（官舎）へ戻らず、夜、近くの官舎に夕食に帰るぐらいで、いつも脳波図を見ているか、自室で本を読んでいた。函館生まれの海軍兵学校第78期（針尾、防府）出身。端整な顔だち、背筋の通った美しい人だった。当時40代なかば、優れたてんかん学者であった先生は、助手、大学院生、研修医の信頼の篤い先輩だった。

彼は私たちが提起した学位ボイコットを支持し、自ら医学博士号返上の署名行動を起こしていた。先生は私にTH. Spoerri（ベルン大学）の『Kompendium der Psychiatrie』を渡し、「君は青医連運動で忙しいだろうから、会議が終わったとき、教授たちとの団交が終わったとき、深夜でもいいから僕の部屋に来い。一緒に読もう」と誘ってくれた。

医療の改革を主張する私たちの姿に、彼は海軍兵学校の学生・海軍士官として死を想いつつ、ひたむきに生きた過去を密かに重ねていたのかもしれない。私は西堀先生の厚意に甘え、夜11時、12時をすぎ、シュペリの精神医学書を持って講師室を訪ねていった。大正時代に建てられた天井の高い部屋で、彼は日中と変わらぬいつもの爽やかな顔で待っていた。個人授業が終わると、彼はコーチチェアに横たわり真綿の毛布をかけて、朝まで眠るのだった。海兵のままだった。

西堀先生は議論好きだったそうだが、私に対しては落ち着いた聴き役だった。ただ「裏切るなよ。多くの学生が変節するのを見てきた」とぽつりと言ったことがあった。山下格助教授が学位返上に署名しておきながら、教授に注意されたのか、「署名を消してほしい」と求めてきたと言って、耕三先生と共にあきれていた。その都度考え抜いて判断する、判断したことには責任をもち、一貫した生き方をする。これが学生のようにいつも白いワイシャツと黒ズボンを着て、静かに微笑んでいた西堀恭治先生の姿だった。

北海道全域、青森からも頼ってくるてんかん患者を早朝から診察、相談にのり、あれほども研究好きだった西堀先生は、耕三先生と同時に北大を辞め、北海道立緑ヶ丘病院に院長として移られた。古い医学講座同門会の体質の下で、青医連の研修医を採用しようとする国立・公立病院はなかった。西堀先生は帯広の老朽化した道立緑ヶ丘病院の院長になることを決め、すぐれた臨床精神科医である後輩の伊藤哲寛先生（私の5年先輩）を誘い、緑ヶ丘病院を精神医療の先進病院に改革し、青医連の若い医師たちを教育しようと目論んだ。

批判精神の乏しい北大精神科を出ると言っていた私は、西堀先生にそれとなく緑ヶ丘病院改革構想を打ちあけられただけで、強く同行を勧められることはなかった。西堀先生はてんかん、脳波学者であり、伊藤耕三先生は精神薬理学者だった。私は精神病理学を学びたかったし、この社会のなかでの精神病者の生き方について研究したかった。その上、これ以上西堀先生に気遣いさせてはならない、という想いもあった。私はくだらないと思っていたが、国立大学病院長会議で医学連中央執行委はどこも雇うなと指示が出ている、という話もあった。共産党はさかんに「トロツキスト学生を政府は泳がせている」と叫んでいた。

西堀先生は帯広へ移ってから、毎年、十勝の馬鈴薯《ばれいしょ》を送ってこられた。弟子が師から旬の贈り物をいただく。私は恐縮していると伝え続けたが、先生の贈り物は変わらなかった。先生は14年後、1984年、永い北海道庁との困難な交渉を乗り越えて、分棟式の壮大な道立緑ヶ丘病院を移転新築させた。計画をしてから、あまりにも永い年月がかかった。そこを訪ねた私が、「20年前に建っているべき精神病院ですね」と感想を伝えると、先生は昔とかわらず静かに笑っていた。行政の無理解により、脱入院の精神科医療の国際的流れに数歩遅れたことを自覚していたのであろう。美しい精神科医（ドイツ式に言えば〝偉大なる神経科医〟）2人に出会えた幸せを、私は深く想う。

17.4

アラビア海に煌めく月柱

精神病理学者で哲学者であったカール・ヤスパース（1883〜1969年）は、敗戦3年後、戦争反省をしない母校ハイデルベルク大学に絶望し、ドイツの国境近いスイスのバーゼル大学へ移り、時代精神を批判し続けて亡くなった。彼が亡くなった年に医学部を卒業した私は、会うことが出来なかった。

若い日の私の感情を豊かにしてくれた本を、ロシア19世紀の思想家ゲルツェンの回想記『過去と思索』とすれば、思考方法にとって重要な本にヤスパースの『精神病理学総論』がある。この原著第1版をヤスパースは30歳の時（1913年）に出版した。第1版の4倍を超える大冊になった第5版（1949年刊）を、内村祐之ら4人が翻訳。3巻本となって岩波書店から出版（1953年）された。遅れた翻訳出版ではあるが、本書の出版は脳病仮説を盲信し、病気を見て病める人間全体を見ようとはしてこなかった日本の精神医学への厳しい反省になりうるものだった。ヤスパースはまず序論に「先入見」の項をおき、身体的先入見を厳しく批判している。心的なものはそのまま調べることは出来ないため、解剖学的に、身体的に考えなければならないと主張する身体的先入見は、脳皮質細胞と追想像、神経線維と心的連合のように互いに無関係なものを一緒にしてしまい、「脳神話」を作ってしまったと批判する（他方、後にアメリカで流行となる精神分析も彼は「かのような了解」、偽の了解として批判している）。

私はこの3巻本とドイツ語原著（第8版）を卒業してすぐ、ライラックの花の咲く季節、札幌丸善で購入した。だが大学闘争（私たちは決して大学紛争とは言わない）と臨床研修、そしてアルバイト当直が忙しく、ノートに整理しながら上巻を読み終えたのは晩秋だった。

雑多な仕事に時間が消えていく、これでは駄目だ、まとまった時間を精神病理学の読書に集中しよう。そう思ってマンモスタンカーに乗ったのは、冬休みが近づいてからだった。12月20日、掖済《えきさい》会《かい》病院（船員組合の病院）で健康診断を受けて船員手帳をもらった。大晦日の昼、岡山県水島から三光汽船の「星光丸」に乗ってペルシア湾に向かって出港した。前日、はしけ船に乗って沖に碇泊する星光丸に近づいたときは、その巨大さに驚いた。デパートのビルのように私の眼に映った。しかも空にそびえる甲板まで、縄ばしごで登っていかねばならない。

星光丸は８万トンのタンカー。陽光丸、月光丸と共に、三光汽船という会社名を象徴する新巨大船だった。船員は階級制となっているので、私は船医として田村船長、辻沢機関長の３人でテーブルをかこんで食事をとることになる。乗員は僅《わず》かに34名、これくらいの船員で巨大船を３交代で運航していくのである。海峡もあり水深も浅くなるところがいくつかある。原油を積むと、甲板に波しぶきが立つくらい沈んでしまう。少しの時化《しけ》では揺れず、出会う船が木の葉のように見えるが、巨大船ゆえの危険も多い。

私は20冊ほどの精神医学書をスーツケースに入れて、船に乗った。船は神戸沖を出て、翌元日、鹿児島をはなれ、台湾沖、フィリピン沖を通過、１月７日午前、マラッカ海峡を通過した。毎時平均14ノット（26キロメートル／時）、１日24分の時差で時刻が戻っていく。外気温は30℃になり、海温は24℃になった。私は静かに赤道を西へすべっていく船室で読書に没頭した。

船員たちは私を歓待してくれた。前の船医はアルコール中毒、無税で購入できるジョニー・ウォーカーを飲んでばかりいて、診察を求めるとエビオスかアスピリンしかくれなかった。その前の医者は、ペルシア湾の月光の夜があまりに美しかったためか、甲板から飛び込んでしまったという。船員たちは年齢の近い医師が乗ったのを喜んでくれた。大野幹雄2等航海士（彼は後に若くして船長となり『外国人船員の労務管理』などの優れた著作をまとめた）とは、よくお喋《しゃべ》りした。

船医の部屋は広く綺麗《きれい》で、隣に診察治療室があった。ボーイが毎日掃除をしてくれる。勉強にあきると往復500メートルあるデッキを散歩し、プールで泳いだ。今日はアンダマン海の海水、明日はインド洋の水と独りでうれしがり、必要もないのにプールの水を入れ替えて遊んだ。海の生活にあきている船員は、誰ひとりプールに出てくる者はいなかった。

すべてが熱気に眠っているようなインド洋を進んでいると、淡黄色に褐色の棒縞が交じった巨大な海蛇が、明るい海をのたうちながら通り過ぎていく。ひとつが後方に見えなくなると、次の大蛇が現れ、泳ぎ去っていく。イルカの群れが時どき船と競泳し、飛び魚が海面に白い糸を描く。サメ、巨大なクラゲも海面に浮かんでは消える。

アラビア海の月の夜は、そこが海上であるとは思えないほど鏡のように静かに拡がり、月柱が海と夜空が溶けあった遥か彼方まで延びていた。月光の柱は金色に煌めき光の帯となり、よく観るとそれは夜の光に酔って上ってきた魚たちの無数、無限の群れだった。甲板に佇んでいると、此の世にいるのか、彼の世にいるのか分からなくなり、そのまま月柱を歩いて行きたくなる。

出会った船の病人の相談を無線で受けたりしながら、1月15日、ペルシア湾に入り、サウジアラビアのラス・タヌラ沖のシーバース（沖に原油のパイプラインが延びている）に碇泊、原油を1日かけて積んだ。原油を積むと、ビルのごときタンカーは海面近くに下がり、甲板に波が入ってくるようになる。甲板へ飛び込んでくる飛び魚を危険を冒して拾い、刺身にしてもらったりした。骨折した船員がいたので、私と彼だけサウジアラビアのダーランに上陸。病院に行ってレントゲン写真を撮らせてもらった。1月21日、ラス・タヌラを出港。インド洋、ベンガル湾をへて、2月10日、堺の港に帰ってきた。

タンカー操舵室で。

『精神病理学総論』中巻の表紙を開くと、「1970年1月13日、アラビア海上にて読了」と書き留めてある。下巻は、「1月16日ペルシア湾ミーナ・サウド、1月18日ラス・タヌラ、1月26日セイロン、1月31日午前0時30分、マラッカ海峡にて読了、明朝シンガポールを望む」とメモしている。勿論《もちろん》、この本の間に他の本も読んでいった。

私は『精神病理学総論』を通して、目に見えるものではない精神をいかに記述するか、観察したものを概念化し、定義した概念を厳密に使うことの重要性、繰り返し述べられる現象学の課題、了解の概念などを考察していった。

ヤスパースは「精神現象というものを心に浮かべてはっきり定め、こういう概念ではこういういつも定まったものを意味するものだと定めるのが、現象学の課題である」と述べ、「精神的なものが精神的なものから、はっきりそうと分かるように、明証性をもって出てくるのを了解（理解）すること」と続け、静的な了解、発生的な了解、了解不能などの概念へ進んでいる。私はこの本と対話することによって、フッサールの現象学やハイデッガーからビンスワンガーへつながる現存在分析の空虚な思考、あるいは西田幾多郎らの哲学に流れる日本的弁証法の非論理を受けつけない、明晰な思考を学んでいった。また了解の概念を通して、M・ウェーバーの理解社会学――ウェーバーは理解（了解）の概念をヤスパースから学んだ――の本に親しんでいった。

ヤスパースは本書の序言で、「精神病理学を学ぶのではなく、精神病理学的に観察し、精神病理学的に問題を出し、精神病理学的に分析し、精神病理学的に考えることを学ばねばならない」と主張している。哲学者になって後も、知識ではなく哲学的に考えることを学ばねばならないと述べ続けた。私は彼が人間を文化的、社会的に分析する視点に乏しいと批判しつつも、その後も彼は私の精神医学の師であり、知識人としての先輩であり続けた。

17.5 露呈する医学部の犯罪

大きな社会運動、闘争、問題提起が終焉《しゅうえん》した後、何をすればよかったのか。何ができたのだろうか。その後の医学部、精神医療、大学、そしてジャーナリズム、社会の変化を眺めていると、自分がしたことは何だったのか、反省とか総括は何のためにするのか、考え込む。

前に向かって変革を創り出すには膨大な精神力を要する。青年期、壮年期、中高年期、私は前に問題を提起しながら進んできた。だが次の課題へ進んでいくとき、後の世代に確かな楔《くさび》を残してきたのか。否、否、社会は周期を持ってうねるように進んでいくものであり、その場を去っていった後、何が起こるか考えても無意味かもしれない。安保闘争世代、全共闘世代が騒いだ後、何も残さなかったから、今日の過剰適応、スマホ世代になってしまった、という批判もある。だがそれは分析ぬきの、断定にしかすぎない。確実に日本の社会に影響していても、反動の方が大きかったということか。

90年代、ロシアやバルト三国を調査していたとき、中高年から、よくこんな声を聞いた。「私たちは命がけでソ連権力と闘ってきた。それは若い世代がディスコでうかれ、コーラを飲むためだったのか。見ていると、悲しくなる」と。私も同じ想いをしばしばする。青医連運動についても同じである。

今も各地で医学部の社会的犯罪が露呈している。２０１７年２月、京都府立医科大学の病院長、学長らが山口組系淡海一家の総長と交遊し、総長が刑務所に収監されないように不正診断書を出していたことが事件になった。同医大は２０１６年10月、精神科の教授を含め８人が精神保健指定医（旧精神衛生鑑定医）の資格を不正に取得・証明したとして、厚労省より取り消し行政処分されている。

その３年前、２０１３年、同大学の松原弘明教授（内科）らによる降圧剤バルサルタン（商品名ディオバン）のデータ改竄事件が明るみに出た。同教授らは３０００人の高血圧患者を対象に５年間かけて臨床試験を行い、「バルサルタンが血圧を下げるだけでなく、脳卒中や狭心症のリスクも小さくする」と偽って発表、さらに「心臓肥大の症状や糖尿病患者にも効果がある」と強調。バルサルタンを１０８３億円（12年）の超ヒット商品に押し上げた。これらの論文による売り上げ効果は３００億円から４００億円と言われている。同医大には分かっているだけでも1億円ほどが、研究費として渡ったとされる。ところが「数多くの解析ミス」が発覚したとして日本循環器学会が掲載論文を12年に撤回。欧州心臓病学会も論文を撤回。やっと13年7月、京都府立医科大学が解析データは人為的に操作されていたと発表したのであった。それでは、毎年１０００億のバルサルタン売り上げは何だったのか。この種の社会システムに食い込む巨額の知的犯罪は、私たちの犯罪概念をはるかに超えている。これだけ反社会的事件が露呈すれば、大学の文化（俗にいう体質）が問われるべきなのに、京都府立医大も、京都市民も、マスコミも、その論点を持たない。

振り返ると限りがない。80年代、オウム真理教に入信し犯行を重ねていった中川智正（京都府立医大卒）、林郁夫（慶大卒）ら若手医師たち。彼らは受験勉強そっくりの児戯的な「悟りへの階段（ステイジ）」を上ることによって、医学で救えない人を一気に救えると考えた。病気のみを思考の対象にし、病を抱えてなお生きている人を理解する知性を育ててこなかった。それは彼らを教育した先輩医師と同じであった。各大学の若い医師がオウムに吸収されていたが、彼らを育てた70年代医学教育が検証されることはなかった。

２００３年夏には、東北大学、北大医学部教授たちによる地方公立病院からの顧問料名目による収奪が騒がれた。北大では教授から助手まで64人が名目だけの顧問になっていた。東北大学では脳外科教授だった吉本高志総長が多額の顧問料を取っていた。地方の公立病院は顧問料を払わなければ、派遣医師を引きあげられるので、脅しに従うしかなかったのである。

例えば北大第一外科の藤堂省《さとる》教授は、公表されているだけで３公立病院より３５００万円ほどを受け取っていた。彼に罪悪感はまったくなく、新聞の取材に答え、ピッツバーグ大学より北大へ呼ばれたとき、前教授より兼職は可能だと聞いて、教授を引き受けた。アメリカに残した３人の子どもの学費などがいる。アメリカでは数千万円の年収と1億円の研究費をもらっていた。大学病院のシステムが悪い。自分はその犠牲者だ。アメリカではウエイトレスのチップは無税だ、と答えていた（読売新聞、北海道新聞など）。前教授の内野純一も、「藤堂君が特別な費用が必要だという状況は当時、医局の誰もが知っていた。解決してあげたいという空気も医局内にあった」と説明していた。

藤堂省は1972年、九大医学部卒。長くアメリカで働き、97年、50歳のとき、肝臓移植の専門医として、和田寿郎札幌医大教授の心臓移植問題以来、臓器移植に抵抗のあった北海道に呼ばれたとされている。

この人は、私たちが医学連・青医連運動を提起していたとき、医学部の1、2年。どんな医学生生活を送ったのか。肝移植、免疫抑制の研究に打ち込みながらも、現代市民社会での医学の位置、アメリカ社会の特殊性など考えることはできたはずだ。考えることに、多くの時間は必ずしも必要ではない。だが彼の病と患者の認識レベルは、オウム信者になった医師たちとほとんど違わない、と私は思う。救ってほしい患者がいる、それを救うのがどこが悪いぐらいの思考に停止している。先天性の疾病でさえ、その疾病をもった人がどのように生き、幸せに感じ、苦しんでいくかは、社会によって違う。医学も医療も、当該社会の文化とシステムによって影響されている。

北大医学部は名義貸しを行った64人を極めて軽い処分ですませた。藤堂省教授は減給10分の1、3ヵ月だった。こんな軽い処分を出すために、処分決定が翌年の年度末近くにずれこんだのも、東北大学の吉本高志総長（前脳外科教授で多額の顧問料を取っていた）の処分をどうするか、旧帝大7大学の総長は高位叙勲される慣例となっており、その障害にならないためにどの程度の処分ですませるか、関係部局で摺り合わせるためだったと言われている。

唖然とする話だが、問題は処分の軽重ではない。オウムへの若手医師の入信にしても、両大学の顧問名義による収奪にしても、医学教育、医療と社会について考える重要な主題になり得た。だが討論はなく、運悪く見つかった事件のひとつとして忘れ去られつつある。

私たち青年医師連合と北大医学部学生闘争会議は1969年8月23日、6項目の「闘争宣言」をもって、医学部教授会に対し連続する討論会に入っていった。「博士号授与を凍結せよ。礼金の事実を公表し、自己批判せよ。診療謝礼金を返上せよ。報告医制指定病院を返上せよ。学会専門医制反対の姿勢を明らかにせよ。青医連を永続的に公認せよ」の6項目が、医局解体へのさしあたっての道筋だった。私たちはこの闘争宣言の診療謝礼金の項で、「医局員の派遣をエサに地方病院から数々の金をうけ取ってきた話をきいた。国家公務員がその職務に関することで私金を受けとれば汚職であるというあたりまえのことですら通用しない。自らの研究体制の問題や無給医の問題を公然と提起することなく、大学病院が地方医療の一方の矛盾の集約として存在しているのを、容認してきた既成医師を告発する」と書いている。青年の硬い言葉だが、昨日のごとくそのまま今も生きている。

17.6

前に進む者が常に犠牲に

1969年4月10日の北大入学式は、教養部の学生によって粉砕された。ただし彼らの運動に独自の問題提起があったわけではなく、全国の大学へ伝播していった全共闘運動に呼応したものでしかなかった。

全共闘運動とは、きわめて短く言えば、今日の管理社会が個人の欲求や行為の内面まで侵入しており、それを認識するために自分自身と自分たちが関わる組織とを共に批判する運動が必要である、というものであった。政治運動である以上に、文化運動としての側面を強く持っていた。この視点と論理は、先行した医学連から青年医師連合への運動が創ってきたものであった。私たちにとっては既知の論理であり、他の学部で封鎖が続いたからといって、とりたてて驚くことはなかった。

こんな騒がしい学園を傍らに眺めながら、大学病院精神科での新人医師としての研修が始まった。医局員になることを拒否し、青医連医師として自主研修の道を勝ち取った私たち数人を、先輩医師たちは誠実に教えてくれた。病棟カンファレンスだけでなく、週2回夕刻、脳波、小児自閉症、精神病理学、精神医学史、神経症、神経病理学、精神療法などの講義があり、論文の抄読会も続いた。

精神科病棟は70病床ほど、大学病院としては大きかった。そこには諏訪教授の『最新精神医学』に写真付きで紹介されている慢性患者が、お人形のようにベッドの上に座っていた。白い明るい病棟で、精神医学のモデルにされた患者たち。ベッドの間を縫って毎週ステレオタイプ（常同的）に繰り返される教授回診。教授、「どうですか？」。患者、「ええ」。担当医、「変わりありません」。白衣の一団は皆が白々しくかしこまっていた。新人である私たちに講義するとき、それなりに生き生きしていた先輩医師たちが、強張って時計仕掛けのようになっていた。

私には狂っているのは精神科医や看護婦たちだと思えた。静かに狂っているのは、精神科医と患者の固定した関係にあった。ドイツや英米の論文を読み、そこに書かれた症状論と精神病分類学で患者を診る。彼は患者を診ているのではなく、患者の身体と言動を素通りして、読んだ論文の記述を絵取っているにすぎなかった。精神科医の眼差しに応じて、患者はそれらしく演じている。患者その人も、医師その人も現に生きているのに、両者の前に空虚な症状論が渦巻いているにすぎなかった。

6年後、権威的な教授が退職した後、私は北大病院精神科を久しぶりに訪ねる機会があった。医師たちが、「Nさんも、諏訪教授が辞めたことだし、そろそろ退院させた方がいいですね」と言っているのを聞いた。たしなみ良く慢性分裂病を演じ続けたNさんは、やっと大学病院患者の役から退場できる。大学病院精神科病棟のひとつの幕が下り、次の幕が上がるのだろうかと思った。

伝統のある北大精神科の医療は、このように美事《みごと》に演じられていたため、6年間の大学生活で身につけた生硬な批判力程度でも十分に「狂気じみている」と認識させてくれた。患者と医師との関係、そして両者が出会っている環境が、病像を作り、病気の経過を左右しているという認識は、精神科医としての私の出発点となっていった。

北大全体での闘争は激動していた。堀内学長団交が行われ、学部共闘らによる本部封鎖。共産党系によって封鎖が解除され、再び封鎖。同じ動きが理学部、法学部、文学部、経済学部、教育学部などで続いた。若手研究者も助手・大学院生共闘会議を創って、大学研究の社会的役割について発言するようになった。青医連はインターン廃止から医局解体へ、4年にわたる討論、組織化、闘争を経験していたので、各学部の委員会や助手・大学院生共闘会議に呼ばれて討論することが多くなった。

私たちは膨大な討論の時間をかけて青医連運動を創ってきたのだが、早急に似た活動をする研究者も出てきた。フランクフルト学派などを研究するドイツ文学の大学院生たちが「青独連」（青年ドイツ文学者連合）を名乗り、学会の演壇を占拠。これまでの学会の活動を弾劾して、全員学会除名になったと語っていた。「君たちのは、青年独身者連合だろう。もてない者の集まりか」と、学部をこえてからかったこともあった。青独連の愉快な大酒飲み、奥野勝久君は後に神戸市外国語大学教授となり、国際関係学科が新設されるとき、私を呼んでくれた。

連日のさまざまな会議、討論によって、これまで以上に他の分野の研究者を深く知ることができた。打ち込んでいる学問分野は違っても、突き当たっている問題は似ており、同時代性を実感するのだった。私は北大新聞の編集、医学連の活動によって、他学部の学生との交友は広かったが、69年の激動の月日ではとりわけ他学部の若手研究者と親交を持った。

外での政治運動も続いた。国際反戦（4月26日）、沖縄闘争（同28日）、医学連・青医連統一行動（5月16日）、樺《かんば》美智子9周年（6月15日）と続く。街頭で逮捕された学生の救援も途絶えることはなかった。公安警察の執拗な尾行、嫌がらせの住居訪問は何人かの学生を精神的に不安定にし、被害妄想―追跡妄想に追い込まれる者もいた。私は彼らの相談に乗りながら、戦前と変わらぬ警察権力の暴力を痛感していた。敏感な青年期、倒れていった者は少なくなく、自死した青年の両親から生前の様子を尋ねられることもあった。遺族から息子の法医解剖に立ち会ってほしいと懇願され、胸が張り裂ける思いで見届けたこともあった。

1979年の北大恵迪寮歌「うす紅の」は、「うす紫の　冬あけどきに　透みわたる風　底凍るもの音絶えて　冷たく寒く　暗くも映る　空しさに　倒れゆくもの　今この時に想いは恵迪と共に」（鶴原文孝君作歌）と歌っている。後輩の作詞した寮歌だが、疾風怒濤《どとう》の青年期をよく歌っている。日本社会の後進性は、前に進もうとする者に常に犠牲を強いていた。

8月23日、医局解体宣言に始まる教授団との団交は、6時間、7時間、時に深夜におよび、11月11日（第8回）まで行われた。6項目の議題（前節に記述）を提示し、どのような医師として生きるか、真摯に討論を展開していった私たち青医連、医学部学生闘争会議（医学闘）に対し、医学部執行部（諏訪学部長）は「博士号の問題は個人の問題であり、提出する人間がいれば審査しなければならない」といった幼稚な教授ビジネス論でしか答えられなかった。

大講堂で繰り返された団交（討論会）には、大学院生、無給医（副手）、助手も参加するようになり、やがて「若手医師・研究者の会」も結成されていった。助教授もふくむ博士号辞退の署名も始まった。誠実な5教室（村尾第一内科、真下第二内科、葛西第一外科、杉江第二外科、都留脳神経外科）は率先して、専門医制度反対の声明を出して、私たちの提起に応えた。

すべてに行き詰まった諏訪望医学部長は11月13日辞任。青医連運動はひとつの役割を終えた。

17.7 生活の場を自覚して選ぶ

1970年に入って、青年医師連合（青医連）の運動は大学病院から出て、専門科別の問題提起へ移っていった。その最も大きな動きは、私たちの精神科医療の改革運動であるが、小児科を専門としていった者たちによる未熟児網膜症問題の提起、外科系に進んだ者たちによる筋肉注射後の大腿四頭筋拘縮症の告発なども続いた。

かつての仲間、友人たちはどうしているだろうか。89年だったか、神戸市外国語大学の教授室に電話がかかってきた。

「野田君、憶えている？　鎌田だよ。僕、偉くなってしまった。今、神戸大医学部教授に呼ばれ、それと信州大医学部の肝臓移植の指導をしている」

あの、人なつこい大男の鎌田直司君の20年ぶりの声だった。彼は福島県立医大の闘争リーダー、青医連公認闘争で持ち前の直情から激しい運動を展開し、退学処分となった。函館出身で彼と同郷である北大の西堀恭治先生たちも仲介して、なんとか復学できた。だが母校に残ることは許されず、そのまま日本を出ていった。聞くと、その後英国ケンブリッジ大学のカーン教授の下に入りラットの同種肝移植に成功して著名な肝臓移植外科医となり、日本へ戻って来たとのことだった。「すぐ会おう」と言っているうちに月日がたち、再び電話があり、「こんな国にいても無駄だ。ブリスベン（オーストラリア）の教授に呼ばれているので、行くことにした」と別れを告げてきた。鎌田君のように、多くの友人が偏狭な日本で研究職を得られず、出ていった。やがて優れた仕事をなしとげた。鎌田君の人格と才能を認めたのは、ケンブリッジだった。

93年末、早稲田大学全共闘の高橋公さん（ふるさと回帰支援センター代表）たちが中心になって「プロジェクト猪」を創り、翌年秋アンケートによる『全共闘白書・資料編』を編集出版した。この企画の呼びかけ人には、東大青医連の今井澄《きよし》さん（彼は経済学部を出て、医学部に再入学したので、年配だった。信州の諏訪中央病院で優れた地域医療をつくり、さらに参議院議員になり医療福祉の政策作りに打ち込んでいた）、早大全共闘の大口昭彦さん（社青同解放派、早稲田大学を退学後、京大法学部に入学。弁護士になり、後に「君が代・日の丸」強制で処分された教師たちの弁護などに取り組む）などの名前があった。

『全共闘白書』の出版後、記念集会（東京・憲政記念館、94年11月24日）が開かれ、私は「全共闘世代と政治」と題する講演をさせられた。私たち医学連・青医連関係者は全共闘の先駆けであり、安保闘争以後、大学と医療を共に問題にしてきたので、全共闘運動とはかなり違っている。それぞれの大学、学部ごとに運動は違っており、まとめて語られるものではない。ただ戦後の金メッキされた学問や制度を、そこに組み込まれる直前に踏みとどまって、問い直し批判する構えは共通していた。

例えば東大文学部の封鎖は、丸山眞男の浅薄な日本ファシズム論をその行動によって暴いた。東大全共闘の討論にいかなる応答もしなかった（できなかった）丸山教授は、彼が研究資料とする明治新聞雑誌文庫の一部が壊されたのを見て、「ファシストでもやらなかったことを、やるのか」と憤った。彼はこの程度にしかファシズムを理解していなかったのか。2年後、定年前に丸山は辞職していくが、東大全共闘は丸山の破綻を告げるぐらいの力はあった。だが丸山には帝国主義者福澤諭吉の誤読を反省する知性はなかった。

『全共闘白書・資料編』では、論争相手であった大学当局者にも原稿を求めている。大河内一男東大総長辞任の後、総長代行となった加藤一郎（後に総長）は、「全共闘運動の意味について」と題する文を寄せ、「あの頃の全共闘の学生は、ある意味で純粋で、純真だったともいえよう。ともかくトコトンまで自分たちや大学の問題を議論しようとする気構えがあった。それが今では、天下国家を論じるのはダサイことになってしまっている」と書いている。この文章を読んだとき私たちの運動が「純粋」「純真」のレベルで回想されては困ったものだ、と私は思った。

加藤さんは、私が『コンピュータ新人類の研究』で大宅壮一ノンフィクション賞をもらってしばらくして、本を自ら購入してサインを求めてこられた。意外だった。東大闘争の始まりは68年6月の安田講堂占拠であり、東大青医連、医学連中央の医学生によって行われた。当時、私は医学連中央執行委員の一人だった。あまりに建物は大きく、50人の学生では守り切れないので、医学連・青医連が自主退去。空になった講堂を再占拠した学生たちが東大全共闘になっていった。この過程の故か、加藤さんは〝憎き医学連中執〟の名前を憶えていたのだろうか。彼は「敵は自民党政府であり、大学ではない」、「ひとつの仕事をして、旧体制の硬さが分かっただろう」というメッセージをこめていたのか。

学生と研修医としての7年間の北大生活は終わった。北大新聞の編集と社会科学・人文科学の読書、学生運動と医学の勉強。土佐の山向こうから出てきた少年は、北大の知性と自由な雰囲気にふれて、大きく変わっていた。因習の少ない札幌と爽やかな北の大地も、私の思索を拡げてくれた。北大と札幌は私の第二の故郷となった。

卒業し「賃労働と資本」の現代社会に出ていくに当たり、私は生き方についてメモしている。「情況への分析と応答を常に持続」、「専門職としての有能性は厳しく維持」、「生活の場を選ぶことは、自己形成にとって最も重要なことである。与えられた場に無自覚にいるのを拒否する」。

学生言葉が抜けていないが、それは私の生きる音調になっていった。この3番目の生活信条から、精神医学の犯罪性を反省せず、現実の精神科医療を研究・改善しようとしない北大精神科を出ることに決めたのだった。

札幌郊外には1934年にできた静療院（2012年廃院）という市立精神病院があった。ここは大学精神医学の犯罪の隠し場所ともいえる収容施設だった。昼食時、古い木造大広間の食堂で、多数のロボトミー（前頭葉白質切截術）やロベクトミー（前頭葉切除術）を受けて人格荒廃した患者がどんよりと食べ物を口に運んでいた。眼窩を突き破って白質切截刀を入れられた人は、眼球が左右上下に偏倚していた。ロベクトミーを受けたであろう人は前頭部が陥没し、中世貴族の冠を付けたような異様な頭となっていた。脳血管を傷つけられ死亡した人も少なくなかったはずである。これほどの犯罪にもかかわらず、実証的研究は一切なかった。

私だったらロボトミーを受けた人の統計をとり、個々の患者の術前と術後の症状を検討し、生涯にわたる人格の障害を調べる。前頭葉白質の破壊がその人の人生をいかに破壊したか、医師が治療とか改善とか無自覚に使う言葉がいかに安易か、考察する。そして精神医学者全体の犯罪として謝罪と生存者の支援を提起するだろう。このように考えて、青医連運動の一段落と大学精神医学への不信から、北大を去ることにした。学んだものは多く、学ばなかったものも多かった。

第3章

精神科医療に打ちこんで

北大卒業後、1年間、青医連運動に打ち込んだ後、
精神科医として15年間、第一線の診療にたずさわる。

17.8

排除と隔離の精神科医療

北大青医連の友人たちによる送別コンパも終わり、１９７０年4月4日、私たちは住みなれた札幌を旅立った。４日前、赤軍派が日航機を奪い北朝鮮へ渡っていた。北大を去って東京へ行こうか、京都へ行こうか、少し考えた。私は巨大都市東京が好きでない。また北大精神医学教室と東大のそれとは繫《つな》がりが強く、共に生物学的（神経病理学、生化学、脳波学、精神薬理学）研究が中心だった。

京都大学精神科は精神病理学者が多く、簡潔で思索に富んだ岩波全書のひとつ『異常心理学』を書いていた村上仁《まさし》教授が教室主任だった。「京都へ移ろうと思う」と言うと、宇都宮泰英さん（東大青医連）が、京都には関口進君（69年5月の精神神経学会で精神病者の保安処分問題を提起した）がいると紹介してくれた。ところが関口さんは69年12月、勤務先の兵庫県立病院光風寮（古い精神病院）の公舎で自殺した。「短い在任中でしたが、なぐり殺されたもの（過失？）1、その後を追うのみ。ここが病院でないことに気付くのが遅すぎた」と書き残していたという。

京大系の精神病理学グループに入ろうと思ったものの、私は大学精神科（いわゆる医局）に加わる気はまったく無かった。北大での僅か1年間の研修で、その限界に気付いていた。

それは精神科医を中心とする治療者と、病者との場の関係に問題があった。私たち精神科医は病棟から離れた荘重な精神科教室の建物にいて、医局大教室、いくつかの研究室、実験室、図書館に囲まれ、精神医学についてのみ切磋琢磨、討論している。そこから長い回廊を歩いて、明るく翳のない精神科病棟へ時々行く。

他方、入院患者さんの置かれた空間は看護者、精神科医によって、観察されているとまで言わないとしても、常に見つめられている。狭いベッド、小さなロッカー、テレビが真ん中に置かれた水族館の大水槽のような広い居間。そこでは病院職員の都合によって非人間的な時間割りで食事時間が決められ、口を開けさせられ飲みたくない薬の服用が確認されていく。どこにも私的な生活はない。過剰な光の下で追いつめられれば追いつめられるほど、人は対人的な自分を喪い、自分の内面に籠もっていくしかなくなる。精神病者の無表情、精神の自閉は、多分に精神科病院が作り出したものである。

一方には都合のよい時、出かけていって診る人びと。他方には自分の固有性を奪われ、観察される人びと。この両者の関係が壊され、少しでも対等な会話ができるようにならないかぎり、精神医学は歪《ゆが》んだ人間学であり続けるだろう。これが精神科医1年の私の見解だった。そのためにも、多くの精神病者が強制入院させられている一般の精神病院（ドイツではAnstalt、施設、収容所と呼ぶ）に勤め、一線の精神医療の現場で医師と患者の関係を変えながら治療に当たりたいと思った。

関口進さんが亡くなったので、京都にいた北大2年先輩の石井出さんに連絡すると、飯塚禮二京都府立医大教授（神経病理学者、北大の先輩、府立医大教授会と対立しすぐ順天堂大へ移った）が紹介してくれたので、一緒に奈良の私立五条山病院へ勤めながら精神病理学の勉強をしよう、と誘ってくれた。古い公立精神病院が施設精神医学の問題を考えるに適当だと思っていたが、私立の典型的な収容所精神病院の実態を知る必要もあるので、行くことにしたのだった。

宿舎は決まっておらず、奈良市中の古い小さな旅館にしばらく泊まることになっていた。歓迎会の翌日、薬師寺の丘を上って病院へ入っていくと、外来患者もなく、病院は閑散としていた。石井先生は休暇をとっており、院長、副院長は若い医師が来たので、喜んでゴルフへ行ったとのことだった。やがて婦長たちがワゴンに載せて部厚いカルテを運んできて、医局の大机に並べた。いくつもの山となり、私の担当患者カルテだけで１００冊を超えていた。さらに急いで診てほしい不在医師担当の患者のカルテが山となった。

「常勤の先生が２人も来られ、とてもうれしいです」、婦長は何げなく言った。

私は呆然《ぼうぜん》とした。聴くと、３６０定床に４２０人入院させており、１２０％の超過入院。看護者はわずか40人、それも准看護婦が多かった。医師は週２、３日顔を見せる院長とゴルフ三昧の副院長、週１日のパート医２人、そして新しく来た私たち２人の常勤医である。これまで何をしてきたのだろう。

病棟は完全な閉鎖。それから数日は、風邪や腹痛、糖尿病、不整脈、皮膚疾患など、身体疾患の患者を診て回るだけで一日が暮れた。その後、病棟に座りこみ、なぜ入院しているのか、残存している精神症状、家族関係を聞き始めた。こうして鍵を開けて病棟に入り、鍵を閉めて次の病棟へ移る、鍵医者の生活が始まった。

驚くことはあまりにも多かった。多数の患者が行路病者扱い。住所不明、大阪市○×で保護となっており、措置入院（精神衛生法による強制入院）や医療保護入院になっていた。ただし付箋がついており、実は住所も家族も分かっている人がほとんどだった。1960年代、行政は「都市の浄化」のため、浮浪者狩りを行い、都市近郊の精神病院に放り込んでいたのだ。

北海道の場合、医学部は北大と札幌医大の2校しかなく、北海道庁衛生部の精神科行政は北大精神科出身の精神科医によって指導されており、北海道精神病院協会も一定の見識を持っているように思われた。ところが関西圏では多くの医科大学が入り乱れ、私立精神病院は乱立し、巨大都市大阪の衛生部、そして周辺の奈良、兵庫、京都の精神科行政、福祉行政はあまりにも劣悪だった。精神衛生法や生活保護法（医療扶助）を軸にして、府県衛生部、警察、私立精神病院、大学精神科、県医師会や精神病院協会が複雑微妙にからみあい、精神病者の隔離・収容体制が造られていた。

本質は北海道も関西圏も変わらないであろうが、北大から来たばかりの若い精神科医には、関西圏の精神科医療の低レベル、無秩序の印象は強烈であり、その印象によって精神科医療が地域社会からの精神病者の排除のシステムにほかならないことを鮮明に理解できた。

ともかく私は朝から夕暮れまで病棟で過ごし、患者の話を聞き続けた。手紙を家族に書き、面会に来るように、担当医である私と話す機会を持つように求めた。すでに老いた親や妻や夫は、「病院の先生から面会を求められたのは初めてです。治らない病気、ここで永くいられたら幸せだと教えられてきました」と言った。私は「精神分裂病の多くは、初期の症状は固定し、次第に改善もする。できるだけ会う機会を持ち、外出や外泊できるようにしていきましょう」と、この家族が耐えた永い年月を想いながら答えた。やがて看護婦さんたちからは、精神医学、精神科看護について教えてほしいと頼まれるようになった。私は夕刻、勤務あけの彼女たちに講義を始めた。彼女たちは熱心にノートをとり、出席できなかった同僚にノートを回していた。夜、帰宅すると、日中に気付いた精神症状の疑問について文献を読む生活に没頭していった。数日にして、私もまた精神病院漬けの日々になっていた。

17.9

〝鍵もつ医師〟のわが修羅ならむ

職業はしばしばその道具によって比喩される。内科医は聴診器、外科医はメス。それでは精神科医は何か。

比喩的な絵にはならないけれども、精神科医は言葉（ロゴス——概念、論理、思想）だと私は思っている。「あなたの専門は何ですか」と尋ねられたとき、私は「頭とその上」と答えることにしている。当惑されるだろうが、それも頭の向こうにあるもの、人と人との関係、その関係を伝える言葉を想ってのことである。

ところが現実の精神科医、精神病院に勤める精神科医のほとんどが「鍵もつ医師」である。大学病院の精神科医も同じである。彼らは鉄の扉を開けるときしか鍵を取り出さないため、鍵もつ医師として諷刺画にされ難いだけである。精神科病棟のナースステーションで、無意味な看護記録をせっせと書かされている看護師も鍵もつ人である。

後年（1982年）のことであったが、私は熊本の老精神科医、西富清行さんより『歌集　わが修羅ならむ』（短歌新聞社）をいただいた。面識のない先生だったが、何か私の書いたものを見て想うところがあったのであろう。熊本医科大学出身、定年後も市内の精神病院に勤める西富さんは精神科医の日々を歌っていた。

鍵鳴らし病棟いくつめぐり診る　この切なさもわが修羅ならむ
罌粟《けし》咲けば心亢《たか》ぶる日もあらむ　何処《いずこ》か遠しガラス割る音
佇《たたず》みて雲を見てゐし老ひとり　背曲げて去りぬ杭《くい》ともなれず

久しぶりにこの歌集を取り出して見ていると、四十数年前、精神病棟をめぐり歩いていた私自身の月日が浮かんでくる。病棟と病棟の間の廊下の一瞬の静けさ、鍵、扉の閉まる重い音。病棟のよどんだ臭い、私に向かって殺到してくる病者の視線。まったく無視したまま徘徊独語を止めない人。大部屋にはカラカラカラと空笑する女性、白壁に向かってブツブツと語り続ける人がいた。私は急ぐ処置が終わると、病室に座る。徘徊する人について少し歩く。彼は突然微笑み、再び歩き続ける。それでも私は彼と交流しているのだろうか……。

精神疾患だからといって、10年、20年と大部屋に閉じ込めておいて、その人の人格が崩れないはずがないではないか。西富先生は「わが修羅ならむ」という表現をどのような意味で使ったのだろうか。不幸な人びとの間をころがっていく、精神医療の道具としての修羅か。否、怒りや情念の燃える病棟で鍵鳴らして一生を終える、自分の人生の悲哀か。

精神病棟と精神科医の実像を歌って、あまりにも見事な歌集だ。だが西富さんは、こんな精神病院は昔から在り将来も変わらないものと思い込んでいる。精神病者は生まれ続け、精神病院での拘禁は無くならないと思い込んでいる。医師になった誰かが、この修羅を歩む者にならなければならないと悟っている。彼が悟っているが故に、入院患者は杭にされていることを気付いていない。「杭ともなれず」と一抹の同情が残っていれば、なぜ「あなたは杭でない。外へ出て白い雲を見よう」と言えなかったのか。

精神分裂病は徐々に進行する不治の病気ではない、という知識を、私は卒業した時に買ったE・ブロイラー著、M・ブロイラー改訂『精神医学書』（第11版）などで学んだ。父E・ブロイラーはE・クレペリンによって「早発性痴呆」と呼ばれ、若くして発病し痴呆に至ると考えられていた精神病を、観念連合の弛緩、自閉思考、両価的感情（アンビバレンツ）などの症状に注目して「精神分裂病」※という病名に変えた。

この父と息子はスイスのチューリッヒ大学精神医学教室の教授を務め、ブルクヘルツリ大学精神科クリニックという古くて大きな精神科病院で働き続けた。父子2代、70年をこえる精神分裂病の予後研究に基づいて、世界的な名著は次のように明記している（ここでは、1941年の北大寮歌「湖に星の散るなり」を作詞した切替辰哉教授によって翻訳された3巻本、第15版［1985年］の新しいデータを引用する）。

「平均的には、本症は発病後5年以後はもはや悪化することはない。これとは逆に、多くの患者は発病後何年も経過してなお改善を示し、時には何年もの後に再び健康となることもある」と述べ、波状経過の後治癒する患者35〜40％、重い慢性状態を残す者は15％以下、その他の約半数は軽症状態を持続している、と図表にして示す。

そして「波状の良好な経過は、今日では以前に比べて明らかに頻度が高くなっており、また総ての慢性状態はより軽度になっている」と述べ、「無条件に良性または無条件に悪性の精神病が存在するのではなく、特定の状況下においてのみ良性あるいは悪性の経過をとる精神病が存在する」と結んでいる。置かれた環境によって、良くもなり悪くもなると言うのだ。

分裂病を不治の病とする一部の精神医学者を厳しく批判するブロイラー父子の生涯にわたる研究は、かけだしの精神科医であった私をどれだけ支えてくれたか分からない。だが精神分裂病名の名づけの親であるブロイラーの研究すら、当時の日本の精神医学書は十分に紹介してこなかった。

ほとんどの日本の医学生が読んでいた諏訪北大教授の『最新精神医学』では、「完全および不完全寛解（軽症慢性状態）を合わせて20〜30％というのがだいたいの見当である」と書いていた。多くの分裂病者を診てもいない机上の人が、こんな思いこみを伝播させていた。日本の精神医学者の多くを集めて後に編集された『精神医学事典』（弘文堂、１９７５年）では、さすがにブロイラーの研究は引用されていたが、新しく編集された改訂版『現代精神医学事典』（弘文堂、２０１１年）では消されている。

病者とその家族の思いにほとんど関心のない、その後の教授たちによって教育された若い精神科医たちが、「統合失調症は治らない。だから一生薬を飲みなさい」という誤った宣伝に飛びついていく下地は、着々と敷かれていたのだった。

ともあれ１９７０年代から85年にかけて15年間、精神科臨床に打ち込んだ私は、精神症状を現象学的に正確に判別すること、しかし病者の苦しみや悲しみ、希望は、症状をはるかに超えて、その人の人格全体にあることを理解し、援助を組み立てていかねばならないと考えていた。医学連、青医連の活動をへて精神科医になった私は、鍵もつ身を「わが修羅ならむ」と感傷しなくてもすむ知性を身につけていた。だが勤務して僅か4ヵ月後、私たちは病院経営者からロックアウトされたのだった。

※ドイツではSchizophrenie（精神分裂症）の病名は変わらないのに、日本においてのみ、近年「統合失調症」というあいまいな訳語に変更されている。悲惨な医療は変わらず、名称のみを変えて良しとしている。

17.10

医者を返せの声に押され

1970年7月16日、奈良市郊外、薬師寺近くの丘の上にあった私立精神病院、五条山病院へ、私はいつものようにバスから降りて上っていった。あまり姿を見せない北林忠正病院長が待っていて、暴力団風の男と事務長に囲まれた。唐突に北林院長がうわずった声で、「これから貴方に申しわたす。一切何も言うな」と言って、紙を持ち、「貴方の診療行為は絶対に間違っているので、病院への立ち入りを禁ず」と読み上げた。

勤めはじめて3ヵ月、あまりにも忙しい診療の日々を過ごし、病院側には感謝されているとしか思っていなかった。診療についての質問されることはまったくなかった。日焼けして色黒の院長が緊張して突っ立っているのを見て、私はこの男は頭がおかしいのかと思った。翌日、出勤してきた石井出医師も病院立ち入り禁止を通知された。この時、病院長は石井さんに、「野田君はまじめに診療していた。しかし彼がいると従業員に動揺が起こり、病院がつぶれると予測した。このような異常な解雇のために病院に世論が向けられ、つぶれるかもしれない。しかしみすみす彼に看護婦を組織されてつぶれるのなら、これに賭けた方がいい」と言ったという。妄想着想としか言いようがない。

「解雇の理由がどうもはっきりしません」と問う新聞記者に、院長は「理由などない。経営者としてハダで感じる危険だ」と答えたという。その後、石井さん宅の電話が切断され、私の家の前にはヤクザ風の男が張り付くようになった。一方、私たちが担当していた何人かの患者の家族は病院へ呼び付けられ、「医師を返せと言って、病棟の首謀者になるおそれがある。すぐ退院してもらう」と言われている。「主治医を返してほしい」と言ったある患者は保護室（独房）に入れられ、向精神薬の注射を連日打たれ、足腰がたたなくなり、家族の面会も断られたという。

当初、私は何が起こっているのか、よく理解できなかった。狂っているのは誰か、とさえ思った。病気による個人の狂気以外に、集団による狂気がある、と思ったりした。院長、副院長のごとき医師を育てた京都の医科大学の教育はどうなっているのか、疑ったほどだった。関西のあまりに無秩序な精神科医療、私立収容所である精神病院の実態を垣間見て、「よい経験になった。短いけれども、大学にもどろうか」とも思った。しかし「医者を返せ」という患者、家族の声が多くなり、「私たちはこれからどうなるのですか」と問われると、そのまま去って行きかねた。家族の声に押される形で、2週間後、石井さんと共に奈良地裁へ地位保全の仮処分を申請。だが私たちの診療再開を阻むために、被告によって延々と審議が引き延ばされ、結局2年半裁判は続いた。

解雇後すぐ集まった家族、患者、市民、学生（奈良女子大、奈良県立医大）によって「わかくさ会」（奈良精神障害者を守る会）が創られ、裁判の傍聴だけでなく、人権無視の入院体験が語られるようになった。

奈良県立医大の神経精神科学教室からも、「石井、野田両医師の解雇は不当であり、五条山病院当局に抗議するとともに、両医師を支持する」との声明が出された。主任の有岡巌教授は「県精神科医の集い」の会長としての責任もあるとして、「両医師は積極的で建設的な態度で病院を改善しようとした」とコメントしていた。

医師の解雇、それも精神病院での解雇はめずらしかったためか、解雇理由が理解不能だったためか、いくつかの新聞に報道された。それを見た滋賀県の長浜赤十字病院の財津晃院長（整形外科医）がすぐ村上仁教授を訪ねてきて、「2人の精神科医が京大関係者なら、紹介してもらえないか」と依頼したのだった。

村上教授は小柄で飄々とした人であり、京都大学の自由な学風に生きていた。私が4月初め、札幌から移ってきて京大精神医学教室を訪ねたとき、古い木造の建物の入り口で、黒いズボンに白いワイシャツ姿の老人に出会った。

「医局はどこでしょうか」と尋ねると、彼はいきなり私の袖をつかんで、階段を上がって2階の大部屋へ連れていってくれた。そこで「村上です」と言われ、驚いたものだった。いつも白衣を着て、ときに蝶ネクタイをつけて構えていた北大の諏訪教授との違いを印象づけられた。村上さんは私のような若僧精神科医が診ても統合失調症と思われる人の診断について、「ちょっと変わっている」、「やはり変わっている」と言って平気だった。精神科医は人を表現するのに精神病理学の専門用語を使うのを好む。ところが村上さんが「変わっている」と日常語で論評するとき、病気である以上にはるかに人間として生きていると考えていたのであろうか。

私たちはそんな村上教授から、他の病院と共に長浜赤十字病院を紹介された。ロックアウトされて1ヵ月しかたっていなかったが、小雨の降る日、新幹線の米原駅で降り、琵琶湖北岸の都市、長浜を訪ねた。財津院長は剛健質朴な長身の外科医だった。滋賀県には赤十字病院が長浜と大津に二つあり、長浜日赤は600病床超の総合病院。とりわけ精神科病棟は120床で大きかった。広い中庭を持つ3階建ての新しい別館設計は、村上教授が助言したものという。1階は外来と大ホール、2階、3階は男女別の閉鎖病棟だった。入院患者は80人ほどで、千秋哲郎部長と非常勤の望月医師で担当していた。私たちはもっと伝統のある、指導医の多い精神病院へ勤めようかとも思ったが、新聞報道を知ってすぐ母校京大まで訪ねてこられて招請してくれた財津院長の俠気《おとこぎ》に感謝し、長浜日赤へ行くことにした。2日後の8月20日から、すぐ勤め始めた。

それから毎日曜日は奈良へ通い、夜おそくまで「わかくさ会」による精神科相談にたずさわった。診療所を持たないため、積極的に往診もした。当時の精神病院は入院中心であり、外来は午前中でも閑散としていた。五条山病院で外来診療にも打ちこもうとしていたところで、追い出された。その外来診療すら失ったため、往診を頻繁にするようになり、私は病者の生活全体を知り考えるようになっていった。また病院外で患者、家族、市民といつも会うようになって、精神病者への排除差別がいかに強いか、行政と精神病院とで収容が構造化されているか、知るようになった。

私たちは身分保全の裁判中なので、常勤にはなれない。1泊2日、週4日、新幹線通勤で非常勤あつかいの常勤医師を務めた。残りの1日は京大での研修の日々となった。

17.11

患者騙さない医療目指し

1970年秋から、私の生活領域は四つに分けられて進行した。ひとつは毎日曜日の奈良通い、「わかくさ会」による精神科相談診療、「精神医療研究会」などの組織作りと市民運動である。第二は滋賀県長浜赤十字病院での新しい精神科医療の創造、精神科病棟の開放、外来の重視、地域精神医療創り。第三は京大精神科におかれた精神科医全国共闘会議の書記局員としての仕事、および翌年に日本精神神経学会の評議員に選出されたので、学会での精神医療改革の仕事。第四に、収容所精神病院の患者像を基につくられた冷たい精神病理学を問い直し、新しい市民生活での精神病理学、社会学や文化人類学を吸収した開かれた精神病理学をいかにして創るかの研究、である。

当時26歳、医学部を卒業して2年たらず。それから十数年、これだけの課題に耐えさせたのは、北大教養部と医学部での知的刺激、北大新聞会で養われたジャーナリストとしての能力、そして学生運動で鍛えた判断力と組織力だった。

まず奈良通いから。毎日曜、朝から夜遅くまで相談を受けるため、私は自動車免許をとり、木津川の土手を走って京都―奈良を往復した。「大和は国のまほろば」などとよく言ったものである。土佐人にとって、とても「まほろば」（すぐれたよい所）とは考えられない。あまりにも因習的で、理念に生きること乏しく、私利に聡《さと》い。例えば吉村寅太郎ら天誅組は十津川村の村役に振りまわされ、裏切られて戦死した。吉村は土佐人の典型のごとく直情径行、勝手に蜂起し、勝手に自滅したのだが、したたかな吉野の山人は嘲笑っていたのであろう。

このように大勢を見守って保守を維持しようとする奈良文化の故に、部落差別などさまざまな偏見が牢固として続いている。精神病者への偏見も強い。不治、遺伝といった間違った知識も浸透している。私と石井先生は、まず奈良女子大学の学生に呼びかけ、同大学で患者・家族会「わかくさ会」の相談会（「わかくさ会」は奈良の若草山にちなんで付けた）を開かせてもらい、精神病の講義を行い、相談や往診に一人か2人の学生を同行させて治療過程を学んでもらった。学生たちは精神科医療の実態に驚き、まず奈良医大、奈良女子大に「精神医療研究会」（いわゆる精医研）を創り、翌71年には京都府立医大、京大、和歌山医大、関西医大、大阪医大、翌72年には大阪市大へと研究会が創られていった。

彼らは、近郊の精神病院見学を順々に行い（拒否にもあった）、報告書を作った。朝日新聞の「精神病は業病」といった偏見記事への弾劾を行い、刑法改正による精神障害者の保安処分法案の討論会を開き、医学部での精神科講義の時間に調べてきた現実の精神科医療をどう考えるか討論を求め、大阪西成のアルコール中毒者の調査や健康診断（大阪市大精医研）を行い、討論の可能性のある日本社会党に対して質問状を出したりしていった。

学習と地域社会での調査に基づき、既存の権威、既存の知識に向かって討論していこうとする精医研運動は、全共闘運動退潮後の大学で急速に発展していった。やがて関西だけでなく、関東の大学にも組織され、全国精神医療研究会連合の結成に至った。医学生だけでなく、教育学部、家政学部の学生も打ちこんだ。この時知り合った奈良女子大生の多くは、生涯精神科医療にたずさわっている。

わかくさ会に相談にきた人には診断、精神療法を行い、投薬の必要な人には長浜日赤から薬を運び、一時入院の必要な人は遠いけれども長浜日赤に入院させた。症状の改善した彼らはわかくさ会の会合に参加してくるようになり、これまでの病棟でのよそよそしい関係ではなく、普通に知人として会員と付き合うようになっていった。家族は自らの葛藤を乗り越えて、県議会で精神科医療の改善を訴えるまでになった。

ある家族は「わかくさ会」誌に次のように書いている。彼女の息子は大学4年の時に被害妄想、幻覚に脅えて精神病院に入院、家で暴れることもあり、約10年間に8回、入院を繰り返していた。「息子は長浜日赤退院後は家族会にも自主的に参加し、生活態度は従前と著しく異なった主体性を持ち落ちつきを見せ、入院させたことへの詰問はおろか、不満を言うこともなく、感謝の言葉と笑みを加え、自分の心情を日々気持ちよく吐露し親がよい相談相手となり得ています」と。

私たちは患者を騙《だま》さない、入院の説得の方便としても嘘は言わないと決めていた。誠実に対応するという私たちの態度が、人として無価値化された10年の空白を埋め、自分らしく体験を積み重ねていこうという想いに彼をさせたのだろう。

五条山病院とその後の関西での地域活動ではっきり知ったのは、地域社会（福祉事務所、保健所、町内会、警察、県衛生部を導管として）が精神的におかしいと思われる人びとを吸引排除する装置を必要としており、精神分裂病の診断もでたらめで、一度吸いこまれると不断に精神病者らしくされていくことだった。そこでは精神病院が「不治の病」を刻印する中核装置として機能していた。私たちの仕事はこの排除の導管を遡行して、一人ひとりの患者に自分の人生を生き抜いている、かけがえのない人間であると気付いてもらうことだった。

他方の長浜赤十字病院での勤務はさらに多忙だった。週4日勤務、2日は外来、泊まりの2晩は当直の日々。千秋部長は予定していた静岡の精神病院長に転勤してしまい、半年後の71年3月より、精神科医は私たち2人になった。大変だったが、財津院長はよく支えてくれた。収容所精神病院の医師の構えが染み着く前に、総合病院の精神神経科で臨床と病棟管理の経験を積めたのは幸せだった。

最も重要な看護について、私たちは優秀で活動的な看護婦長を配転させてほしいと懇願した。結核病棟の年配で柔和な婦長をイメージしていた総婦長は当惑していたが、外科や手術室主任だった（聡明で美しい）吉田京さんと中井利子さんを送ってくれた。精神科看護といえるもののまだ不明な時代、2人は多くの看護婦・看護師を指導し、私たちと共に家族と地域に開かれた病棟を創っていった。こうして近江の湖北の地、伊吹山の裾野で、新しい精神医学、精神医療創りが始まった。

17.12

病棟開放はイタドリと共に

19世紀後半に始まる近代の精神医学は、多かれ少なかれ「進行麻痺」の研究成果に呪縛されてきた。

進行麻痺はその病名の通り、生活態度がだらしなくなり、もの忘れが進み、神経衰弱様、躁うつ病様、緊張病様、幻覚・妄想、意識障害、けいれん発作などあらゆる精神病症状を呈しながら、進行して痴呆に至る。脳実質の病理はすでに知られていたが、1913年に野口英世がスピロヘータを発見。続いて治療法が確立されていった。

進行麻痺研究の勝利は、他の精神病も同じ発見があるはずだという先入観を生み、ほとんどの精神医学者の歪んだ信念になってしまった。指導的精神科医が進行麻痺研究モデルに取り憑かれていたので、その下で学んだ弟子たちは精神病者看護の優れた歴史を研究する知性を持たなかった。

精神病の中核にあるのは、昔も今も精神分裂病群（統合失調症）である。精神科医は上記の進行麻痺神話に支配されて精神分裂病を捉え、収容所精神病院で人格荒廃した患者のみ診て不治と考え、いつの日か解明されて治療されると釈明してすまし、病者の生きる劣悪な環境に無関心であった。

長浜日赤精神科で第一に私たちが取り組んだのは、病棟の開放であった。精神病院の開放化には、象徴的な特別の意味がある。それは患者が自分の意志で入院できるようになることであり、外の町と自由に繋がることであり、自分らしい人格を保つことである。外の地域社会は鍵なき病棟と交流し、地域の他の施設と同じように人間らしい生活ができるように働きかける義務が生じる。つまり病棟は地域社会に向かって開かれると共に、地域社会も精神病棟に入り込み、一緒に生きていかなければならなくなる。

そのための道程は困難であり、若い頭脳を精いっぱいに働かさなければならなかった。まず病棟の文化、人間関係を変えることから始めた。ある患者が他の患者をののしり、叩く。その言動を病気の症状として記述するのではなく、その場に居合わせた他の患者、看護者、精神科医、掃除の職員など数人が、当事者と共に座り、その人の行為の意味を話し合うのである。

これは第二次大戦中のイギリスで、M・ジョーンズが神経症者の治療のために考え出した「治療共同体（therapeutic community）」の思想である。つまり精神病棟を人間関係の高圧釜に変え、問題行動を奇貨として、その人の固定した対人関係を分析し、他の患者の指摘を通して自己理解を深めてもらうのである。こうして精神科の病棟そのものを、外科の手術室のごとく、治療の場に変えていった。

また病棟患者会を週1回開き、行事、日々のスケジュール、食事、薬の副作用など、なんでも議題に出してもらい、患者も職員も同じ一挙手で決めるようにした。当初は何も言わない患者が多く、時に軽躁状態で多弁に振り回され、討論にならなかった。患者同士で議論するよりも、すぐ権威としての精神科医に聞いてくる。横につらなる討論にはならず、婦長や精神科医に向かっての集約状の質問になってしまう。この問題は、７人定数で行う集団精神療法（会話が発展し、また会話に加わらない人が出ないためには、ほどよい定員が７人である。私たちはそれをラッキーセブンと呼んでいた）の繰り返しで少しずつ改善していった。一日討論ができる病棟患者会が出来あがると、新しく入院してきた患者も短時間で溶け込むようになっていった。

私たちは病棟の開放に向けてさまざまな試みを続けた。春は「遊山の会」と呼んで、近くの野や土手にイタドリ採りに出かけた。ワラビ採りでもよかったが、ワラビは芽が出ている場所が山の斜面などに限定されており、足の悪い人には難しい。イタドリ（スカンポ）なら、至る所に生えている。野草など摘んだことのない人でも手折ることができる。病室の片隅にうずくまる人、廊下を徘徊しながら独語する人もふくめ、私たちは患者をさそい野外に出ていった。

摘んできたイタドリを１階食堂の大広間に準備した大鍋の熱湯にひたすと、蓚酸の臭いがたちこめた。それから皆で大雑把に外皮をむいて、半日水にさらし、食べるのには早過ぎるが、揚げ豆腐や鶏肉と一緒に煮る。すべて患者と一緒に騒ぎながら、そして採ってきたその日のうちに、共に食べられるようにする。それは生きている喜び、季節を感じる喜び、交流する喜びを刺激するためだった。

「おいしいね」と語り合う患者たちの会話ははずんでいた。近江の人びとはイタドリを食べることを知らず、私が登山で憶えた植物の知識はさまざまに役立った。90年代になって園芸療法研究会を作ったときも、山野の知識に支えられた。

秋になると、小グループで出かけ、紅葉やドングリを拾ってきて画用紙に貼り付けて作品にした。私たちは優れた作品を作ってもらおうとしたわけではない。その作品で何を表現しようとしたのか、他の患者や職員にはどのように理解されるのか、制作を通して会話するのが目的だった。

いわゆる「絵画療法」と言われるものも、よく行った。それも作品として描くのではなく、自己の内面世界を投影してもらうために勧めた。例えば「家と家族」というテーマのもとに絵を描いてもらい、その絵がどのように変わり、色彩が多くなり、感情が豊かになっていくか、変化を共に語り合うためである。こうして病棟のなかに、外の社会の感覚を取りこんでいった。

外来治療にも力を入れた。外来は病棟と地域社会を結ぶ皮膜である。なるべく入院させないように、患者と家族の話を十分に聞き、時に往診して生活環境を調べ、支えてくれる知人を探し、治療計画を立てて再び患者と家族に説明するようにした。

入院の場合も、病棟を見てもらった後、少し考える時間をおいて入院させた。当時も今も多くの精神科病院で行われている、「里心がつくといけないので、2週間面会にこないように」という入院時指導は、不安な患者をさらに不安にさせ、自閉化させる反治療に他ならない。私たちは新しく入院した患者には個室に入ってもらい、家族と酷い葛藤のある場合を除いて、出来るだけ一緒に過ごすように勧めた。

治療者は家族と共に「もう大丈夫、ここは安全だよ」というメッセージを送り続けた。

１９７０年代前半、まだ外来患者の少ない時代、長浜日赤の外来は急増し、毎日60人、70人となっていった。入院期間は１ヵ月ほどに減らすことができた。興奮して受診を拒む患者、部屋に永い月日閉じこもったままの患者の家にも、よく往診した。

整形外科医である財津院長を誘い、締めきった扉ごしに妄想・幻聴のある患者と２時間ほどかけて会話を繋ぐ私たちの精神療法を見てもらったりもした。彼は若い日に受けた精神医学講義との違いに驚き、よき理解者になってくれた。

こうして精神科病棟の見えない敷居が少しずつ低くなっていったころ、１９７３年10月、病棟の半分を開放にした。閉鎖病棟は２割ほどでよかったが、男女別に分けられた建物の構造上、半分の開放しか出来なかった。すでに病棟には外の光が差し外の風が流れていたので、鍵は無用になっていた。私たちはやっと、半分だけ鍵もつ医師でなくなった。

18.1

病者の人生に寄り添う

精神医学はその働く場所によって、大学クリニーク精神医学、病院精神医学、地域精神医学とか呼ばれてきた。これらは施設や場所によって分けられていると共に、精神医学の歴史から由来するものである。20世紀前半までは精神病者を収容する収容所精神病院が精神科医療の中心であり、その傍らに研究と外来診療（および少数の病床医療）を行う大学クリニークがあった。大学精神科は受診した患者を収容所精神病院に送り、またそこで働く精神科医を派遣する中間機関であった。

地域精神医学（コミュニティ精神医学）は１９６０年代、英米の収容所精神病院を改革縮小しようとする動きから始まったのだが、日本では70年代になってようやく紹介された程度だった。70年代初め、総合病院に精神科はほとんどなく、地域精神医療どころか、外来精神医療すら稀であった。その後、総合病院精神科は少し増えたが、近年減りつつある。

私たちが赤十字病院という地域の基幹総合病院の精神科で、大学クリニーク精神科以上の規模で、開かれた精神医療に取り組めたのは幸運だった。病棟の開放、治療的場への組織化（新しい病院精神医学）、外来の充実に続いて、地域精神医療にも打ちこんでいった。

長浜日赤に勤務するようになって1年3ヵ月後、72年11月、私は精神衛生巡回相談（長浜保健所主催）を湖北公民館の一室で始め、以後、月3回、町村をまわり、家族との相談、訪問診療、巡回相談後の外来投薬につなげていった。翌73年より木之本保健所、近江八幡保健所へと拡げていった。この巡回相談および訪問診療は、従来の精神衛生法の措置患者の監察的訪問とは異なり、病者が居住地で生活していけるように地域社会を変える試みだった。そのため私が出かけていって、小学校単位の地域で、民生委員、役場職員、学校教師、地域の世話役を集め、精神医学の講義を2年間にわたって集中的に行った。

民生委員など地域の人たちは、困り果てた家族のために患者を病院に送る者としてしか自分たちの役割を認識してこなかったこと、またそのような偏見に満ちた貧しい知識しか与えられてこなかったことに驚き、その後、病院への電話相談、入院させた患者への面会訪問、病棟行事への参加、家族援助、退院時の職さがしなどに取り組んでいくようになった。この成果は他の保健所にも拡がり、さらに婦人会、中学・高校の先生やお寺の住職の依頼で講義する機会も増えていった。地域へ出かけ、10～20人の小集団に働きかけ、自分たちで出来ることを考えていってもらったことが、最も効果があった。地域社会の単位を小さくとり、労を惜しまず、出かけていって顔と顔、声と声で結ばれなければならない。

地域社会が精神科病棟に入ってくる流れは、町のベテラン保健婦さんが自発的に私たちの精神科病棟で勤務を希望するまでになった。戦後の結核予防に情熱を傾けられた保健婦の南部典子さんは私たちとの触れ合いから、60歳近かったのに今度は精神病者の支援のために病棟看護婦として経験を積み、その後に病院と地域を結ぶ活動へ拡げていった。彼女は湖北町に働きかけ、入院患者さんのために広い畑を借りてくれた。

患者家族の会も作っていった。すでに奈良県で作った「わかくさ会」の経験もあった。病棟では毎月1回、精神医学講義を続けており、ここで知り合った家族と退院患者によって73年、「いぶきの会」（伊吹山は長浜の東にそびえる名峰）が作られた。続いて草津、大津地域へと組織化を進め、滋賀県連合家族会となっていった。

滋賀県厚生部にもさまざまな提案をし、経済的援助をしてもらうようになった。精神水準の欠陥を残して就職が容易でない人のために雇用促進奨励金を出してもらい、病院での院内レクリエーションへの援助も受けた。75年からは、私たちが関わっていた長浜、木之本、彦根、近江八幡の各保健所に社会復帰学級（デイ・ケア）を開き、家にこもっている通院患者を週1日集めて料理を作り、ハイキングに誘い、手芸、園芸、版画制作などを行った。草津保健所につどう市町村の保健婦さんたちは熱心で、週3日、3ヵ月を1期とするコースを開くまでになった。私は早朝から夜遅くまで働き、夜中には精神的に不安定な患者との付き合いで起こされた。医師は増えていったが、新聞などの紹介で関西一円からくる外来患者も増えていった。なかには東京から来る人もいた。振り返ると、いつ眠っていたのか、とも思う。人生の一時期、誰にも夢中で働く日々があるものだろうか。

ここで一人の病者を私たちがどのように支援したか、述べてみよう。安岡章太郎の『海辺の光景』は高知市の浦戸湾の海辺に隔離されて建つ精神病院に母を入院させ、死んでゆく母をじっと描写しながら、自らの感情を綴る私小説として高く評価された。だがそれは母の精神を理解不能とした、一方的なものだった。私たちが創っていった精神医学がいかに違うか、一人の女性の生き方から考えていただければと思う。

１９７４年6月、弟夫婦（子ども2人）が姉（52歳）の入院先を求め、町役場に相談。私の巡回相談に回ってきた。仕事は全くせず、夜はあまり寝ていない。何事も家族の言うことを聞かず、そのため離れで一人寝ている。独語、空笑があり、被害妄想があるのか、「人の頭を食べさす」といって食卓をひっくりかえしたりした。近所の人に「火をつけてやる」とか、「出てこい、クワでぶん殴ってやる」と言ったりし、弟の妻に「家のものでないから出ていけ」と攻撃を向ける。

彼女は28歳で近くに嫁にいったが、子どもがなく離婚を迫られていた。32歳ごろより、天気がよいのに傘をさして田畑をぶらついたり、夫が浮気していると言って隣人にも挨拶しなくなった。54年、某精神病院に半年入院、離婚となった。以後、半年ずつ入院させたが改善せず、諦めて弟夫婦が世話してきた。以来、家の付近以外出たことがない。特に症状が悪化したわけではないが、親戚から縁談にさしつかえるので入院させてほしいと言われていた。

町役場職員と保健婦と共に、山間の家を訪問。問いには答えず、時に的はずれな応答がある。幻聴、妄想は聞き出せない。欠陥状態に至った古い精神分裂病（統合失調症）である。家族は入院を希望していたが、本人が外界を極度に恐れていること、弟嫁が情緒的に安定し、患者をよく世話していること（なんとか入浴させ、衣服も清潔）、他方ではいったん入院させると近隣から退院を拒む力が働くことなどを、1時間の話し合いで整理し、在宅のままやっていこうということになった。その日は弟を私の車に乗せて病院に運び、少量の向精神薬（夕食後1回）14日分を持たせて帰す。

2週間後、保健婦と訪問。睡眠は改善し、情動もやや和らぐ。気分変動は続いており、日によって攻撃的になる。弟嫁は親戚の縁談の話でやはり入院を希望するが、対人関係がよくなってきていることを指摘し、様子を見ようと説得。

8月、3回目の訪問。夜間起きることもなく、昼夜逆転はなくなる。食事も家族と一緒にするようになり、攻撃的になることもない。彼女は私が入院させるための闖入者《ちんにゅうしゃ》でなかったことを、理解していた。家の手伝いの種目、風呂たきなどを決め、家族のなかでの役割の再取得、家族の彼女に対するイメージの変更などを具体的に話した。

以後、2ヵ月に1回訪問。田植えを手伝ったり、家の掃除をするようになる。2年後の秋には、近所の子どもを集めて遊び相手をするようになった。私はそれを喜び、彼女の満たされなかった想《おも》いを補えるように励ました。

以来家族と共に暮らし、農業を手伝い、近所の子どもの世話をしていた。私は投薬も止めた。彼女は78歳、大腸癌で亡くなった。

彼女が亡くなった知らせと感謝の手紙を弟夫婦から受けとったとき、私はひと時彼女の人生に寄り添えた幸せを深く想った。

18.2 精神病者抹殺する社会

１９７０年代初め、精神科往診はほとんど行われておらず、精神科救急という発想もなかった。私たちは精神科病棟の開放と治療的空間づくり、そして地域全体を啓発し、精神病への偏見をなくし、病める人を支える環境づくりに打ちこんでいったので、当たり前のように往診をし、精神科救急を行っていった。こうして地域精神医療づくりを始めて、精神病への偏見の強さを再認識させられた。

死ぬまで病院に入れておいてください、兄弟親戚の縁談に差しつかえる、入院していた人を雇って大丈夫か、と言われるのは常であった。今では考えられないことだが、大新聞、テレビは精神病とおぼしき人が事件を起こすたびに、気狂いに刃物、野放し、治ることのない業病（悪業の報いでかかる難病）と解説していた。つい先ほど、１９８０年代までの報道はこれほど悪質だった。

医師、医学者、その他の大学研究者も変わらない。大学卒ほど偏見が強い、と思ったほどだった。何故だろうか。庶民が偏見を抱いているので、それに引きずられて上層の人びとも偏見を煽っているのであろう。永い年月がかかるが、人びとの考えを啓蒙していかなければならない、と私たちは考えていた。しかし、果たしてそうだろうか。実は医学教育が、精神病院が、国や政治家が、一般教育が、精神病院の偏見の源泉でないのか。私は考え方を逆転して、法律や教科書といった成文化された文章が、どれだけ庶民を苦しめているか、捉え直してみた。

精神科医になってまだ3年しかたっていなかったが、考えれば考えるほど患者や家族のつらい訴えが浮かんでくる。古刹《こさつ》の住職である中川さんは、26歳で発病し、古い精神病院に入院させられ、すぐ優生手術（優生学の見地から不良なる子孫の出生を防止するとして、生殖を不能にする）を強制された。彼は患者・家族会での私の講義を聞き、ほとんどの統合失調症の人が良くなっていることを知り、自分が耐えてきた20年の日々を見直すために、あの日一緒に優生手術を受けさせられた9人の患者を捜し、連絡をとろうとしていた。

後年（1976年3月27日）、中川さんが朝日新聞に投書した文章。

平等の保証か差別か　断種手術の通知義務

滋賀県　中川実恵（僧職　47歳）

私は二十二年前に精神分裂病になり、ある私立病院に入院した事があります。療養生活を送り、その病院の作業員となって認められ、半年間の入院生活を送って退院となりました。

私は入院中に考えた事は、なった病気を悲しむよりも、病気になって入院した事実をみつめ、治った事を喜ばねばならないと思った事です。その考えが私にとって心理的にどのように働いたかは知りません。

だが私にとって落雷の如き驚きをあたえたのは、自分の意思で一カ月間母のもとで静養生活を送って職場復帰しようと計画を立てて了解を得、あと十日もすれば復帰という寸前、優生保護法の適用通知がきた事です。

種族維持の本能ともいわれる、私たちの持つ思いの中では、それは死の衝撃にもあたいする事でした。優生保護法のきびしさは「優生手術を受けた者は、婚姻しようとするときは、その相手方に対して、優生手術を受けた旨を通知しなければならない」との通知の義務が課せられていま す。刑法犯では、その刑を果たすことによって罪をあがなったとされています。が、婚姻にあたって、通知の義務があるのでしょうか、ないのでしょうか。

断種手術を受けた苦しみは、義務を果たして結婚しても、夫婦の間では生涯つきまといます。その苦しみを忘れるためには、自分の主観の中で、なった病気をうらむか、それとも試練として考えるよりほかはないでしょうか。

平等の権利が保証された憲法の中において、優生保護法第二六条の通知の義務は、平等の保証なのでしょうか。それとも差別なのでしょうか。あるいは差別即平等といわれる宗教哲学観にも似た思考の中で検討された上で義務づけられたものでしょうか。

一方、森さんの両親はともに中学と高校の先生だった。自分たちが周囲の歪《ゆが》んだ目にこんなに苦しんでいるのに、振り返ってみると学校の教科書で、精神病は遺伝だという偏見を毎年教えていたというのであった。例えば学研書籍『保育』では、「精神病などが家系の中にみられる場合には、こどもにそのような因子を伝えるおそれがあるので、優生保護法によってこどもを産まないようにすることが望ましい」と書かれていた。患者や家族が精神病への差別偏見に直面したとき、怒り反発しながらも、自らの内にどこか呼応する知識（誤った知識）がプリントされていたのだった。それから私たちは当時の12種の中学、高校の「家庭一般」、「保健体育」、文部省の「学習指導要領解説」および社会福祉系の大学で使われている教科書を集めて調べた。

読むと精神病（とりわけ分裂病）は遺伝し、犯罪をおかし、人格が荒廃する病と一貫して書かれており、優生的処置を行う必要があると書かれていた。執筆者には学芸大学、教育大、体育大などの教官が名前を連ね、なかには精神科教授（小沼十寸穂広島大教授や笠松章東大教授）も加わっていた。これら教科書が準拠するのは優生保護法（１９４８～96年）であり、医師は本人の同意なく精神病者の優生手術を行うことができるとなっていた。しかも遺伝性精神病として精神分裂病、そううつ病、てんかんの３疾患が明記されている。法律で、根拠なく分裂病は遺伝すると決めていたのである。

さらに優生保護法による調査書には自殺者も「血族中遺伝病にかかったもの」に書き込むようにただし書きしていた。今も続く親を自殺で失った子どもが抱く、自分も親の年齢になると自殺するのではないかという不安は、こうして法律によって作られていたのだった。

私は分裂病の遺伝研究の内外の論文を読み、一卵性双生児の分裂病発病一致率が１９２８年のドイツの研究（59～76％）から始まって、近年（１９６９年まで）次第に下がり25％にまでなっていること、とりわけ北欧ですべての双生児が登録されるようになり研究偏向が少なくなり下がっていることなどを指摘する論文を書いた。それを「偏見に加担する教科書と法」（朝日ジャーナル、１９７３年2月16日）と題して発表した。

この論文の反響は大きく、まず大阪府議会環境厚生委員会で取り上げられ（3月19日）、73年秋、文部省は「精神薄弱・精神病の記述について」という指導メモを各教科書出版会社に送るに至った。私の所へ、学研書籍などが熱心に相談に来るようになり、すべての教科書の記述が書き替えられていった。

ただしこの時、私は著者たちが何の弁明も反省もすることなく、出版社担当者サイドで書き替えが進んでいくのに驚いた。優生保護法を推進したのは医学者とそれに賛同した政治家や公務員である。この法に基づいて、教科書で偏見を煽ったのは教育学者と医学者と文部省担当者である。優生手術の数が少ない県を挙げ、もっと強制不妊手術をやれと主張したのはマスコミである。だが私たちの批判があっても、優生保護法を検討する動きも、法を廃棄する動きもなかった。精神科医の学会は討論を拒否した。新聞は反省どころか、その後も「気狂いに刃物」式の報道を続け、自らが受けた教育の歪みを省察しようとせず、こんな教育を受けた世代が老いるにしたがってやっと沈黙していったにすぎない。積極的討論と公開での反省のないところ、同じ形の社会的犯罪は繰り返される。

1年後、書き替えられた教科書を調べると、多くの教科書は、私が悪質と指摘した語句を削っただけで、精神病をどのように理解していくのか、それを考えさせる教科書にはなっていなかった。やむなく、私は再び「偏見改まらぬ教科書」（朝日ジャーナル、74年9月20日）を書いた。阪大、京都教育大など関西の医学生と教育学部生は、『優生保護法＝人間抹殺の思想』の副題のついたパンフを作り、また朝日新聞他を糾弾した。しかし批判を受けとめる動きにはならなかった。

この後80年代になって、精神分裂病といった病名すら教科書に載らなくなった。今、教科書を開いてみても、精神疾患への記述はまったくない。自分たちの行った過去を反省せずに、ふたをしただけである。白紙を装った社会の底で、精神病者抹殺の過去の教育の成果は小さく硬く燃え続けているにちがいない。

2018年1月末、宮城県の60代女性が旧優生保護法での強制不妊手術の不当を訴えて裁判を起こした。これまで被害者団体が調査と補償を求めてきたが、国は応じてこなかった。やっと裁判を起こした人のほとんどが知的障害者であり、優生手術された人びとの8割をこえる精神分裂病者がなぜ訴えられないのか（薬づけで死ぬか、今も閉じ込められている）、私たちの社会は考えようともしない。ハンセン病は治療可能になっていたのに、すべてのハンセン病者を隔離してきた歴史と同じである。

マスコミは連日、「差別と時間、救済の壁」といった記事を書いているが、優生手術件数増を煽ってきた過去を書かない。救済など有り得ず、ただ弁護団は救済という言葉に国と関係者への謝罪とせめてもの補償による復権を求めている。

優生保護法の加担者、批判への抑圧者であった新聞社は、まず過去の記事を引用謝罪した上で裁判記事を書くべきであろう。調べもせずにうつ病キャンペーンによって向精神薬の多剤多量を煽り、今もでたらめな発達障害増を煽る報道は、優生保護法推進のころと同じ構図で繰り返されている。

戦争と医療とマスコミは先に向かって進むだけで、反省しないことにおいて似ている。

18.3

ギュテスロー精神病院にて

1970年7月に石井出医師と共にロックアウトされ、地位保全の仮処分の裁判を起こして2年半。被告はまったく解雇の理由を挙げられず、ただただ引き延ばされてきた奈良地裁の民事裁判も終わった。それまでの給与を全額払い、私たちは退職するという和解となった。日本の裁判がいかにいいかげんか、十分に学習した。仮処分の裁判なのに、雇用者側が理由説明を遅らせればいつまでも決定を出さない。結局、年月が経過し、「主治医を返せ」と願った患者家族の思いは過去のものとなっていった。

しかたなく私たち2人は医師給与を受けとり、それを基にして全国で初めての患者家族が母体となった「わかくさ会」診療所を75年9月に開設。奈良医大の稲田医師が担当して、今に至っている。私は診療所開設まで毎日曜日、「わかくさ会」精神科相談を担当し、それは五条山病院を解雇されてから5年間、約60回におよんだ。

仮処分裁判が終わったので、長浜赤十字の常勤医師となった。新幹線で通勤し、1泊2日（夜は当直）で週4日勤務し、京都と長浜を往復する日々は変わらず、病院診療と地域精神医療はますます忙しくなっていった。

72年からは日本精神神経学会評議員に選ばれており、福井東一理事（神奈川県・初声荘《はっせそう》病院長）と共に提起して作った「精神病院問題委員会」（9人）の調査に飛び回り、精神病院調査のスタイルを創った。学会は、71年3月、石川清・東大講師より告発された臺弘《うてなひろし》教授の人体実験論文（ロボトミー便乗研究）を検討しており、私もその批判に加わっていた。

北大を卒業し精神科医になって4年、あまりにも慌ただしく月日が飛び去っていった。私の精神医学の思考の相手をしてくれたのは、K・ヤスパースの『精神病理学総論』だった。そして精神病院の治療的環境づくりを刺激してくれたのは、ヴァルター・シュルテの『病院精神医学の臨床』だった。英米の病院精神医学の著作や雑誌もよく読んだが、シュルテ教授の著作ほど、精神病院という環境を治療的空間に組織化しようとする思想において、これだけの深さをもっているものはなかった。

シュルテ教授はドイツ西北部、ミュンスター郊外にある州立ギュテスロー精神病院での仕事を基に本書をまとめている。ギュテスロー病院はH・ジーモンによって1910年に創られ、病者の慢性症状に拘泥するよりも、残された能力に働きかけて人間らしく生きてもらうことを理念として運営されてきた。560町の広大な敷地に、病棟、職員宿舎、農耕地、牧場、果樹園が見え隠れし、美しい池に面して患者さんたちがすごす社交会館も建つ。病舎は別荘スタイルで、森のなかに散在している。大きな衣服倉庫、穀物倉庫、何頭もの牛や豚をつるす食肉倉庫などがあり、病院で必要とする半分ほどの食糧を自家生産している。ただしギュテスロー病院のすばらしさは、その施設にあるのではない。これらの施設を、病者と共に生活する環境として組み立てている思想である。

シュルテは同書のまとめ、「精神病院における慢性入院患者の位置」に次のように述べている。「患者たちは人間独自の連帯責任を一手に負って、分裂病罹患という不可解にも人類に課せられた義務を果たすべく、それに罹患しない人々の、いわば身代わりになっているのである。したがって、日常生活に対する患者たちの責任性が疾病のために低下した場合には、その程度に応じて、われわれ周囲の人間は、彼らに対して責任を負う義務がある」(塩崎正勝訳、文光堂、1968年)。ここにはジーモンが「より積極的な治療法」と呼んだ病院精神医学の思想が、別の言葉で説明されている。病者と治療者・看護者は支えあって人類に課せられた義務を果たしているのである。

私は73年のひと夏、このドイツ・プロテスタント文化で育ったギュテスロー病院で過ごしてみたいと思った。どうすれば可能になるのか。70年初め、クウェート、サウジアラビアへ船医として船旅をしただけで、ヨーロッパ経験はない。ドイツ留学経験のある教授に紹介状を書いてもらうのが普通であろうが、私はそうしたくなかった。一人の若い精神科医として、夏の乾いたポプラの葉の騒《ざわ》めきのように、ふと吸い寄せられたかった。

そこで私は、クレッチマー教授の後任としてチュービンゲン大学精神科教授に転任していたシュルテ教授に、つたないドイツ語の手紙を出した。いかに緊張していたかは、返信用として日本の切手を同封しており、投函後に気付いたほどだった。ドイツからの郵便に日本の切手は使えないことすら、忘れていた。

折り返しチュービンゲン大学のレンプ教授より、「残念ながらシュルテ教授は昨年夏、急死された。ギュテスロー病院長のW・ヴィンクラー教授にあなたの手紙を送ったので、近日中に連絡があるだろう」との手紙が届いた。

しばらくしてヴィンクラー教授より、「来院を歓迎する。あなたの滞在する1週間は私の夏季休暇に当たっており、ブッシュ医師が対応する」と丁重な手紙があり、その後も2度手紙があった。

こうして私はギュテスローを訪ね、患者・職員と共に、堆肥作り、園芸、美術工作に加わり、集団精神療法や絵画療法に参加した。男女の看護職員はそれぞれ得意の作業を担当しており、患者と職員の隔たりを感じることはまったくなかった。患者も職員も別荘風の森の住宅から出てきて、さまざまな仕事に加わり、お茶の時間を楽しみ、夕食に去っていく。私が医師たちには夏季休暇があるのに、入院患者には休みがないのですか、とからかうと、患者さんは静かに笑っていた（ドイツでは70年代当時でも、全職員が1ヵ月の夏季休暇を取っていた）。英米の病院のように、個別の患者を標本とするカンファレンスはなく、静かに、勤勉に、森の夏は過ぎていった。

私は60年の歳月を経たギュテスロー病院の訪問で、長浜赤十字病院で実践してきた方向が正しかったことを確信した。精神医学は医学である以上に、人文学でなければならない。この夏の40日間の旅で、他にハイデルベルク大学精神科、ヴィスロッホ精神病院の保安処分施設、ミュンヘンのマックスプランク精神医学研究所、そしてストックホルムのロングブロー病院をユーレイルパスを使って訪れた。まだ1ドル270円ほどの円安の時代、各地の大学食堂のランチを最高の御馳走《ごちそう》として旅を続けた。

24年後、1997年夏、ギュテスローに園芸療法研究会の会員を連れて行った。キヅタが覆う病院の森の墓地は2064の十字架を数えるという。そこにヴィンクラー医師の小さな墓もあった。故郷に帰れなかった患者さんたちは、第二の故郷を見付けてここに眠る。精神科医ヴィンクラーも、職員たちも、人生の一時期病気であった人びとと共に静かに休んでいた。

18.4 優美なる死を説く医師

ドイツから帰国して、戦前にギュテスロー精神病院長の講義を聴き影響を受けた先達が健在であると知り、会いにいった。

府立大阪医科大学（後に大阪大学医学部）の長山泰政先生（1893〜1986年）は、1929年から30年まで、助教授になる予定で大脳神経病理学の研鑽のために留学している。

たまたまハンブルクでひらかれた精神病学講習会に出席し、そこでジーモン院長の「最近の作業療法」やコルプの「精神病者の院外保護」の講義を聴いて感動し、大脳病理の研修を止《や》め、病者を幸せにしない神経学の研究ではなく、幸せにする精神医学を学ぼうと決める。残りの日々をツーム博士の「院外保護」の研修などに当て、帰国した。しかし病者を幸せにする精神医学に目覚めた長山さんを、大阪医大は受け入れなかった。その後、大阪府立中宮病院に勤め、作業療法や院外作業を指導したが支援は得られず、戦後49年に退職している。

75年2月、老いた長山先生（82歳）はとてもうれしそうに、私と同僚の黒田研二君（大阪大学卒）を迎えてくれた。45年前の先生の志を尊敬する若い精神科医に会い、遠い歳月を懐かしむかのように目を細めておられた。その当時書かれた「医事公論」、「救治会パンフレット」などの古い論文5冊を自らコピーし、丹念に表紙を糊づけして、くださった。

ジーモンの積極的療法は、日本では作業療法のひとつとして伝えられているが、誤っている。それは入院患者が人間らしく幸せに生きられるように、病院全体を組織することである。作業療法士なるものによって部分的に指導されるひとつの治療技術ではなく、病院長の指導によって、医師・看護職員全体を組みこんで行われる治療的環境づくりであった。院外保護はその発展の上にあった。そんなことをまったく理解できない大阪大学の教授、精神科医、行政によって、長山先生の志は実現されなかった。

この年（75年）5月、精神神経学会は作業療法のシンポジウムを持った。私は演者になり、作業療法の歴史を述べ長山先生の論文も紹介した。そして「作業療法は治療法でないとして、観念的に否定するのではなく、作業療法が療法として、早期に病者がもとの生活にもどっていけるように機能することを阻んでいる制度的なものは何か、考えてみるほうが意義がある」と主張した。

このシンポジウムに先だって、加藤普佐次郎に続いて1928年ごろより松沢病院で作業療法を切り開いた菅修先生の「作業療法の奏効機転」の発表もあった。だが老先生の真摯な発表は無視されていた。病者と共に土運びをし、草とりをし、汗の混じる会話をしたこともない医師たち。彼らに作業療法や精神病院の改革を伝えることは不可能だった。私は訪ねて話をうかがった菅修先生、長山泰政先生の精神医学にかけた老いて静かな情熱を想い起こす。

長浜赤十字病院で診療と地域精神医療に打ちこんで5年、私は次第に精神医学・医療の進むべき方向が見えるようになっていた。最低限こうあってほしい精神医療の姿を基にして、各地の精神病院問題の調査に取り組んだ。奈良の吉田病院、福岡の中村病院、静岡の富士山麓病院、東京足立区のアヤメ病院、とりわけ京都の十全会3病院や札幌の北全病院ロボトミー事件などを調査し、精神神経学会精神病院問題委員会報告として発表していった。閉山後の筑豊炭鉱で精神病院が治安対策の中心としてどのように機能しているか、大阪・東京の大都市での精神病院の配置と機能についての分析も進めていった。

とりわけロボトミー問題は、私の精神科医としての出発当初から、大きなショックになっていた。卒業前、研修にいった市立札幌病院附属静療院。戦前から建つ古い木造の大広間。長い厚板の机が並んでいて、ロボトミー（前頭葉白質切截術）を受けて20年ほどになる中高年の男性が数十人、食事をしていた。無表情、無言。人によって動眼神経が切られたのか、眼球が左右に偏っている。ロベクトミー（前頭葉切除術）のためか、前頭部がへこんでいる人もいる。話しかけても茫乎として、まともな反応がない。

ポルトガルの神経学者モニスに始まり、1940年代後半から米国で広範に施行され、戦後の日本が追随したロボトミー。ドイツは戦争体験から行わず、ソ連は法律で禁じた。

初期の手術は静療院の佐々木高光によって行われ（1944年）、北大助教授から札幌医大教授に移った中川秀三らが盛んに行ったとされている。私が北大精神神経科医局で研修を始めたころ、ロボトミーを行ったという先輩はすでにいなかった。ただし、いても黙っていたのかもしれない。私が「手術によって、どれだけの人が死んだか」、「患者のその後の人生はどうなったのか」、「精神医学がつい20年前に行った最大の犯罪について、調査研究することこそ大学の課題だ」といっても、誰もとりあってくれなかった。

医学史の片隅に忘れられたことになっていたそのロボトミーが、1973年4月、開設されて間もない私立精神病院、北全病院の2人の入院患者に強制されていた。福祉事務所、警察と共謀してアルコール中毒者を集めていた北全病院（比田勝孝昭院長、久留米医大卒）は、30人を超える超過入院をさせ、向精神薬の多量投与、無資格者による連続電気ショック、院内労務の強制などを行っており、逃亡した2人の患者が札幌弁護士会に救助を願いでた。こうして入院して2、3ヵ月しかたっていない2人の患者が、強制的にロボトミーされていたことが明るみに出た。しかも開頭して前頭葉の白質を切除したのは、市立札幌病院の竹田保・脳外科医長だった。彼は私が医学生のとき、北大脳外科講師であった。

この事件について、私は北大青年医師連合を受け継いでいた後輩、田野島隆、神山昭男君から知らされた。彼らは北大青医連ルームに「札幌の精神医療を明るくする会」の事務局を置き、脳手術された患者と妻を支え、『北全病院糾弾』と題する、地域社会と濫造精神病院の癒着を分析する冊子（80ページ）を出版していった。私は医学連、青医連運動がこのような形で継承されているのを見て、心強く思った。

73年7月、民事訴訟が提訴されたとき、法律家でない私が特別弁護人に選ばれ、法廷で北全病院の提出したカルテ記載をひとつひとつ追及し、ついに比田勝院長にカルテは偽造したものであることを認めさせたりした。地裁で勝訴し、後に和解となった。弁護士はかつて学生運動の弁護にたずさわった入江五郎、高野国雄、下坂浩介さんが担当した。

ロボトミーがいかに殺人手術であったか。吉田哲雄医師が東京・松沢病院のカルテを精神神経学会評議員会で公表したものを、再録しておこう。

「手術前、手術台上にて、『どれ位切るんですか、かんべんして下さいよ、脳味噌取るんでしょ、どれ位とるんですか、止めて下さいよ、馬鹿になるんでしょ、殺されてしまうんじゃないですか、殺さないで下さい、お願いします、家へ帰らせて下さい、先生、大丈夫ですか、本当に大丈夫でしょうか、死なないですか、先生、先生、本当に死なないでしょうか、先生、先生、先生……』といった調子で執拗に常同的な訴えを繰返す。Ｇｒａｚｉｅ（優美さ）が全然ない。左側白質切截が終ると、途端に自発的に口をきかなくなる」

こうして患者さんは死んでいった。脳を切るのを「止めてください」と哀願するのを、常同的とおよび、Ｇｒａｚｉｅがないとドイツ精神医学の用語で書く。こう書いたのは廣瀬貞雄・執刀医であり、後の日本医大教授である。切られた前頭葉皮質の一片は、恐らく臺弘医師の無意味な研究材料となり、彼はその業績で群馬大学そして東大教授となった。このような人たちが医学教育を行って、いかなる医師が、いかなる精神科医が育っていったのか。

三重県立高茶屋病院では８％が３週間内に死亡。京都府立洛南病院では１９５２年の初期手術で７名中４名が死亡（57％の死亡率）している。亡くなった人だけでなく、生き残って前頭葉の機能障害のため感情や道徳心を喪失し、人格を低下させて苦しんだ多くの人びと。その姿がいかに今に至る精神病への差別偏見の基底になっていったことか。病者と共に生きた人は忘れられ、殺人者は教授となり叙勲されていった。

18.5 反精神医学のうねり

１９６９年、25歳で北大医学部を卒業してから5年間、精神科医療と精神病理学に没頭して、月日は飛ぶように過ぎていった。この間、沖縄復帰があり、精神神経学会でも、放置されてきた沖縄の病者をどうするのか、調査が行われた。だが沖縄戦の現実を知ろうとせず、社会学的分析もない、極めて貧弱なものでしかなかった。

三島由紀夫切腹、よど号乗っ取り（70年）があり、浅間山荘立て籠もり（72年）があった。この島国を世界の中心と思い込み観念的に跳ね上がる男たちの事件を、私は苦々しく見ていた。成田空港三里塚の激しい闘いがあり、何も発言できない自分にもどかしさを感じていた。

中国との国交正常化（72年）があり、ようやく日本は中国とアメリカの中間にある国としての認識を取り戻しつつあるように思えた。日米だけで思考してはならない、日米と日中の二つの拮抗する力の焦点として、日本社会を見なければならないと考えていた。


人の運命はちょっとした選択で大きく変わる。私は北大3年（医学部1年）、北大新聞の編集長だったとき、札幌のアメリカ領事館を通して、国務省の招待を受けないかと問われた。60年日米安保闘争の経験から、アメリカ大使館は日本の学生運動対策を考えたようだ。

そのひとつとして大学新聞の編集長を1年間アメリカに呼び、アメリカ社会を見てもらう計画を立てた。条件は非常に良かった。航空券と十分な小遣い付き、ただ1ヵ月間、アメリカの中流家庭に下宿してもらうというだけだった。彼の国の知識人、社会運動家にも、相手が拒否しない限り、対話できるように仲介するという。私が『アメリカ人民の歴史』を書いたレオ・ヒューバーマン（社会主義作家）やポール・スウィージー（経済学者、キューバについて発言を続けていた）に会わせてもらえるか、と尋ねると、相手の都合がつけばOKだ、と答えていた。

まだ渡航が容易でなかった60年代。私は行きたかった。小田実の『何でも見てやろう』（61年）のごとく、世界の矛盾をかき集めたアメリカ社会を見てみたかった。それでも若い私は踏みとどまった。

幕末以降のエリート、北大の先輩（そもそも札幌農学校はアメリカ北軍の指導者クラークによって創られている）、多くの日本の知識人、とりわけ戦後の知識人が歩んだごとく、アメリカ政治・文化・社会を理想として、思想を創りたくなかった。国務省の思惑通り洗脳されはしないとしても、行けば必ず巨大なアメリカを対照にして物事を考えるようになるのではないか。それを恐れた。

また小心のため、日本共産党から「トロツキスト、アメリカに懐柔」と宣伝されたくなかった。当時、共産党は彼らを批判する左翼学生を革命家レオン・トロツキーの一派、トロツキストと呼んでいた。留年もしたくなかった。

東大新聞の編集長は帰国後、予測された通り、アメリカ社会の多様性と奥の深さに感動し、また自分がいかに女性にもてたかを綴っていた。戦後のフルブライト留学生と同じく、彼もまた表層のアメリカを対照にして思考する日本的知識人の常の道をくぐったのだった。力（暴力）と侵略を善とするイギリス＝アメリカ文化への懐疑の故に、私は太平洋の東へ引き付けられた知識人になることをかろうじてまぬがれた。

72年、アメリカ政府に追随して、日本政府は中国との交流の道を再開した。このとき私は、中国、ユーラシア大陸を通して西欧文明を考える、太平洋に偏らない知識人になれると喜んだ。しかしそれは片隅の関心であり、70年代、私は精神科医、精神病理学者になることに専念していた。大学卒業に当たって立てた人生への指針、まず専門知識人になる、やがてそれを否定し総合的に思考できる評論家になる、さらに生きていれば唯《ただ》の人になる。この指針に導かれて、生きることだった。

日中国交正常化から10年後、82年9月28日、北京の人民大会堂で開かれた中日友好10周年晩餐会に私は招かれて、反革命として消された人の名誉回復に取り組んだ胡耀邦総書記と食卓を共にした。この夕、テーブルの隣に座った人が北京放送局の陳真さんだった。後に私は『陳真――戦争と平和の旅路』（岩波書店、２００４年）を書くことになる。それはいつか述べることにしよう。

74年5月、全国精神障害者家族会連合会（全家連）、結成10周年大会に招かれて「精神医療これからの展望―精神医療の変革は、精神病院をおいてはない」と題する講演を行った。私設精神病院群ができたことが病者の幸せにつながらなかったこと、収容所としての精神病院は無くすべきであり、総合病院に精神科を設置し、地域精神医療を創っていかねばならないと、諄々《じゅんじゅん》と説いていた。精神科医になって6年、日夜打ちこんだ精神医療への結論だった。この考えは若い精神科医の多くに支持された。

60年代から70年代、精神医療への批判は「反精神医学」と呼ばれた。R・レインやD・クーパー（ともにイギリス）。トーマス・サス（アメリカ）。そしてイタリアの精神病院をすべて廃止させたフランコ・バザーリア。さらに精神病院の収容所性、非人間性を批判した社会学者E・ゴッフマン

(アメリカ)、哲学者M・フーコー(フランス)などを反精神医学の周辺に置く見解もある。だがその主張は広く幅があり、精神病院を収容所として否定する以外、共通のものはない。

精神神経学会は、75年、D・クーパーを招き、その後T・サスを招いた。私は日本の精神病院の解体を主張しており、そのためかそれぞれの来日の接待にかかわらされた。レインは来日できず、代わりにやってきた『精神医学と反精神医学』の著者、クーパーはアルコール中毒になっており、学会講演でもウイスキー・ボトルを手元に隠し持ち、講演を続けるのに閉口した。若い再婚した妻と来日したサスは、「精神医学は存在しない。それは隠喩である」と彼の著作『精神医学の神話』以来の主張を格好良く言い切っていた。だがアメリカの劣悪な巨大公立精神病院をどのように解体していくのか、私の反論と問いには答えてもらえなかった。

早く亡くなったバザーリアには会っていないが、90年秋、ローマ大学に呼ばれて以来、私はイタリアの精神病院廃止とコミュニティ精神医学の展開に関心を持ち続けてきた。レインも、バザーリアも、反精神医学と呼ばれることを否定していたという。彼らは現状の精神病院を改善不能と見なしたのであり、その主張だけなら「精神病院の経営者は牧畜業者」と言った(60年)武見太郎元日本医師会長も、反精神医学の同調者の一人になってしまう。レインも、バザーリアも、そして今の私も、反精神医学者ではなく、最も精神科医らしい精神科医の一人と自分を思っていることで同僚(コレーゲ)でないのか。

18.6

高齢社会の入り口にて

1960年代後期の医学連、青医連運動に触発されて全共闘運動が起こり、やがて消えていった。多くの大学生が高度経済成長期の企業に潜り込み、猛烈会社人間に衣替えしていった。私たち青医連運動を担った者は変わらず初心を生きようとしていた。医療の現場に入って、その矛盾の自覚のなかから現代社会の認識を深め、改善の努力をしていくこと。この姿勢は、働く場所はばらばらになり再会も稀になっていたが、変わらなかったはずだ。

精神科医の運動については、二つの流れが伏流していた。ひとつは私たち、青年医師連合の中央執行委員だった者たちの関心。市中の精神病院に常勤医として勤め、日本の精神医療の矛盾を体感し、そこから精神医療と精神医学の変革を考えていこうとした。

他のひとつは、私たちの運動に刺激されて発言し始めた、私たちより少し上の精神科医であった。彼らはすでに数年、大学の精神科医局に籍を置き、市中の精神病院で収入を得る生活を経験していたがために、この種の前近代的な医局制度の支配者である教授を厳しく否定した。こうして石川清・東大講師（精神病理学）による臺弘東大教授（生物学的研究）のロボトミー便乗研究に対する告発が行われた。その告発に若い医師も加わったが、他の大学での研究批判には拡がらなかった。70年代の精神医療と精神医学会は、精神病院での問題を提起する者と大学医局にこだわる者との二つの流れが混ざりあって動いていった。

もちろん、私の関心は精神医療の改革にあった。長浜赤十字病院での臨床と滋賀県での地域精神医療に打ちこみながら、精神神経学会に「精神病院問題委員会」を作り、委員長の福井東一さん（神奈川県初声荘病院長）と共に、多くの病院調査に奔走した。ほとんどの調査は私が主として行い、委員会での報告書の検討をへて、各県衛生部、マスコミに向けて発表していった。取材や地域調査は北大新聞で鍛えられており、またこれまでの社会学の読書が「精神病院の社会的機能」を問う視点形成に役立った。

委員長の福井さんは三井財閥の福井家の跡継ぎであり、遺産をもとにいち早く（1963年）、神奈川県の湘南に開放的な初声荘病院を開設。イギリスの市民に開かれた精神病院に詳しかった。ドイツ精神医学中心の日本では異色の精神科医だった。病身ながら、私の病院調査を全面的に支えてくださった。94年末、逗子に講演に行ったとき、久しぶりにお会いして夕食を共にしたのだが、2ヵ月後の翌95年1月、72歳で急死された。あの夜、長い間別れの手をふっておられた先生の柔和な顔が忘れられない。

多くの精神病院調査のうち、74年8月に提出した京都十全会系3病院の調査報告について触れておこう（精神神経学雑誌、1975年4月。なお前年3月、『精神神経学会委員会報告』として1

００ページほどの別冊報告も出ている）。

73年暮れより、京都の福祉事務所職員の間で十全会系病院での多くの老人の死亡がささやかれ、また同病院から転院してくる患者が信じがたい多量の向精神薬を服用させられていることが伝えられていた。私は地元だったので半年にわたり、十全会の看護職員、患者家族から聴き取りを行ってきた。

十全会３病院とは京都東山高原サナトリウム（６３３病床）、京都 双岡《ならびがおか》病院（８３３床）および並んで建っているピネル病院（４０３床、いずれも精神科許可病床）である。病床利用率はそれぞれ１４７％、１０１％、１１５％（74年5月）と、過剰入院させていた。当時（73年9月末）の京都府下の全入院精神病者は６４２８人、そのうち２１２４人、33％が十全会病院で占められていた。一系列の私立精神病院が2千床を超えた例はなかった。しかも京都府衛生部の調査によると、京都府下14指定精神病院における73年1月から9月までの死亡患者は９３７人、このうち十全会系が８５９人（92％）を占め、７８１人（83％）が入院後1年内に死亡していた。病名は東山で「その他の精神障害」が72％、双岡では「器質性精神障害」が60％、ピネルでは「その他」が55％となっており、３病院それぞれ曖昧な病名を付けている。

病院を視察せずとも、資料だけで異常だと分かるはずだ。ひとつの病院経営体だけで京都府の精神科病床の3分の1を占める。しかも１４７％の詰め込み入院をさせている病院すら在る。一般に病院は入退院の変動があるので、病床利用率が90％を超える場合は退院者の操作計算が疑われる。

職員や家族が持ってきた向精神薬の投与量は、厚生省の治療指針をはるかに超えていた。ある人には例えば強力な鎮静、催眠作用のあるレボメプロマジンが１０００㎎（最大投与量は２００㎎とされている）、ハロペリドール25㎎（同じく６㎎）、さらにプロピタン３００㎎、が合わせて投与されていた。どれかひとつでもふらふらになり、立つのも難しくなる。大脳中枢神経への抑制だけでなく、心臓・肝臓への副作用も強い。これほどの多剤大量投与が同一処方で連日続いていた。看護婦は時間制のパート勤務が多く、介護は分業化され機械的に行われていた。例えば重症者の酸素テント室に七分粥《がゆ》が運ばれ、横に置かれ、20分ほどしてそのまま下げられる。

私はすべての調査が終わり、東山病院の院長への聴き取りを行った後、直接入院患者の置かれた現実を見ておかねばならないと考えた。そこである看護婦が密かに教えてくれた痴呆老人の名前を面会受付で告げ「昔、お世話になった者だが、お見舞いに来た」と言って病室に通してもらった。

「あんたさん、誰でしたっけ」

「お婆《ばあ》ちゃん、学生のときに世話になった○○ですよ」

私はお婆さんを抱きよせ頬ずりした。そのうち、50床ほどの大部屋から看護婦がいなくなったので帰るふりをし、迷路のような通路を迷ったふりをして、いくつかの病室の恐ろしい現実を見て回った。勤めていた職員から得た病棟地図を頭に入れていたので、なんとか捕まらなくてすんだ。

明るい病院の外に出て、すでに書き上げていた精神神経学会の報告書に、私はこう書き加えた。

〈広域に集められて家族や自分の生活範囲から切断され、さらに看護者とのふれあいもなく、オムツや食器、薬袋が歩いてくるような生活を強いられ、その上隣の老人との会話もめまぐるしい移動のため断たれ、80％を超える人が1年足らずで酸素テント室へ消えていくのを見るとき、入院した老人は自分を物として疎外し、生きる意欲を失わざるを得ない。ベッドで毎日を送り、外出・外泊は禁止され、私物の持ち込みは極度に制限され、いつしか食事ものどを通らなくなり、昼も夜もどうでもいいような日々になり褥瘡《じょくそう》ができて死んでいく〉

ここには、これから来る高齢化社会に向けて、終末へのフォード・システム（自動車組立のベルトコンベア）がすでに作られていた。精神医療の現実を研究するのも精神医学であるが、その重要性を理解してもらえる社会ではなかった。

18.7

精神病者を見張る警察

1975年、精神科医になって6年、長浜赤十字病院で仕事を始めて5年。外来も入院治療も、地域精神医療も充実し多忙になっていた。病棟を閉ざされた施設としない、地域と交流し、地域に支えられたシステムの拠点とする。新しい精神医療に対して、マスコミは関心を持ち始めた。

朝日新聞の4人の若い記者（吉川利文、井上兵三、音谷健郎、泊次郎さん）が1週間、私たちの病棟ですごし、新聞に連載したりした。4人とも小柄で茶目っけのある青年たち、患者さんたちと食事を共にし、小集団での精神療法にも加わっていった。後に彼らはそれぞれジャーナリストとして優れた仕事をしていった。読売新聞の記者も病棟に通い、連載した。

精神医療が少しでも理解されるのはうれしかったが、日本社会の常として、誹謗中傷も始まった。ひとつは京都の社会党系の運動家による攻撃だった。彼らは精神障害者家族会に目をつけ、京都府衛生部との交渉は素人の家族では侮られると主張して、家族でないのに代表になっていた。振り回されるのに耐えられなくなった家族たちが立ちあがり、「希望の会」という別の会を創り、全国精神障害者家族会連合会の講演者である私のところに相談にきた。私は社会運動家によって牛耳られている関西の事情を知らなかった。奈良や滋賀県の患者家族を紹介し、「患者、家族、医師、看護婦、それぞれ視点がある。素人は言うことを聞け、では市民運動でない」と励ました。

彼らは、この発言を根に持ち、自分たちの人間関係や運動スタイルを投影して私をボスとみなし、執拗に攻撃してきた。遠い近江の長浜まで、何度となく京都から子分を送りこみ、私たちの外来で騒ぎを起こした。病院外来で騒いでおいて、退去を求められると、暴行されたと告訴するなど、関西の悪辣な労働運動の常套を使った。札幌の労働、市民運動とあまりにも違っていた。日本赤十字社本社にも精神科への中傷を持ち込んだが、財津院長は意に介せず私たちを支持してくれた。

刑法改正、精神病者の保安処分（後に触れる）の推進者、法務省の手先とまでデマを流され、やむなく名誉毀損《きそん》の裁判を起こさざるを得なくなった（勝訴）。私はこの異常に執拗な攻撃に対応しながら、日本文化として一括りにしないで、関西の文化、京都や大阪の文化、それぞれサブカルチャーとして理解する視点と、旧左翼社会党系の運動に巣くう（保守と同じ）前近代性について認識を深めた。

開かれた精神医療が評価されるにつれ、もうひとつの圧力は公安警察からきた。精神病者監護法（1900年）によって病者は私宅に監置されることが強制され、その監督は警察によって行われてきた。この特殊日本的な歴史により、警察は精神病者を犯罪予備群とみなす思考に凝り固まってきた。各地で皇室行事があるたびに、入院患者と退院患者の調査が警察内では公然と、市民社会に対しては隠微に行われてきた。

1975年5月、長浜日赤精神科外来の待合室に変な男が数人座り込み、受診者を調べていると外来患者が騒ぎ始めた。診療を中断して待合室へ行き誰何《すいか》すると、男たちは私服刑事であった。彼らは天皇の植樹祭参加に当たり、偏見に基づき自分たちの仕事を増やしていたのであった。

入院をさせない精神医療が発展していくにつれ、警察官による不審な外来患者宅訪問の話をよく聞くようになっていた。後年1981年夏には、びわこ国体後の皇太子の視察に当たって、広い地域の福祉課、町長、保健婦、保健所などに精神障害者のリストを出すように要求していたことが明るみに出、県厚生部が県警に抗議した。滋賀県警は過激派の情報収集をしていたと意味不明な答弁（行為事実は認めざるを得ず、精神障害者は過激派類似という政策表明か）をしていた。この問題は国会でも追及された。

あの頃も日本全国で行われており、なお今に至るまで、精神障害者調べは行われ続けているであろう。ただ75年、81年の時点で滋賀で明るみに出て告発されたのは、病者を支えていこうとする地域精神医療が育っていたからである。町長、福祉職員、保健婦、市民皆が、それを不当と考える見識を持つようになっていたからである。多くの地域では不快に思いながら、不当と考えるに至っていなかったか。


この頃になると、私は精神病と言われるものを相対化できるようになっていた。人間の精神的破綻の表現形態はさまざまである。

さしあたって疾病の分類を超えて、統合失調症としてまとめあげられたものは、ある代表的な精神的破綻の表現形態であっても、医学的な疾病ではない。症状、症候群が確定されているわけでもなく、150年を超える脳研究にもかかわらず、組織の病理は発見されていない。

新しい脳研究の手段が開発されるたび、それを使って正常者とは違う病理を発見したと宣伝する学者が現れるが、総て幻だった。あぶくのように病因の発見が主張され、消えていく。あぶくのように治療法が現れ（なかにはロボトミーのごとく、ノーベル生理学・医学賞まで受賞したものもある）、無数の犠牲者を出して消えていった。

1950年代以降の向精神薬治療になっても、薬を投与するだけの医師のもとで、どれほど多くの人が副作用に倒れ不幸になり、死んでいったことか。おそらく、十分な看護によってその人を支えていた方が、治療成績は良かったであろう。

単一精神病、精神分裂病、非定型精神病などのいくつかの精神病の概念が提起されていた時代の方が、まだ良かったのではないか。その頃は、これらの病名は暫定的な仮説であるという保留と問いを精神科医は持っていた。さしあたっての分類以上に、個々の人間の精神的危機の表現は多様で豊かであると思っていた。向精神薬投与の時代になって、その問いを忘れた。

私は精神病理学的な診断を厳格に考察すると共に、いったん付けた病名を離れて、その人の人生全体、歴史、文化、実存を深く理解したいと考えるようになっていた。そのため、社会学、文化人類学、民俗学の読書にも打ち込むようになった。

75年5月末、米山俊直さん（京大教養部教授。アフリカ文化人類学者）に、精神病を比較文化、文化変容の視点から研究したい、どうすればよいか、と相談に行った。京大は東大や東京都立大学のように文化人類学の講座を創らず、世界各地でフィールドワーク（野外調査）を行う研究者を集め、京都人類学談話会（毎月）と近衛ロンド例会（毎週夜。近衛は会場・楽友会館のあった通り名）を続けていた。その配慮のいきとどいた世話役が米山さんだった。米山さんの助言と励ましの下で、学部を超え大学を超え、どれだけ多くの優れた文化人類学者が育っていったことか。

私もまた米山さんの気安さに引き付けられ、相談に行ったのだった。米山さんは当時出版されていた福武直監修『社会学講座』全18巻（東京大学出版会）を通読し、興味を持った分野について文学部で聴講するように、そして京都大学人文科学研究所の共同研究に参加するように、その場で誘ってくださった。米山さんに連れられて教養部米山研究室から近くの人文科学研究所まで歩きながら、あまりに性急な研究指導に驚いたものだった。後日、若い研究者たちが、「米山さんと歩くときは、少し遅れて歩く方がよい。行きすぎたといって戻ってくるから」といっていた。米山さんはすごい行動力で調査をし、本を書き続けた。

18.8

出掛けて、見て、考えろ——京大人類学

京大人文科学研究所西洋部は東山通をはさんで、京大正門と向かいあって建っていた。北側はフランス知識人の来日講演がよく開かれる関西日仏学館、後方西側には日本イタリア会館があった。カフェとパスタと立て看板の似あう通りだった。

その建物の2階に社会人類学講座は1室だけもらって、図書室兼教授室としていた。隣には共同研究のための広い会議室があり、ロの字形に机を並べ大きな白板のある部屋は、中庭の陽光が差して明るかった。社会人類学の共同研究会は毎月曜の午後、4、5時間、たっぷり討論の時間をとって、十数人で開かれていた。

ここは万年講師だった今西錦司さんが1959年、57歳になって、桑原武夫教授（フランス革命研究）の援助もあり、やっと造られた講座である。すでに東大教養学部にウィーン大学で学んだ大林太良教授らの文化人類学講座が開設されていたが、今西さんは輸入学問を嫌った。「学界の定説は否定する」、「書物の知識は軽蔑する」を信条とした。この教室から出版されていた「季刊人類学」は、編集方針を次のように掲げている。これは今西、梅棹忠夫へと続き、京大人類学談話会、近衛ロンド例会に拡がる京大人類学の研究姿勢である。

「もっとも歓迎する記事は、第一次資料にもとづく論考であります。文献的な研究よりは、実地調査による事実の正確な記録を重視します。現地調査から帰ってきたばかりの研究者が、自分の資料をつかって、荒けずりでもよいから、フレッシュな問題や話題を提供する場にしたいものです。」「もっとも歓迎する記事のもうひとつのものは、独創的な理論を展開した論文であります。大胆な仮説や独自の発想がつぎつぎにうちだされることを期待しているのです。理論研究の形式をそなえていても、引用だらけで、どこまでが筆者の創意によるものかわからないような論文はこまります。」

出掛けていって体験し、体験を基に独自の理論を創れ。これは明らかに登山家、探検家の生き方そのものである。かつて少年登山家であった私は、精神医学という迂回路をへて、元の自由な思考に帰ってきた感じがした。社会体制と癒着した、医学部の保守的で権威的で硬直した文化から、生還した思いがした。

今西さんの開講した社会人類学の共同研究には、社会人類学、文化人類学を最初から専攻した人はいなかった。あえて言えば、イリノイ大学のスチュワード教授（文化人類学）のもとで研究助手をへて帰ってきた米山俊直さんだけだった。その米山さんにしても農林経済学の大学院を出ていた。

それぞれ専門を持った者が、人間と人間社会がつむぎだす文化について、文化接触、文化伝播、文化受容について、個別のフィールドワークを基に発表する。それを多角的に討論し、発表者への知的刺激につないでいくのである。そのために研究者は多くの分野から集った。理学部の生態学、植物学、霊長類学、農学部の農業経済学、薬学部、文学部の考古学、西洋史、哲学、中国研究、人文地理学、社会学、東南アジア研究、法学部の法社会学、政治学などに拡がっていた。私も精神病理学者として参加したのだった。

異文化、未開社会への探検を好む研究者たちの知的サロンを、私は心から楽しんだ。米山俊直さんの生存のための生態系と人間の実存のレベルを問う文化系の二つの視点から問う文化論、前川和也さんの古代シュメールの人間去勢について、小林致広《むねひろ》さんのアステカ奴隷の研究、市川光雄さんによるコンゴの採集狩猟民ムブティのゾウ狩り後の平等分配の報告、掛谷誠さんによるコンゴ原始農耕社会での平等システム、谷泰《ゆたか》さんのキリスト教聖書と牧畜文化の相関についての研究などなど。挙げていくと限りがない。どの人も後に優れた研究著作を著されたが、紹介する余裕がない。関心のある方は研究者名で検索してほしい。

あえて整理すれば、霊長類の社会から始まって、採集狩猟社会、原始農耕社会、発達した麦作・稲作社会、工業社会をへて現代の情報・サービス社会までの人類の時間軸。そして東南アジア、中国、インド、中央アジア、ロシア、ヨーロッパ、アフリカ、アメリカ新大陸などの地球の空間軸。この二つが交わるところで、人間がどのような文化を創造し、造った文化に囚《とら》われ、変容させ、死滅させていったか。それをフィールドワークの調査をもとに、問うのである。さまざまな分野、角度から意見、研究アイデアが出され、文献が紹介されていった。

私もこの共同研究会の討論をへて、いくつかの論文を書いている。「初老期被罰症――社会―文化精神医学の課題といわゆる初老期精神病への接近」（人文学報、1977年3月）、「妄想共同体について――集団感応現象への考察」（季刊人類学、10巻4号、1979年12月）他。「『女殺油地獄』の家族精神力動」（季刊人類学、17巻1号、1986年3月）といった論文も書いている。

文学部大学院での聴講も、休みが取れれば聴きに行った。社会学の教授、助教授の講義はM・ウェーバーの社会学を解説するなど、よく知っていたので出なかったが、夏期や12月に開かれる他大学の教授による集中講義は楽しかった。京大から東大へ移ったばかりの吉田民人助教授の「機能主義社会学の諸問題―情報と資源処理パラダイム」は、現状の社会に無知なまま、よくここまで概念の遊びに耽れるものだ、と感心した。人類学者の対極にいる人だった。倉田和四生《わしお》教授（関西学院大）の都市社会学は、軽視していたR・オーエンらのニュータウン運動の意義、シカゴ学派への発展を教えられ、関連著作を読むきっかけとなった。三隅二不二《じゆうじ》教授のリーダーシップ論の講義は、集団精神療法や精神病棟の管理について考察するのに役立った。社会学の聴講科目も挙げていけば、あまりに多くなる。ただ、現実の社会になんとか入りこみ調査研究する人類学者と、机の上の学問に耽る社会学者との資質や構えのあまりの違いに感心したものだった。

精神症状および病者のおかれた状態を、文化的に、社会的に理解していく研究は、後日（1980年6月8〜9日）、「錯乱と文化―精神医学と人類学との対話」シンポジウムとして実を結んだ（同じ題の『錯乱と文化』野田・谷泰・米山俊直編として、マルジュ社より1981年5月に出版されている）。

私たち精神科医が社会精神医学的視点に立って詳しく6症例を記述し、それを社会人類学者（米山俊直、谷泰、石毛直道、野村雅一、吉田禎吾、エドワード・ホール）、民俗学者（宮本常一）、歴史学者（横井清）、社会心理学者（我妻洋）、精神科医（福井東一、土居健郎、木田孝太郎）らがコメントしていった。

2日間の対話内容は画期的だった。宮本常一さんは「私たちの聞きとりでは、こんな深いところまで入るのは難しい。今後一緒に研究しましょう」と強い関心を示された。だがすぐ後に宮本さんは癌《がん》で倒れられ、精神医学と民俗学の共同研究の夢は消えた。その後、多くの若い精神科医が私のもとで比較文化精神医学を研究したいと言ってきたが、私は新しい精神医学研究室を創る機会に恵まれず、彼らを受け入れられなかった。１９８４年、私は「錯乱と文化」にはじまる比較文化精神医学の研究業績に対し、人文科学研究協会賞を受けた。

18.9

ムラの恥を外に出すな

１９７６年夏、奈良県立医科大学の有岡巌教授（大阪大卒）より、こちらの大学へ来てくれないか、と呼ばれた。病棟での不祥事が続いており、入院患者による暴行、それを抑えようとした看護士の暴行など、神経学者である自分の管理では限界に来ているとのことだった。学長の堀浩教授（脳神経外科）からも招請された。

奈良医大精神科病棟は４階建て、１５０病床もあった。北大や京大など、大きな大学病院の精神神経科病棟が60床ほどであるのに比べて、あまりにも多くの病床を持っていた。と言うのも、戦後やっとできた精神衛生法で各県は県立精神病院を造らなければならないとされているのに、奈良県は県立医大附属病院の精神科病棟を県立精神病院と読み替えていたのであった。教育研究のための大学病院と県立の臨床病院とは、その性格を異にするのに、ごまかしていた。

長浜赤十字病院で仕事を始めて、すでに６年。私たちの精神医療（病院―地域精神医学、社会精神医学）への医学生の関心も高くなり、全国の大学から研修医希望が増えていた。彼らのために、臨床の場を拡げようか、ということになり、迷った末、奈良医大へ出ることにした。

同じころ、厚生省（精神衛生課）に来ないかと、誘われていた。精神神経学会精神病院問題委員会での病院調査、優生保護法批判の論文などが注目されていた。しかし勧誘の言葉として、「君、マージャンはできるか」と聞かれたときは驚いた。

各県へ出張したとき、夜は賭けマージャンに招かれ、勝たせてくれる。それに出張の列車切符は出張先の県が渡してくれるので、省からの出張費は使わなくてもすむ。年度末は余った予算の消化のため、地方出張も多くなるよ、と言われた。局長には、「臨床での改革も重要だが、精神科医が課長から局長になり、地位が上がることが精神医学の社会的評価につながる」とも言われた。この課長、局長との面談は、厚生省官僚文化の一端を垣間見るのに役立っただけだった。

こうして76年12月より、週4日、遠い奈良医大へ講師として行くことになった。長浜日赤はいつでも戻ってこられるように、週1日の外来診療を残してくれた。滋賀県各保健所、市町での仕事も継続を求められた。そのため週1日は長浜日赤へ、月曜の1日は京大人文科学研究所での研究会の日々となっていった。この年の6月から、札幌北全病院のロボトミー裁判も始まり、私は特別弁護人として、札幌地裁での尋問にも携わっていた。

奈良医大精神科病棟に入っていったときの印象を、次のようにメモに残している。

「四階、二階の病棟は部屋仕切りがなく、野戦病院のよう。患者はまったく《私》をもてず、他人の視線にさらされている。看護者にチームの雰囲気は感じられず、看護記録は患者との接触の記録ではなく、単なる行動観察にすぎない――拒食、徘徊《はいかい》、独語といったように。入退院も月8名と少ない。精神科医療のいかなる理念もない」

「看護スタッフは、大きなポスターを張って患者から見えないようにした詰所に座り、患者との触れ合いはない。（私は）昼、投薬、昼食に付きあう。机は汁がこびりつき、煙草の灰が飛びちり、それを誰も拭こうともしない。看護者は意に介さない。布巾も雑巾も同じになっている。午後、患者、看護婦を誘って布巾および雑巾を縫う」

「精神病理学的概念の基礎的理解が出来ていない。困惑（分裂病体験に直面した患者の当惑）、制止（感情障害により活動性低下、思考も遅くなり、表出も減少）、途絶（分裂病などで思考が途切れる症状）と言葉が羅列されており、何のことか分からない。2、3ヵ月に一回しか診察していない医師もいる」

「看護士が、カルテを書いている医師の横で、『患者に色々聞くので落着かなくなる。そっとしておけば静かにしているんだ』と云っている」

発病状況、生活史の聞き取りはしておらず、症状、状態像の記述はでたらめ、そのため診断の多くは誤診だった。当然、投薬処方も無計画。このような非人間的な閉鎖病棟に閉じ込められた患者は、人としての自己評価を落とし、劣悪な環境に適応して生きるのに精いっぱいになっていた。

私はすべての患者を診察し直し、治療計画を立て、主治医に関連文献を紹介していった。家族を呼んで外泊、退院の相談をした。医学部4年生への臨床講義だけでなく、医局で医師に精神医学の講義をし、看護師のために精神科看護の講義も行った。面接方法、病棟での患者との交流、興奮している患者との対話、レクリエーションのあり方、ひとつひとつ実行して教えていった。

病棟も、医局も、看護師たちも、急速に変わっていった。奈良医大出身者に加えて、医師も京大、阪大、弘前大、北大、東大、信州大、三重大などから新しい社会精神医学を創ろうと集まってきた。私は日夜、担当患者についての検討、関連文献の研究発表をさせた。研究棟は午前0時近くまで明かりが消えず、医師たちは週末に下着を抱えて帰る医局生活となっていった。

1年半ほどたったある夜のこと、私の部屋を医局長がノックした。私は彼の緊張して言いにくそうな表情を見て、何を伝えにきたか、すぐ分かった。「君ね、北風と太陽のイソップ物語を知っているだろう。私は君たちを鍛えるために、灼熱の烈風を送る。燃え尽きようと、吹き飛ばされようと、止める気はない」と先に言った。彼は一言も抗弁せずに部屋を出ていった。深夜の医局で彼の首尾報告を待っているであろう医師たちの姿を想い浮かべて、少し反省もしたが、改める気はなかった。今なら、パワーハラスメントと言われかねない。

こうして精神科医療のレベルは上がっていったが、他科の医療にはしばしば驚かされた。腸閉塞だと考えて外科へ送った患者がどうなったのか、問い合わせると、腸穿孔して重態だという。「ここは医科大学だが、まるで無医村みたいだね」と、つい言ってしまった。やがて奈良医大出身の医局員から、さらに堀浩学長からも、1958年から69年まで（それ以前もあったが、不明）の入学者の4割以上が不正入学であると打ち明けられた。奥田良三知事（8選）ら政治家、県幹部、医大教授らの手引きで寄付金入学した学生は、黒幕がいるので、医大に残っている率が高い。すでに教官の50人が不正入学者になっている。留年を重ねながら卒業しても、医師国家試験に永年合格しない人も少なくない。今後どうなっていくのか分からない、とまで言われた。

その後79年9月、悩み抜いた堀学長は、一片の良識を求めて「入学成績簿を置いておくので、教官はそれを見て身の処し方を考えてほしい」と通知した。

すぐ知事部局、圧倒的多数派の不正入学関係グループが連携して反撃に動き、堀学長への不信任決議、有岡教授には免職決議などが乱発されていった。これらの異常な決議に法的根拠はないが、ほとんどの人は絶望して辞職していった。

精神神経科教室は解体され、最後に残った4人の助手が裁判を起こして（勝訴）終わった。その後も奈良医大関連の不正事件は報道され続けている。

やまと魂の心髄は、「ムラの恥を外にもたらした者が最も悪い奴」であったことを、私たちは思い知った。

第4章

比較文化精神医学を切り開く

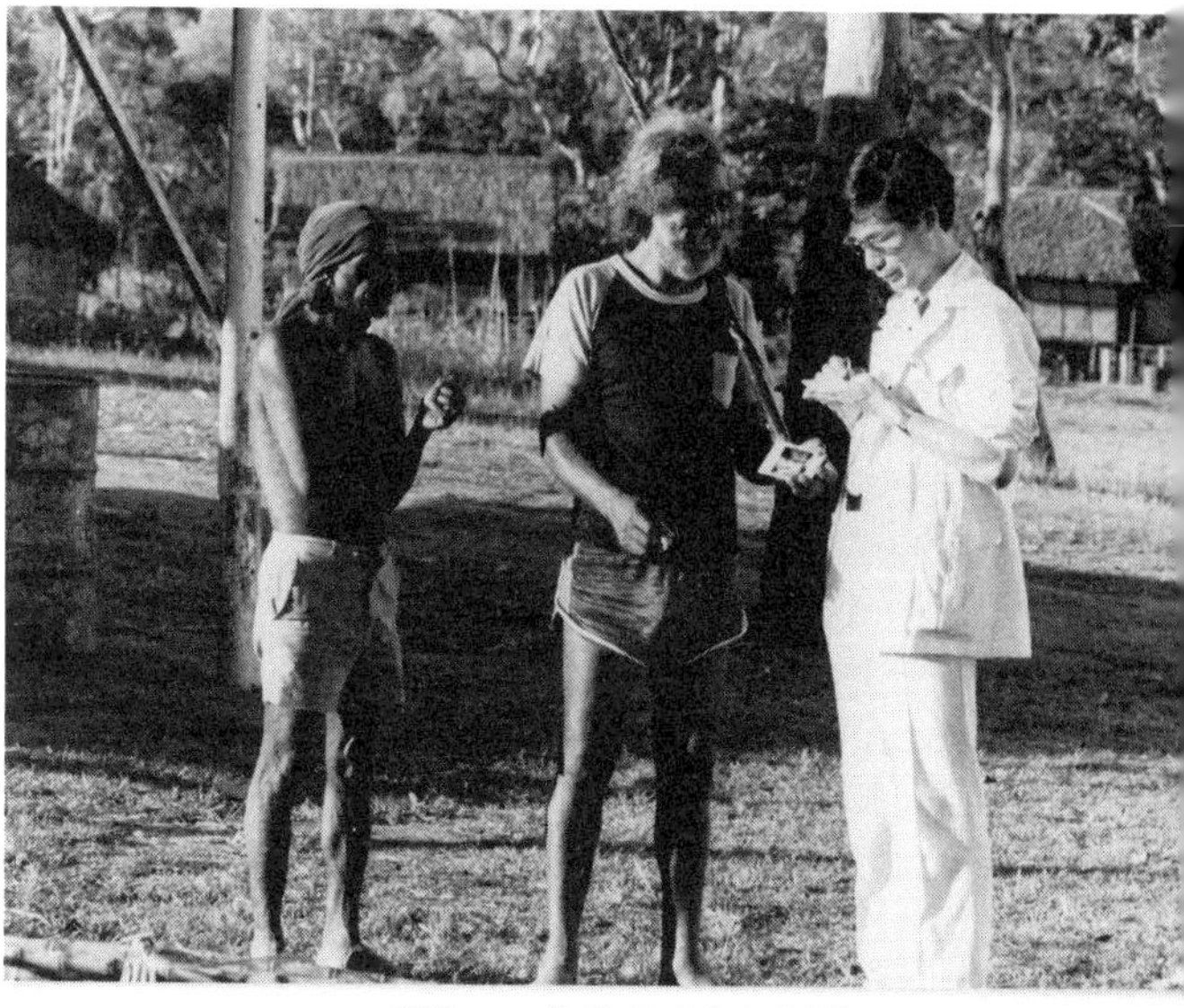

パプアア・ニューギニア、ラロキ村での立ち話。

18.10

文革後の中国を歩く

中国民航ＣＡ９２６は夕暮れの空に向かって離陸した。飾らぬ清潔な機内。化粧をしていない、あるいは薄化粧のスチュワーデスは清楚で美しい。初めて革命中国、共産主義圏の女性を見る。くっきりとした瞳、時に唇をかむ。また少し舌を出して、かむ。このしぐさは、日本の少女のしぐさだ。そのためか、より若く見える。

青い簡素なワンピースを着た彼女たちは、ピンクの縁取りのある白いエプロンを着けて、夕食を運んできた。静かな家庭の大きなお姉さんのよう。一人は軽くパーマをかけていたが、他の３人は短くカットした髪、そのうちの一人は前頭に輪飾りのある黒い布帯で黒髪を留めていた。

やがて大陸が現れる。巨大な闇のなかに、街の橙色の灯がひとつ、またひとつ、小さな群れとなって漂い、消えていく。８時すぎ、北京空港着。灯火管制された空港の夜空は、明かりがないために、逆に澄んで明るく見えた。赤いネオンに「中華人民共和国万才」、「世界人民連帯万才」が浮き上がる。巨大な赤旗が風になびいている。

これが１９７９年3月17日、初めて中国に旅した時の心象だ。日中平和友好条約（78年10月）から半年、文化大革命終焉《しゅうえん》（76年）から3年とはいえ、まだまだ中国は遠い国だった。中国政府より招待ビザがなければ、入国できなかった。旅程は前もって決められており、入れる都市も限定されていた。中国から見れば、アメリカ帝国主義、米日安保で包囲された侵略戦争防衛の状態から一息ついたところだった。

私は78年10月、奈良医大を退職し、元の長浜赤十字病院での勤務に戻り、医大に結集した多くの医師を受け入れ、あるいは就職先探しに忙しかった。長浜日赤精神科は研修医も含めて、医師が8人ほどにまで増えていた。彼らの研修態勢が一段落したので、私は社会学者訪中団に加わり、17日間の旅に出た。

北京の街へ向かって、細く弱々しい白楊の並木が暗い空港道路に沿って浮き上がって延びていた。杜甫、李白、白楽天、蘇軾、李賀、李商隠などの詩。「三国志」、「紅楼夢」などの小説。魯迅、老舎、茅盾などの近現代小説。『中国の赤い星』（スノー）、『偉大なる道』（スメドレー）、毛沢東のいくつかの著作など。若い日に読んできた詩や本が、ごちゃ混ぜになって浮かんでくる。

後で気付くのだが、私に欠けていたのは日本の侵略と日中戦争の実態についての知識だった。中国古代史から辛亥革命（１９１１年）まで、それなりに知っているのに、日本軍が15年戦争で何をしたか、事実をほとんど知らなかった。重要な中間が飛んで、戦後の朝鮮戦争、大躍進、文化大革命。日本の学校教育の欠点と、日本的知識人の歪みに無自覚なまま、文革終焉後の中国に降り立ったのだった。

共産党独裁の社会を初めて見る、興味津々。自由旅行の許されない国、政府機関・中国国際旅行社の職員が全行程同行する。私は団体旅行を嫌い、土佐高の修学旅行を拒否して四国山脈を縦走していたくらいなので、決められたとおり予定をこなすのは苦痛だった。それでも休憩の合間を盗んで、路地を歩き、人びとと漢字の筆談で接触し、混み合うバスに乗って市街や市場をうろついた。中国側の職員や団長は困惑していただろう。

日記のメモを拾ってみよう。「ホテルで昼食後、外へ出て1時間ほど裏横丁の路を歩く。道端に桶を出して、女たちが髪を洗っていたり、洗濯をしていたりする。捨てられた水たまりを避けて歩く。金属製の大きな椀に飯を盛り、野菜の煮物をかけて、立ち食いしている男や子どもたち。路端では、レンコンやレタスを並べて売っている。どれも土がついたままだ。漫画の古本を並べ、それを読ませる生業もある。空気銃による射的もある。人、人、人。そして下水、埃、たんの臭い。連なる家々は暗く、家のなかには二つほどの竹や木の小さい椅子と、30センチほどの小机が見える。そのどれも10年以上使った暮らしの汚れと艶がある。人びとは闖入者である私の足元をジロと見て、それから体、頭へと視線を移す。どんな思いで私を見ているのであろうか」

これは江西省の省都、南昌（当時、人口60万人）の最高のホテル、江西賓館に泊まったときの日記。賓館の門前の本通りは広く、大きなビルが建ち、蛍光灯の光がもれ、近代的だ。革命を記念する建物（1927年、南昌は共産党武装蜂起の都市となった）、役所が立派なのに、市民の住居はみすぼらしかった。

あるいは、武漢へ近付く早朝の車窓のメモ。「薄明かりの大地に、麦の新緑が伸びている。柳にも、黄色の芽がふくらむ。家は土塀で区切られ、小さな集落をなす。その10軒ほどの集落のはずれには、大きな土窯《がま》があり、煉瓦を焼くようになっている。樹は少なく、所々すももの白とピンクの花が見える。すべてが土の中に、生活が溶けている。

街は黄塵を含んで、風景全体が煙る。そんな中で人びとは20人、30人と一緒になって畑を起こしたり、物を運んだりしている。武漢の都市に入るにつれ、多数の人びとが路傍にあふれ、どうしようもない貧しさがたちこめてくる。共同水道で洗い物をする女、洗濯板に下着をこすりつけている老女。数ヵ所破れた綿入れの上着やシーツが、路上の網にかかっている。群がってトランプしている10人ほどの男たち。あてもなく騒つき、歩いているように見える。家々の窓からは、壊れた竹籠や木箱があふれ、すべての家は薄汚れ、暗く、戸は壊れ、所々崩れ落ちている。だがここは北京とは違って、活気がある。人びとの表情にも動きがあり、青や緑の人民服以外の作業服を着ている人もいる。あるいは上のボタンを外し、白や赤のシャツをのぞかせている。統制社会のなかで、精一杯のおしゃれなのか」

このように私は、中国政府が見せようとするものと、実際の人びとの暮らしとの距離をできるだけ測ろうとした。北京では北京大学で文革後の学生と交流。武漢では武漢大学の教授たちと討論し、武漢鉄鋼コンビナートと花山人民公社を見学。江西トラクター工場や九江の封缸酒工場を巡り、切望して上海市精神病院も訪ねた（『現代化中国の旅——社会学者訪中団報告』、福武直編、東京大学出版会、１９７９年11月として出版）。

あれから40年ほどが過ぎ、私は47回も中国を旅している。中国社会科学院や歴史学会に招かれて講演したり、ひとりっ子政策下のひとりっ子について性格分析に行ったり、中国庭園の構造を研究したりしている。日本の侵略戦争による被害者への面接診察のため、中国東北各地、山西省、四川省、雲南省、海南島など隈無く歩いている。翻訳された私の著作も2冊あり、よく読まれてきた。友人、知人も多い。こうして政治、経済、歴史の表層を追いながら、同時にそこに生きる人びとの表情、感情に目を向けてきた。時々訪ねるが故に、その大きな変化が早送りのコマのごとく際立って浮かんでくる。広大な大陸を歩き続けてきた。

18.11

韓国　権力空白地への潜入

１９７９年10月末、韓国の朴正熙《パクチョンヒ》大統領が側近の中央情報部長に射殺された。朴は61年5月に軍事クーデターで権力を掌握して以来、民主化運動を弾圧し、ベトナム戦争に参戦したりしてきた。あの軍人独裁国がどうなるのか、注目されていた。

反共産主義、北朝鮮との戦いを口実に石のように固まってきた社会も、しばし権力の空白状態になり、隙間ができるだろう。そう私は考えた。それは私が社会科学、精神病理学、歴史学から学んだ社会への感覚だった。そこで近くて遠い国・韓国、戒厳令下の韓国へ、急遽旅してみようと考えた。

朝鮮戦争が休戦してから30年近くなるのに、韓国は未だ個人旅行のビザ取得が難しい国だった。キーセン（妓生）観光とよばれた団体買春旅行が盛んになっていたが、一人で韓国社会を観る旅は難しかった。大学に入って日韓条約反対の討論に加わった時から、私は韓国と中国の社会の歩みを理解しなければならないと思っていた。中国を旅してから月日は経っていなかったが、あえて行くことにした。

激動の社会への勘は正しかった。80年3月16日、新しく建て直した金浦《キンポ》空港で（まだ仁川《インチョン》空港はなかった）、開けられたカバンの包みを「これは何か」と問われたぐらいで、通過できた。だが初めて体験する軍事政権下の首都、午前0時のサイレンがうなると、歩けなくなる。人びとはタクシーに群がり、客が乗っているタクシーでも扉を開けて相乗りを懇願している。ソウル市庁近くの安ホテルに部屋をとったのだが、5階の私の部屋の扉を叩き、泊めてくれという者までいる。やがて人影は消え、軍か警察の車しか走っておらず、乏しいネオンの光が伸び、夜道は急に広くなって見えた。

私は毎日新聞前ソウル支局長だった古野喜政さんに紹介してもらった朝鮮日報の鄭英一さん（文

化部長、著名な映画評論家）を訪ね、厚く歓待された。「よくビザがおりましたね」と鄭さんは驚いていた。全面白紙の新聞を発行するなど、命がけで政府批判の論説を書いてきた朝鮮日報主筆の鮮于煇《ソヌヒ》さん、優れた文化論で著名な論説委員の李圭泰さん、外信部長の李南圭さん、どの方も日本の精神科医がめずらしかったのか、とても親切だった。

鄭英一さんは自分の予定をそっちのけにして、２晩私と付き合ってくれた。短時間の会話で思想、心情に親しみを覚えると、すぐ心を開いて交流する。こんな人間関係のとり方は、独裁政権下を生き抜いてきた知識人のひとつの構えであろう。

鄭さんは記者行きつけの焼き肉店へ私を連れていき、肉入りのお好み焼き、カニのみそ漬け、冷麺、焼き肉を前にして、きれいな日本語で自分の人生を語り続けた。平壌で生まれ、平壌一中に入り、東京の第一高等学校、東大に憧れた。朝鮮戦争になり、15日間の訓練の後、前線に送られた。そして右腕を負傷した。除隊後、ソウル大学校文理学部哲学科を卒業し、朝鮮日報に入り文化部でずっと仕事をしてきた。感情豊かで、几帳面、常に他人を思いやる人である。両親、妻、ひとり娘に対し、よき息子、よき夫、よき父であり続けているようだ。好きな女には、「私はあなたを愛していても、それを家庭に持ち込まない。この程度の男は、あなたも嫌いだろう」と言ってきた、という。

そんな配慮の人も、自分の役割に我慢できなくなる時がある。目茶苦茶に酒を飲み、３日ほど家に帰らなかったりするという。

「朝鮮戦争で凄まじい目に遭い、20年間この朝鮮日報で働いてきた。この後、わずかの退職金で辞めるかと思うと、無性に腹が立ってくる。自分たち、この年代に生まれた韓国人、日本人、中国人すべてだろうが、良い思いは何もしていない。かつてと違って、若い人のミスにひどく不寛容になった。死にたくなることだってあるが、俺はもっといいものを食って、いい映画を観て、いい女と寝て、と思うととても死ねない」と。日本では過去のものになりつつある、男性中心の心情がなおしっかりと生きていた。鄭さんはそれから8年後、57歳の若さで亡くなった。どんなに口惜しかっただろうか。

私はソウルで独裁反共体制に生きる人びとの想いに触れ、国立精神病院や清涼里《チャンシャンリー》脳病院で過ごし、精神分裂病の患者を診察した。北西の仁旺山《イナンサン》に登り、国師堂の近くでムーダーン（巫覡《ふげき》、シャーマン）の憑依儀礼を観せてもらったりした。それから鄭英一さんに別れ、ハングルで書かれた行き先をやっと読み解きながらバスに乗り、扶余《プヨ》、大田《テジョン》、慶州《キョンジュ》、馬山《マサン》をへて、釜山から帰国した。馬山は前年10月、民主化闘争が軍隊によって鎮圧された都市。日韓条約後、韓国政府が開設した馬山輸出自由地区に日本企業が工場を建てていた。フェンスに囲われ女性工員の働く地区に近づくと、警備員に追いはらわれた。

以来8回、韓国へ調査に行ったり、講演に行ったりしてきた。２０００年末には、ハンギョレ新聞社に呼ばれ、ベトナム戦争で虐殺にかかわった韓国海兵隊員の診察を行った。韓国軍によるベトナム農夫虐殺についての討論会場では、数百人の迷彩服を着た元海兵隊員たちに「外で会ったら、殺すぞ」と叫ばれた。03年には、韓国国家人権委員会の協力で、国家保安法などで20年、30年、40年と獄中にあった長期囚（90年代終わりにやっと仮釈放されるようになった人びと）を訪ね歩いた。04年には、済州島《チェジュド》4・3事件（48年4月から54年9月まで、3万人を超える島民が虐殺処刑され、多くの人びとが島から脱出し戦後の在日韓国人を生み出した）の調査に出掛けた。

15年には、韓国の人権団体である5・18記念財団に招かれ「極限状況における人間」と題する講演（光州）およびセウォル号遺族会の講演に行った。17年10月には、韓国文化芸術委員会に招かれ、「侵略戦争の反省は何故できないのか」を講演した。韓国語に翻訳された私の2冊の著書もよく読まれている。

さらに朝鮮半島だけでなく、1991年2月には中央アジア、ウズベキスタン共和国のタシケントやサマルカンドで、スターリンが行った民族粛清で沿海州南部より中央アジアへ強制移住させられた朝鮮の人びとを面接していった。彼らもまた日本の朝鮮侵略によって北へ、北へ逃げ、ソ連側の沿海州に逃れ住んでいたところ、1937年、日本と関係がある敵性民族として中央アジアの原野へ移動させられていた。91年秋にはサハリン島へ渡り、日本政府が放置しソ連が抑留したサハリン残留朝鮮人とその子どもたちの面接調査を行った（ソ連圏での二つの調査は『紊乱のロシア』、小学館、1993年に収録）。

99年6月には、北朝鮮飢餓を調べるため、中国国境を区切る図們江を遡り、逃げてくる飢餓民の診察を行った。河川の繁みに潜み、対岸の竹作りの収容所を観察した日もあった(『国家に病む人びと』、中央公論新社、2000年11月)。

振り返ると、多くの朝鮮民族に会ってきている。大韓民国に住む韓国人、朝鮮民主主義人民共和国から逃げてきた朝鮮人、中国・吉林省に住む朝鮮族、在日韓国人および朝鮮人、そして中央アジアに住む高麗人、南サハリンに住む高麗人、さらに北アメリカで僑朋社会をつくる人びと。近代日本の朝鮮半島侵入が強圧になって、朝鮮民族をディアスポラ(民族離散)させてきた。

故郷を恋し時代を怨む「アリラン」の歌は悲しい。アリランの心の彼方にいつの日か、七つの朝鮮人が貴重な近現代史の体験について深く語り合い、ディアスポラを超えた文化が創造されるのを願う。人類は常に移動と接触によって文化を創造してきたのだから。

18.12

狂気の起源をもとめて

パプア・ニューギニア、首都ポート・モレスビー。白いペンキが剝げかけたボロコホテルの一室で目を醒まし、7時すぎに食堂に下りていく。いつも通りパパイア(彼の地のピジン英語でパオパオと呼ぶ)にライムをしぼって、朝食をとる。客は2、3人しかいない。窓に半分垂れたすだれの向こうに、もう熱帯の朝が始まり、裸足の男や胸にかけた網籠に乳児を入れて歩いていく女の影が濃い。

赤道すぐ南、ここには四季がない。いつも盛夏だ。それでも四季に慣れた私には、一日のうちに真夏と初秋を感じる。朝は季節の移ろうとき、すばらしい速さで太陽は青天に昇る。椰子《やし》や火焔樹の緑が、すぐ黒い影で縁取られる。その梢でココナッツ鳥がクワークワーッティオァーと甲高い声を響かせる。

鳥の声がおさまると、蟬の声が小さく流れてくる。高知の朝のように一斉に鳴くのではない。四季がないので、思い思いに成長し生殖し死んでいくのであろう。声はか細い。

庭にセンダンの樹が伸び、梢から淡い紫の花、若い緑の実、黄ばんで成熟した実、そして土に還る時を忘れ黒ずんだ去年の実が、一緒に木の葉を飾っている。四季1年の実が朝の陽光を受けて、空に透き通っている。

その向こう、フェンスを覆ってさらに路上に、乾いた紅、ピンク、橙、黄、白色の花弁（3枚の苞葉が花のように見えているのだが）を撒き散らすブーゲンビレア。あの軽やかな花の色を包む葉の薄緑。そして路地に並ぶプルメリアの厚く濃い白、あるいは赤い花弁。ゆで卵を切ったかのように花弁の中心は黄色にほほ笑み、甘い香をたてる。ブーゲンビレアとプルメリア、それは私がパプア・ニューギニアで出会い、最初に愛した熱帯の花であり、あれから何十回となく旅した熱帯の光景が二つの花と共に浮かんでくる。

1980年4月20日から5月26日まで、私はパプア・ニューギニアで初めてのフィールドワーク、比較文化精神医学の現地調査を行った。精神科医になって10年が過ぎ、京大人文科学研究所の社会人類学共同研究会に加わって5年。アフリカ、アジア各地から帰ってきたばかりの同僚研究者たちの報告を聞き、私もそろそろ文明以前の社会の探検調査をしたくなった。

地球上で最も古い社会はどこか。つい数十年前まで石器時代を生きていたニューギニア高地人や、アマゾン奥地の部族民がいる。そのひとつ、パプア・ニューギニアにはバートン=ブラドレー（オーストラリア人、精神科医）がいる。私は彼に手紙を出し、送ってもらった彼の論文をよく読んでいた。彼は私に招待状を送ってくれ、海岸部（ポート・モレスビー、マダン、ラエ、ウエワク、セピック河流域）から高地（メンディ、マウント・ハーゲン、チンプー、ゴロカ）を旅し、患者たちを診察して巡るように準備してくれた。1年前、トヨタ財団に研究応募すると、文化人類学者として実績がなかったにもかかわらず、研究費が出ることになっていた。

こうしてパプア・ニューギニアの深い森に分け入り、対岸の見えない大河を丸木舟で渡り、部族戦に明け暮れる高地の村々を訪ね、野外や病院、診療所、刑務所で診察を行っていった。30代なかばの私は、異文化を超えて、言葉の壁を超えて、対面者に感情移入できる精神の柔軟性をもっていた。また登山家として身につけた判断力は、未開の地を旅する支えだった。

カーゴ・カルト（積み荷崇拝。先祖の霊が白人の持っている宝物や武器を取り返して運んできてくれると信じ、集団的狂気に陥る）の指導者、槍で人を殺した男の診察もした。２、３年に一度、不穏、多弁、不眠となり、他人の畑を荒らし豚を殺し、騒ぎ立てる、高地の「ワイルド・マン」（荒ぶる男）といわれる男にも会った。犬になって家に入ってきた悪霊が憑依し、娘の夫の父を斧で殺したフーリ族の女にも会った。この精神現象をフーリの人びとは「ルル」と呼び、誰でも起こりうる狂気と考えていた。呪術医にも会った。多数の妻をもつビッグ・マンにも会った。

７００の部族語があるというニューギニア、その部族出身でピジン英語（南洋の合成語。例えば『エム・イ・カイカイ・ボロング・ユー』、お前を食べたい、という挨拶語を私は最初に覚えた）のできる者を探し出し、さらにピジン英語から英語へ、二重通訳してもらって、やっと理解する。その間、彼の表情、語り方、間の取り方、身ぶりに注意を集中しながら、なおかつ彼が緊張しないようにこちらの表情も相手に合わせていかなければならない。持てる想像力を精いっぱい使って、あまりにも異なるさまざまな環境に生きる人びとの内面を理解しようとしていった。

蚊に刺されながら、マラリア予防薬ダラプリンを飲みながらの熱帯の旅だったが、倒れて寝込むこともなかった。こうして62人を診察し、記録をとった。

ニューギニア高地人はここ10年か20年の間に、高地道路が開通して海岸部のココヤシ農園（プランテーション）へ働きにいくようになり、初めて西洋近代文明に接触している。海岸部での分裂病患者には会ったが、結局、私は40歳以上の高地人の分裂病者には一人も会うことはなかった。彼らの狂気はすべて一時的なものであり、後にはいかなる症状も残していない。ここには狂気はあっても、狂人はいなかった。その狂気も、邪術によるものであれ、悪霊によるものであれ、村人のすべてが納得しあって、狂気を村の生活の一部に組み込んでいる。

狂気の型はそれぞれの村で一定しており、村人みんながその表現型を知っている。体面を傷つけられたり、当然の愛を失う者は、その決まった型に合わせて狂気を表現することができる。

それぞれの社会は、適応的な生き方の傍らに一時的な狂気の型をいくつか持っている。それを分裂病（統合失調症）として慢性化させ、大脳神経病理の仮説の下に疾病化させていったのは、巨大な文明社会の圧力であるということだ。この実感は1000年、2000年の過去へ旅して、多くの狂気に直面した者にしか分かってもらうのは難しい。

パプア・ニューギニアで唯一人の精神科医として生きてきたバートン＝ブラドレーは別れるとき、若造の私に「ここに来ないか、私の後をみないか」と誘った。私はあの時、パプア・ニューギニアへ移住していれば、もっと意味のある人生を生きられたのではないか、と思ったりする。帰国して1年後、『狂気の起源をもとめて』（中公新書、1981年7月）を最初の著作として出版しただけだった。

19.1

人間平等社会への郷愁

人間の精神とは何か。精神はどこに在るのか。精神はどこから来るのか。

脳にある、大脳にある、大脳と身体全体の神経系や内分泌との交流にある。そう答えるのなら、あまりにも表層的である。精神は個人の身体を超え、他者との関係のなかで創られており、生まれた環境（両親、家族、地域社会）との相互交渉によって創られてきているからであり、さらに永い人類史という歴史を背負っている。その歴史も、日本史や東洋史や世界史といった差し当たっての場所の枠を超え、現生人（ホモ・サピエンス・サピエンスとホモ・ネアンデルターレンシス）の永い歴史とつながっている。

さらに現生人には、地球上から消えてしまった多数の原人、猿人の行動様式、社会と関係があるはずだ。絶滅してしまった種（原人、猿人）の社会については、骨などからわずかの知見しか得られないけれど、私たち現生人と同じ永い地球の時間を生き抜き、別の種へ進化してきた親族である類人猿（ボノボ、チンパンジー、ゴリラ、オランウータン）やマカク類（いわゆるサル）がいる。彼らの社会はどうなっているのか。そこで創られた精神は、私たちにどのように伝わっているのか。

人は社会のなかで苦しみ、怒り、絶望し、狂気に陥る。その人が精神疾患であると見なすのは社会の側であり、精神疾患なる身体的な疾患が社会文化と無関係にあるわけではない。社会文化により、精神疾患の分類も定義も違ってきている。私が見てきた日本やドイツの精神医学、ソ連の精神医学、アメリカの近年の精神医学はそれぞれあまりにも違う。ある個人の精神的反応のひとつを、異常とみなすか否か、さらに病理とみなすか否かは、社会によって幅があり違っているということだ。

それでは私たちの精神の大きな規矩となっている観念——所有、権力、支配、平等、不平等、愛などは、サルから現生人への進化のどの段階で重要になり、どのように変わってきたのか。

私はこのような問いをもって、京大理学部の霊長類研究の進展に強い関心を抱いてきた。人文科学研究所の社会人類学講座は今西錦司さんが創ったものであり、理学部の霊長類教室とはもともと密接な関わりがあった。最新の研究発表を聴く機会も多かった。

1978年4月から、研究発表を聴いているだけではものたりなくなり、北村光二さん（ボノボやブッシュマンの研究）の案内で大分県高崎山に数日通った。また宮崎県幸島のサルの観察にも行った。休日には、京都嵐山のサルの群れを観に行った。どの群れも京大の若い研究者が餌づけした群れであった。

すでに餌づけされ人づけされ、定時にイモなど食べ物をもらっているとはいえ、自然状態で生きている。彼らの群れに付いて移動するのは容易でなかった。高崎山のサルは万寿寺別院の境内でイモを食べ終わると、急傾斜の裏山に茂る喬木を伝って消える。私も茂みをかきわけ、必死になって群れの後を追う。やっと尾根を越して追いつくと、陽だまりとなった南西に群れは散開している。私は群れに数日かけて顔を憶えてもらっていたので、「ピュイー」といった警戒声で迎えられることもない。少し外れのサルの近くに座り、垂れ下がる枝からムクの若葉をちぎって口に入れる。サルのように頬をふくらませるほど入れて噛んでみるが、にがいだけだ。時に双眼鏡を取り出し、サルの表情を観察する。こうしてサルに感情移入し、サルのひとりになって周りのサルがどのように見えるか、考えてみる。

伊谷純一郎さんが画期的な名著『高崎山のサル』を書いたのは1954年、彼が28歳のとき。あれから霊長類研究者の層は厚くなり、サルの群れ社会の研究は精緻になり、サルから類人猿へ、未開地の人間社会の研究へ進んできた。最初の発表では、サルの群れは社会構造を持っており、オスのボス猿を中心に序列の高いオスが順々に周囲をかためる同心円構造とされた。

やがてオス支配と見えたのは表層の理解であり、安定した母系システムであることが分かってくる。4、5歳になるとオスは群れを出てひとり猿になり、やがて他の群れににじり寄っていく。メスは群れから出ず、3等親あるいはそれ以上の血縁者を認知して家系で生きている。そこでは母は常に娘より優位であり、さらに母に近い末子が姉たちより優位である。これら4、5頭から13、14頭のサルの、長老の母を中心とする家系は、老母の死によってまた再構成されていく。

この生まれつき社会的地位が決まっている不平等を、伊谷さんは「先験的不平等」とよび、それは霊長類が進化の過程で母系構造をとることによって作り出したものとした。

さらに進化し、500万年前にヒトの系統から分岐したと考えられているチンパンジーや、ボノボになると固い母系制は壊れ、メスは生まれた群れを離れていく。ボノボ（ピグミーチンパンジー）では食べ物の分与が常となり、オスとメス、メスとメスの多彩な性交渉が日々の挨拶行動として行われている。ここにはオスによるメスの支配はなく、嫉妬もない。食べ物の独占はなく、羨望もない。争いのない社会が作られている。

それから何代かのヒトの系統をへて現生人になる。地球上に残る採集狩猟民、焼き畑農耕民の研究で分かっているのは、彼らの社会が徹底した平等社会だということだ。生産性が低い、蓄えがないのではない。所有欲や羨望が生まれないようになっている。マルクス主義の思想では経済が観念を支配すると考えているが、それは数千年前に定畑農業になってからのこと。

いかにヒトは平等社会を生きていたか。その実証的研究は多数ある。一例、コンゴの森に暮らす採集狩猟民ムブティがゾウを倒したときの報告を挙げよう。市川光雄さんは『森の狩猟民』（人文書院、1982年）で、めったに狩れないゾウを壮年のサラボンゴが倒して集落に戻ってきたときの感動を文章にしている。

「サラボンゴが帰ってきたのだ。彼は槍を肩にかついでいた。それは獲物を仕止めたときだけに許される恰好だった。やっと緊張から解放された人々は跳びあがってはしゃぎだした。私は、サラボンゴは人々の拍手喝采を浴びて意気揚々と凱旋してくるものとばかり思っていた。しかし予想に反して、彼の態度にはそれを誇示するようなものは微塵も見られなかった。私が手を振って歓迎すると、彼は恥ずかしそうに下を向いた。もし彼がちょっと変わった槍のもち方をしていなければ、そしてもし私がサラボンゴという男がどういう人物であるか知っていなければ、彼がゾウを倒した当人だとはとうてい考えられないことだった。個人に対する過度な賞賛といったものは、平等社会に生きるムブティには無縁のものであるにちがいない」。それからゾウの肉は皆に均等に分配されている。

人類は平等社会を生きていたのに違いない。いつから所有欲や羨望される悦びを発明したのか。それは分かっていない。ただ所有への虚しさを説いたゴータマ・ブッダも、傍らの人への愛を説いたイエス・キリストも、失われた人間平等社会への郷愁を語っていたのかもしれない。私はサルと一緒に陽だまりに座ることによって、人間の精神を紀元前4000年ごろからの文明期から考えるのではなく、50万年前から続くヒトの精神とどこかで繋がっていると想えるようになった。宗教や神話のなかに、失われた人間精神の化石がはめこまれていると。

19.2

ダイヤモンドは永遠に

1980年5月、パプア・ニューギニアの調査から帰国後、いつもの診療をこなしながら、執筆に追われた。『狂気の起源をもとめて』を翌年7月に出版、『錯乱と文化』は80年に執筆編集を終えた（翌81年5月出版）。近江八幡、彦根、長浜、木之本の4保健所をサテライトとする地域精神科医療も進展していた。滋賀県精神神経科医会の会長にされていた私は、精神科医療の空白地域である琵琶湖西岸（湖西地域）にも開放的な精神科医療を開拓するため、町立高島病院の院長にお願いして外来を開いてもらった。軌道にのせるため9月より、週半日、高島の外来診療も行った。80年11月、石井出先生と共に精神神経科部長になり、臨床医として多忙な日々を送っていた。すでに36歳、精神科医になって10年が過ぎていた。

病院を終点としない地域精神科医療は評価され、新聞にも紹介された。近畿一円だけでなく、遠く東京、中国地方、時に高知からも受診しにくる人が増えた。まだ精神科外来の少ない時代、私たちの外来は1日60人を超え、遠くからの新患も少なくなく、診療は夕刻までかかり、いかにして受診者を減らすかに苦慮するようになった。

朝8時半、本館から精神科のある別館へ入っていくと、受診券取りの患者家族が毛布をまとってうずくまっている。早朝あるいは前夜からの新患である。こんな酷い状態を見ると、朝から気が滅入る。日本の精神科医療を変えることも出来ず、私は何をしているのだろうか。変えるための戦略も立てられない自分の無力さ、日本的精神医学の愚劣さへの憤りがない交ざって湧いてくるのだった。日々の臨床は多忙を極めたが、個々の患者を理解し、症状を分析し記述する私の精神医学は、次第に統合されつつあった。

民俗学、文化人類学（民族学）、社会学などの知識を踏まえ、病者をその人の生きる環境と時代の全体のなかで理解する。個々の症状は現象学的精神病理学、力動的精神医学、家族研究の知識をもとに記述する。治療に当たって向精神薬を使うことがあっても、それは耐えがたい症状の一時的緩和のためだけとする。治療はその人の人生への展望と援助の構造として考える、であった。それは私の社会精神医学であり、知識ではなく精神病理学的に考えることを学問としたK・ヤスパースにならって言えば、社会精神医学的に観察し、社会精神医学的に問題を出し、社会精神医学的に分析し、社会精神医学的に考えることだった。

81年10月、病院に東京から変わった電話がかかってきた。「マーケティング・コンビナート社の今井俊博《としひろ》です」と名乗った。講演や執筆依頼などさまざまな電話がくるようになっていたので、臨床と研究に専念するため、知らない方の電話はなるべく事務的に答えていた。しかも「マーケティング」という用語も私には馴染みでなかった。

「間違いでしょう。コンビナートなら工学部にでも問い合わせたら」
「いや、いや。先生の『狂気の起源をもとめて』に興味をもち、文化的に懸け離れた人の面接方法を教えてほしくって」

こうしてマーケティング・リサーチ（新商品の開発などを目的とする市場動向調査）の大家、今井俊博さんとの永い交友が始まった。今井さんは戦後すぐ東大文学部仏文科を卒業し、消費社会の進展と共に大丸、西武、阪神百貨店などの店舗展開を指導してきた人であったが、風貌は飄々として仙人のようだった。女性マーケティング・リサーチの草分けである安部雍子さん、今井さんを支えていた福田純一さんからも次々と調査に誘われた。

さらに広告代理店「博報堂」が生活総合研究所を創ったとき、アンケート調査の分析に加わり、例えば『不安―現代女性の研究』などに参加した。「電通」の東京および大阪のマーケティング部との接点も増えていった。消費流通部門はいつも若者と女性を主たる対象にしていたので、彼らの関心、欲望、不安の研究は重要だった。私は個々人の内面に入る分析方法をマーケティング・リサーチャーに伝え、マーケティング・リサーチャーからは消費が現代人の生活をどのように誘導し刺激しているか、深い知識をもらった。経済学を生産からではなく消費から考える、そして経済活動が人間の精神にいかに影響しているか、分析していった。

80年代から90年代にかけて、多様なマーケティング調査や提案に誘われるまま加わった。例えばダイヤモンドの市場を独占しているデビアス（本社ロンドン）のマーケティングに関わった。デビアスは第二次大戦前の不安な社会情況にあって、「ダイヤモンドは永遠に」というコピーを流し、その硬さと純粋のイメージを結婚の誓いに結びつけ、アメリカ女性の指に輝かせることに成功した。ひとつのコピー（宣伝呪文）が世界の男女を動かしたのである。ただの炭素の結晶、燃やすと消えてしまう石が、永遠の愛の姿に変わったのだった。

この発想を出したのがアメリカの精神科医だったので、私が呼ばれ、1980年代、富裕化する日本女性にダイヤモンドを買ってもらうのにはどうすればよいか、研究提案を求められた。私はダイヤモンドの輝きと幽玄の雅、対立する美を統合する新しいカット（磨き）を幽玄カットとして考えたりした。

あるいは「日産自動車」に依頼され、ベンツやBMWに対抗できる「日本的高級車とは」の討論に加わった。私は「非高級品的、高級品」というコンセプトを提案し、「舶来信仰がなくなった今、クラスのない社会で、事物を軽薄短小に閉じ込め、閉じ込めたなかに象徴的意味を読み取ることの上手な日本文化および文明は、新しい高級品を生み出すのに優位な地位に立っている」（『国家とマロニエ——日本人の集団主義と個の心』、新潮社、1993年、の論文）と主張した。ダイヤモンドについても、高級車のときもそうだったが、私は「否定の上の美」という思考が好きなようだ。

また「安部薙子とラジオ6社マーケティング研究会」に誘われて『ホモ・メディエンス——情報

化の中の若もの像』（宣伝会議、1984年出版）の調査を行った。この時、人びとの生活が家と職場という拠点と拠点をつなぐものではなくなり、「On the Way」—移動の途上にて、で過ごすことが多くなっていることに気付いていった。情報化は「On the Way Life」と共に進行していたのだった。

病院の診察室を出て、能動的に子ども、若者、女性、老人と区分し、消費行動と情報化を調べる研究は多岐にわたった。それは80年代に生きる日本人理解に、精神分析のごとき心理主義に陥らない、広い社会文化的な視点を与えてくれた。

ミイラ取りがミイラにならないように、消費や情報化の仕掛け人にならないように注意しながら、私は消費サービス社会と情報社会を批判的に追うことによって、現代の精神症状への理解を深めていった。それは戦後日本経済を創った大企業経営者の面接分析、中小企業経営者の倒産に直面しての救助計画、サラ金多重債務者のカウンセリング研究などへつながっていった。

後年、90年代になって製薬会社と広告会社が「うつは心の風邪」、さらに「お父さん眠れてる？もしかしたら、『うつ』かも…」というコピーを作り内閣府、全マスコミ、保健所などが流し始めたとき、激しい怒りがわいた。

人を向精神薬の中毒にし、医原性（医師がつくる病気）うつ病にする手段にマーケティングが使われていると気付かざるを得なかった。

19.3　保安処分法案化との闘い

同じ職業にたずさわっていても、どのような社会で、いつの時代に、その職業を選んだかによって、人の生き方は大きく変わる。私が精神科医への道を歩み始めたのは1960年代末。権威的で保守的な医学界の制度が問い直され始めた時代だった。それも受け身で一方的に変化がやってきたのではなく、大学生としての6年間、社会的政治的に学生運動に参加することによって、わずかながらも自分でつくりだしてきた変化だった。若い青年の気力と精神医学界の動揺や反省が、共振しあって歳月は刻まれようとしていた。

私が北大を卒業した年、69年の5月、第66回日本精神神経学会学術総会で理事会は不信任され、これまで学会が進めてきた「保安処分」導入の活動に批判が強まった。それは日本精神医学の革命と呼んでもいいものだった。

保安処分とは、社会を防衛するため、犯罪行為をするおそれのある者を治療、矯正、労働、収容などの目的刑で処分しようとするものである。第一次大戦後の刑法改正の動きに始まり、戦後も続いた。法制審議会での刑事法学者による長い審議をへて、74年5月、「改正刑法草案」のなかに「治療処分」と「禁絶処分」が入れられて答申された。

一方、犯罪学の研究分野（司法精神医学）をもつ精神神経学会は、刑法改正問題研究委員会（委員長は吉益脩夫、後に中田修教授）を作り、65年10月、「刑法改正に関する意見書（案）」を法制審に出した。この意見書は後年にまとめられた改正刑法草案よりさらに社会防衛的であり、治療処分と禁絶処分のほかに、危険な常習犯人への保安処分、労働嫌忌者への去勢も考慮すべきとしていた。この先輩医学者たちの意見書を読んだ精神科医から、「おまえ、出勤がおそいからキンヌキだぞ」とささやかれたという（岡田靖雄、『日本精神科医療史』、医学書院）。これほどまで精神科医たちは、人間を診断し処分する対象（サンプル）として見ていたのであった。

振り返ると、70年代まで精神病と犯罪と遺伝を三位一体として考える思想は、日本精神医学の基本的イデオロギーだった。「今日刑務所に収容されている不幸な犯罪者の中から精神的異常者を厳密にのぞくならば、真に刑罰に値する罪人は幾らも残らぬであろう」（下田光造教授。東大の呉秀三門下、慶應大学医学部教授をへて九州帝国大学教授。うつ病者の執着気質論で知られる）といった文章は、精神医学の専門書に散在する。この思想は問題にされたことも、反省されたこともない。精神科医たちはただ忘れたふりをして、今に至っている。

かろうじて69年に理事会を不信任した精神神経学会は、激しい対立をへて2年後の71年6月、保安処分反対を決議した。だが刑事法学者は精神神経学会の意見変更を意に介せず、74年の改正刑法草案の決定となったのだった。それでも専門学会の反対意見は保安処分導入への抵抗となっていた。70年代もなおマスコミは「気狂いに刃物」式の解説を続けており、80年8月、新宿駅西口バス放火事件をきっかけに保安処分キャンペーンが拡がった。法務省も保安処分導入を重要課題とした。

私は「この動きを、実に暗い想いでながめていた」と「精神医療の貧困をすすめる保安処分」（毎日新聞、80年10月29日夕刊）と題する論説で書き始めている。「社会生活の防衛のためという保安処分が、実際はその機能をはたさず、精神病すべてが危険で、社会から排除して当然のものという偏見をまず助長するであろうこと。それは優生保護法が、不良な子孫の出生を防止するといって、精神病遺伝説を固定したことと同じである。もうひとつの暗い想いは、保安処分に反対する私たち精神科医の側の貧困な医療の実態である」と続けている。そのためにも、「事例を抽出し分析のうえ、精神医療の他科なみの向上を、まずはからねばならない」と主張した。

この文章で、現実の精神病院を検証しないで本ばかり書く精神医学者の仕事を「出版精神医学」と諷刺した。よほど思い当たるところがあったのか、精神分析学者でよく本を出していた小此木啓吾さんなどが「出版精神医学」という言葉を話題にしていた。だがこの言葉は、精神科医療を改革できずいくつかの本を書くしかなかった私自身にも言えるだろう。

やがて保安処分の新設を急ぐ法務省に対して、81年1月、保安処分に反対する日本弁護士連合会は法務省と協議することに同意した。初め日弁連は精神神経学会の担当理事らと連携し、法務省との討論に当たっていた。だがにわか左翼となった精神科医たちの「資本主義社会が精神病をつくる」といった粗雑な意見では、精神病者による事件の凶悪性を煽る法務省側の意見に対抗できず、議論はすぐ膠着した。

私はこの時、本当に精神病者の犯罪は突発しているのか、精神科医療は何をしていたのか、そもそも精神科医療といえるものが在るのか、本人・家族・近隣の助けを求める声に社会は応えているのか、と問いかけた。法務省との協議に当たっていた日弁連、刑法「改正」阻止実行委員会（原秀男委員長）は、この問いかけに注目し、81年11月、事例の調査研究を私に依頼してきた。日弁連は事例調査小委員会（渡辺脩、永盛敦郎弁護士ら）を作り、裁判資料集めなどに協力してくれた。資料検討と共に私は当該病院を訪ね、できる限り家族、近隣の人びとにも会い、社会調査を加えて分析していった。

11月から翌82年2月まで、病院での診療外の時間の総てを使って調査に当たった。調べた事例は、熊野の一族7人殺害、南大阪の一家4人刺殺、兵庫の一家発病、シンナー中毒の息子殺し、高知の通行人殺害、広島の隣人殺害、京都の向島ニュータウン傷害事件、高知の猟銃6人殺害、神戸市の通り魔殺人事件、北海道留萌の公園殺人事件、沖縄の連続殺人、京都の看護婦殺害、静岡の外勤時殺人事件の13例である。

不眠不休で3月9日夜、原稿紙約250枚（10万字）の『事件と精神医療―「精神病による犯罪」の実証的研究』を書き上げた。事件に至る重要な問題点として、患者本人あるいは家族から、さまざまな機会に必死になって救いを求め精神的危機を訴えるサイン、「クライシス・コール」を送っている。しかし精神科医療の側が適切に対応していない、そのために事件が起こっていることを強調したレポートである。

この報告書は82年3月17日に開かれた日弁連と法務省による第6回刑法問題意見交換会で朗読された。法務省側は小田晋教授（筑波大学）による三つの事例報告を出したが、それらは傷害事件の後、保安処分により入院させておけばよかったという主張でしかなかった。私の報告書は圧倒的であり、法務省側もその全部を援用したいと言ってきた。

この後、思いもよらなかったが坂田道太法務大臣より、自分たちの考察が不十分だった、もう一度検討し直したいという手紙を受けとった。さらに保安処分を主張してきた中田修教授（東京医科歯科大学）から、報告書を読み、自分と考えは違うが多くの人に考えてもらうため出版してほしいという手紙を受けとった。

こうして保安処分の上程を法務省は断念していった。その年の7月4日、東京と佐賀で精神病の疑いの男が殺人事件を起こしたとき、朝日、毎日、読売、産経新聞は「事件と精神医療」報告書の視点でほとんど同一の論説（7月6日）を載せた。

日弁連報告書は冊子になって多くの人に読まれた。私はそれに精神医療の現状分析の章を加え、『クライシス・コール』（毎日新聞社、82年10月）として出した。その後、岩波現代文庫に入り『犯罪と精神医療』となって読まれている。

こうして保安処分の潮は急にひいていったが、2001年の大阪での児童殺傷事件をきっかけに刑法との関係も不明なまま軽薄な小泉純一郎首相によって「心神喪失者等医療観察法」が突然強行採決（03年）された。この法の下で今も多くの病者が苦しみ、自殺している。

19.4 戦争と革命を生きた陳真

パプア・ニューギニアでの比較文化精神医学の調査は、石器時代を生きている部族民が数千年の時間を飛び越えて現代の西欧文明に接触すると、どのような反応をするか、いかなる精神症状を現すか、周囲の人びとはその人をいかに受け止めるのか、についての研究だった。

精神病観を変える成果を得たので、次は中国四川省西部に住む彝族《い》（貴族奴隷制を維持してきたチベット・ビルマ語系山岳民族）が、漢民族の社会主義に接触したとき、どのような精神症状を現すか、研究したくなった。しかしまだ個人旅行が許されない中国での研究は容易でなかった。日本敗戦後に中国人民解放軍に協力した日本人医師の会、ＷＨＯ、中華医学会など、あらゆるルートを通して研究申請を行い、１９８２年８月末、２ヵ月の予定で北京の中央民族学院（今の中央民族大学）の留学生に加わって北京へ渡った。

９月28日、日中国交正常化10周年を記念する晩餐会が天安門広場に面する人民大会堂で開かれ、私は北京在住研究者として招待された。胡耀邦総書記ら中国政府要人も同じテーブルにつき、上品で明るい午餐会だった。この席で私は初めて陳真さんに会った。

陳真さんは１９３２年６月14日、言語学者で法政大学講師だった陳文彬（台湾高雄出身、上海の復旦大学卒）を父に、台湾嘉義の名家の娘・何灼華（昭和医学専門学校卒）を母に、次女として東京荻窪に生まれている。日本敗戦後、台湾大学教授に赴任する父について台湾に渡った。その間に綴った文章が『漂浪の小羊』として私費出版され、46年10月、「中華日報」の懸賞小説に選ばれた。まだ14歳の少女が、戦時下の東京で中国人蔑視に抗して成長していく日々を描いた文章が、戦後台湾文学の第１回の受賞作となったのである。その後すぐ国民党軍によるテロ（47年、２・２８事件）となり、父は死刑直前に台湾脱出、天才少女と呼ばれた陳真さんは地下に１年間潜行して生きのび、48年秋、台湾を脱出。さらに1年後にやっと天津にたどりついた。すぐ北平新華広播電台（日本では北京放送局と呼ばれた）に配属され（16歳）、記者、編集、放送の仕事に父母と別れて携わった。それまでの苛酷な台湾・香港潜行で体を痛めており、1年半後の51年4月（18歳）で粟粒結核に倒れ、以来3年4ヵ月、死の不安を抑えながら結核サナトリウムで過ごした。

55年秋から、再び放送局に戻ったが、反右派闘争、3年間の大飢餓、やがて10年におよぶ文化大革命。共産党・政府の重要組織である北京放送局では多くの人が追放され、自殺していった。父の陳文彬は地方に幽閉され、北京医科大学の医師である夫は遠い西域に下放。日本語放送にたずさわってきた彼女は、反革命分子として追い詰められた。76年、江青ら四人組が逮捕されて動乱は終わり、多くの人びとの名誉回復が行われていった。陳真さんの北京放送局での生活も、やっと普通の日々に戻っていった。

私は79年3月、社会学者訪中団の一員として初めて中国を訪問。82年の第2回目の研究の旅で陳真さんに会ったのだった。しかも追放された党員の名誉回復に精力的に取り組んだ胡耀邦が主催する宴席で、故周恩来首相の公式通訳であった陳真さんと、彼女の歴史を何も知らずに会ったのだった。

それから18年、北京と京都、遠く離れて点のような交流が続いた。

２０００年11月25日夜、電話のベルが鳴った。北京の陳真さんからだった。「先生、驚かないで。私、がんなの。たまたま健康診断すると、胃がんが進行していた。膵臓にも転移しているそう。すぐ手術することになっている。夫は隠れて泣いている」、切れ切れに彼女の声が届いた。それから連絡はとれない。眠られない夜が続いた後、12月11日付の手紙が届いた。弱った力で濃い鉛筆をすべらして薄く、「夜中の12時から朝6時までは点滴をとめるので、夜明けに起きて書きました」と3枚にわたって書かれていた。

「手術は成功し、切れるところまで切ったそうです。ただ術後3日目に狭心症がたてつづけにおこり、肺に水がたまり、そっちの方が胃がんよりはるかに苦しかったです。3週間後に、こんどはガンセンターに入院して化学療法を受ける予定なのですが、その条件をみたすだけの体力がついておらず、お医者さんたちは焦っているようです」

「術後8日目に退院し、そのあとは担当のお医者さんと看護婦さんが毎日来てくれます。夫はほとんど眠らず、タバコの量は倍に増え、手術がこんなに順調だったのに、なぜかイライラご機嫌がわるく、わたしはなだめ役にまわっています。

勤め先も、まわりの人たちもよくしてくれて、心あったかくなる毎日です。勤め先の上司や同僚たちの中には、ショックで落ち込んでしまう者や、泣き出す人が少なくありませんでした。目の前で車輌部の運転手さんが男泣きに泣いたときには、『ちょっと待ってヨ、わたしまだチャンと生きているのだけど』といいたくなり、慰めるのに苦労しました」

「北京は零下7度です。窓の外では、社宅の外壁塗装のため、ゴンドラに乗った出かせぎ労働者たちが働いています。どんなに寒いことでしょう。ビルの外壁塗装は北京市がきめ、1カ月以内に第二環状道路沿いすべてのビルがリフォームされます。古びた壁には、それだけの味わいがあるのに」

私は手紙を読んで、手術が終わって小康であることに喜ぶと共に、これほどの重症であるにもかかわらず、また医学知識に詳しい彼女が症状の意味するものを知っているのにかかわらず、嘆き悲しむ夫（北京医科大学、脊髄外科教授）をいたわり、老いた母を思いやり、彼女をいつも運んできた放送局の運転手を慰めているのに驚いた。自分のことを思うよりも、病窓の外、外壁塗りの労働者がどんなに寒いか、気づかっている。

どうしてこんなに美しい女性がいるのだろうか。それから4年、抗がん剤に耐え、血管栄養で体力を維持してきた。その間4回、私は北京の彼女の家を訪ね、彼女の人格形成、感情の豊かさを聴き取っていった。やっと書き終えた原稿の製本を岩波書店は急いでくれたが、重篤の彼女に間に合いそうになかった。急遽、表紙だけ印刷し、なかは白紙の見本の本を作ってもらい、病床に届けた。続いて12月1日に校了、わずか2週間、12月15日朝、最初の製本ができ、全日空の職員が北京へ運び、その夜に病室へ届けられた。だが彼女の意識は混濁していた。腎透析の後、18日朝、意識が回復し、この本『陳真――戦争と平和の旅路』（岩波書店）を手に取った。「太好了」（とてもうれしい）と微笑したという。それから1時間ほどして眠りに入り、再び意識は混濁していった。1月4日夜、亡くなった。8日朝、八宝山（中国革命に尽くした人びとの葬儀場）で親族に見守られて火葬されたとき、棺のなかに本書は入れられた。

私は陳真さんの人格に、戦争と革命の時代にもかかわらず、美しく磨かれた「仁」の精神を見る。キリスト教的な神のもとでの愛ではなく、現実の世俗世界にあっての人間愛である。中国共産主義が静かに育てた豊かな感情である。中国文明は発明と偉業と動乱の歴史だけでなく、傍らに陳真さんのような美しい精神を育てている。

19.5

旅する治療

長浜赤十字病院精神科を基幹とする地域精神医療は発展し、ここを初診して退院できずに慢性化する人はいなかった。だが他の精神病院で症状が固定慢性化した人が少なからず転院してきており、彼らは私たちの働きかけになかなか反応しない。独語、空笑、常同行動などの症状よりも、人格の軸が壊れていると言いたくなる人がいた。

精神医学ではそれを欠陥状態と呼び、統合失調症の病的過程の進行したものと考えている。その可能性は否定できないが、私はむしろこれまでの長い入院生活が作りだした精神病院内適応の面が強いと考える。10年、20年と病院に閉じ込められ、家族や知人との接触もなく、大部屋に50人ほどが入れられ、昼間は封筒作りなどの単純労働を強制され、夜は布団を敷いて寝るだけ。数ヵ月に1回、老いた母が持ってきてくれた食べ物さえ、粗暴な患者に奪われる。看護者は何も対応してくれない。退院の話はまったくない。私的空間も、自分らしく生きられる時間も全て奪われたとき、人は硬い自閉世界をつくり、外に対しては卑屈に言いなりになっていくしかない。自閉、能動性の欠如は精神病院がつくりだしたアーティファクト（判断を誤らす人工的夾雑物）ではないのか。

私は彼らの内なる精神をさまざまに刺激しようと試みた。そのひとつが「森への旅」である。琵琶湖の北西、朽木《くつき》の奥（平良《へら》）にも里人が住まなくなった村が多くなっていた。私は病者の生きてきた文化を知るため、民俗学者との交流もあった。比良山地の北、安曇川《あどがわ》、葛川の上流の廃村に、病院漬けになった患者たちを誘い出し、森との対話のなかで生きる意志と自由を感じてもらおうと計画した。

初めての試み、準備は大変だった。村の世話役、朽木村との話し合い。滋賀県精神神経科医会として企画することにし、私は会長として県厚生部と交渉に当たった。参加する3病院（長浜日赤、湖南病院、豊郷病院）の移動病院として、平常の保険診療費を容認してもらうこと。事故が起こった場合どうするか、それは医師、看護者が一緒に寝泊まりするので、なんとかやっていくしかないと説得した。

春に私たちは放置された村の畑で草刈りをし、土を起こし、芋を植えた。いつもどおり最も頼りになったのは、農家出身の看護者おじさんたちだった。彼らは遠い朽木の山里まで軽自動車を走らせ、畑を管理してくれた。

慢性化した患者さんの勧誘にとりわけ多くの時間をかけた。聞いていようがいまいが、「あなたの入院がこんなに長くなったのは病院のせいだ。生きる意欲を取り戻そう」と語りかけ続けた。結果として指示強制になったかもしれないが、ベッドから立ち上がろうとしない人にも「一緒に行こう」と話しかけることが大切だと考えた。

1983年7月、朽木村平良の廃校になった小学校に集まった3病院からの人びとに、私は語りかけた。「今日から1週間、畑で芋を掘り食事を一緒に作ろう。芋を掘り出さなかった人は食べられないかもしれないよ」と。小川で遊び、村人が撃ってきて流水に漬けてあった熊から切り取った肉も焼いた。ドラム缶の風呂にも入った。三輪健一、坂本興美、内藤徹先生たちが、交代で泊まってくれた。

合宿の旅の最後は白虎社の暗黒舞踏で、闇の森に向かって共に叫んでもらうことにしていた。私は京都を拠点とする前衛舞踏集団・白虎社の大須賀勇さんを知っていた。彼の裸体を白塗りにして、身体を森羅万象、木と花と動物に溶かす舞踏は、精神病院によってアーティファクトされた精神と身体を揺さぶるだろうと考えた。大須賀さんたちは山里に共に泊まり、患者さんと連日練習を重ね、7月31日夜、「髏骨の森」東方野想会を、迎えた。

さすがに患者さんたちは団員のように髪や眉を剃り、裸になることはなかったが、見違えるほど身体を動かしていた。あの夜、かつての村人たちが「平良でもストリップが観られるぞ」と話しながら、故郷の山道を登って来た。焚き火は人の住まなくなった里の森を浮き上がらせ、先祖の霊と諸霊を招き寄せ、精神病とされた人びとと前衛舞踏の踊り手がひとつになって身体を弾ませ、手足を泳がせ、大きく口を開く踊りに揺れていた。

病院の枠を超えて行った「緑の病院」の試みは、確かな手応えがあった。多くの人の献身に負い無理を重ねていたので、1週間しかできなかったけれど、瀬戸の海の無人島に上陸し、魚や貝を捕り慢性化した精神分裂病の人と対話するのも良い。酒漬けで弱ったアルコール中毒者を励ましながら、何日かかけて森をトレッキングし、酒なしに生きられる自信を回復してもらうのも良い。循環器、肝機能など十分に検査し、それに耐えらえる患者を選べば、実行できるかもしれない。

旅行やキャンプを治療の場に変える。固定した病院でなく、移動の途上ならば、患者さんも精神科医も同じく旅人として付き合える。日々起こる出来事を話題にし、その人の内面のこだわりに気付き、共に旅する者の交流によって自己評価を上げてもらうことができる。そこに地域の人のさまざまな支援も組み込んでいくことができる。人生は旅である。旅の過程でつまずいた人を誘い出し、新たな旅に向かって準備してもらおう、と考えたのだった。かつて森の病院に参加した元患者さんは、今も「楽しかったね」と言っている。

精神科医になって14年が過ぎていた。全国から集まってきた多くの精神科医を育ててきた。だが6年ほどかけて教育してきても、勤めてもらう病院がない。精神病院経営者は若い医師を高給で雇うが、それは精神病者の収容を持続させるためでしかない。病棟の改善も、地域へ病院を開放していくことも認めない。今まで厳しく研修してきた者が、やがて高級自動車とゴルフと紅灯のバーに溺れ始める。個々の患者の診療と共に、日本の精神医療改革への関わりを持つことによってこそ、精神科医であり得ると伝えてきたのに、社会的・政治的視点を忘れていった。私は後輩の姿に深い挫折感を持った。すでに80年10月には、滋賀県野洲に湖南病院を開院していた。京大を卒業してすぐ私の所に来た木田孝太郎さん、群馬大学から初声荘病院（福井東一院長）をへて私の所へ来た吉村哲さんを中心に、精神医療研究会で学んだ医師、看護婦、ソーシャルワーカーなどが結集して創ったものだった。彼らが私の指導を離れて、新しい精神医療を開拓するのを願った。私の役割は終わった。

北大医学部を卒業して立てた方針、まず専門家になる、次に専門家を否定して知識人として生きる。その時が来た、と思った。もちろん、精神病を病む人びとと共に精神医療の改善に一生を過ごしたいとも思った。だが日本の社会構造に深く根を下ろした精神病院収容システムはなお半世紀は変わらないだろう。不燃焼なまま働き続けるのは耐えがたい。共に働いてきた石井出先生は83年8月、長浜日赤を退職し、精神科医療を諦め内科診療所を開業していった。私も9月末に日赤部長を退職、翌年3月末まで非常勤で後の整理を行った。あれほど打ち込んだ第一線の精神医療、精神的に病める人たちにすまないという罪悪感を抱きながら、去っていった。

第5章

ただの人に還る

1984年3月末に病院を辞めて研究・執筆の道へ。

19.6

倒産、サラ金禍の死考察

１９８４年3月末、第一線の精神科臨床を辞めた。私の誕生日は3月31日なので、区切りよく40歳、精神医学に打ち込んで15年がたっていた。

新しい生き方、別の職業を生きるには、人生の潮時がある。少し早いが、50歳になってからでは捨てるものが多くなり、それなりに地位に適応しており、気力は衰えているだろう。私は生き急ぐ性癖がある。

一般の精神科医とはかなり違うが、それでも病院という拠点から社会を見ていた。診察を求めてくる人びとの精神、文化を深く理解することによって、背景に拡《ひろ》がる社会を分析しようとしてきた。今後は、これまで育んできた問題意識を基に、研究計画を立て、出掛けていって理解することに決めた。対象と私自身の関係が１８０度変わるのである。川下で待っている精神医学から、川上へ出掛けて行って人と問題を発見する精神医学へ。その方法と視野は、社会学、文化人類学、民俗学、政治学などを吸収し、保安処分問題での犯罪調査、パプア・ニューギニアでの比較文化精神医学の調査をへて創ってきた。

そこで私は研究領域の白地図を描いた。海外については、戦争（あるいは内乱）と革命を生きる人間の精神を研究する。大きな文化変容のなかでの精神病理学的研究である。これはカンボジアでの虐殺、ベトナム戦争後の問題、リビア革命の旅、イスラエルの旅、ドイツ・ナチの絶滅収容所の調査、日中戦争での日本兵の精神状態の研究、中国人俘虜たちの調査、性奴隷となった女性たちの診察、重慶爆撃被害者の精神鑑定、そしてペレストロイカ後のロシア・バルトで生きる人びとの研究などへつながっていった。

日本国内では、研究対象を若者、女性、中高年男性、老人に4区分し、それぞれを文化変容、情報化、不安と野心、対人関係などの縦軸と交差させた図表をイメージし、今どこの分野の研究をしているのか、社会と時代の全体を俯瞰しながら、個別の調査に打ち込もうとした。

1984年、まず取り組んだのは中高年男性のサラリーマン金融多重債務と経営破綻による自殺をいかに防ぐか、の研究であった。80年代になり、富裕化する社会のなかで、アメリカで普及していた個人ローンが「サラ金」として流行し、大蔵省銀行局、大手銀行が陰で支えるようになっていた。50万円を超えて多重債務に陥った、主として中高年男性の自殺が増え続けていた。83年には「サラ金禍」として社会問題になった。大手4社（武富士、プロミス、アコム、レイク）が無担保、即決のマスローンを可能にしたのは、国民皆保険による健康保険証と大型コンピュータによる統計処理だった。

そこで私は文化人類学のフィールドワークの方法である参与観察を行うことにした。自分の健康保険証を持ってサラ金支店に入り、借金と返済を体験してみた。その上でプロミス総合研究所の代表であった小田靖弘さんの協力で、全国の支店を訪ね、回収に当たる職員の葛藤を聴き取り、借りている人への訪問面接を行っていった。

東京や大阪など巨大都市、北海道や東北や沖縄などの地方での生計。男の消費と女の消費、夫婦のカネの違い。貧困や病気と借金。中小企業経営者の焦燥など、知らないことばかりだった。私の学んできた経済学は財の生産と分配の領域についてであり、消費については何も知らなかった。精神医学ではフロイトの精神分析が性愛（リビドー）について研究し、アドラーの心理学が権力への意志を分析していた。しかし俗にカネ、イロ、名誉というが、個々の人間にとって「カネ意識」は違っており、それが生き方をどのように動かしているか、まったく研究されていないことに気付かされた。私はプロミス総合研究所に『回収事例集―生活経済カウンセリングにむけて』を提出し、さらに考察を続けて『日本カネ意識―欲求と情報を管理するクレジット社会』（情報センター出版局、84年12月）をまとめた。

この調査で多くの知見を得た。そのひとつを紹介しておこう。同じ50万円でも、1社から借りるのと数社から借りるのでは、全く負担が違う。一人の債権者に対しては返済の計画や交渉ができるが、債権者の数が増えるにしたがって、返済のやりくり、滞納の言い訳で消耗していく。借金の焦燥感は借金の額よりも、債権者の数に比例している。返済の日が毎日のスケジュールを埋め、さまざまな言い訳を覚えていることに疲れ、それも不可能になってくる。どうしても卑屈になってしまい、不安定で破局的な行動化（遁走、自殺）に出やすくなる。

これらの知見は次第に関係者の間で常識となっていった。その後、経済企画庁のもとでできた日本クレジットカウンセリング協会へ、吉村彰さん（元国土庁審議官）に誘われて委員として加わり、さらに吉村さんが専務理事となった家計経済研究所の評議員を長く（２０１６年まで）務めた。多才な経済官僚だった吉村さんとの対話、そこに集まってパネル調査を続けた樋口美雄教授（慶應大学）ら経済学者たちとの討論は、私が市民の生活を消費を通して考える視点を与えてくれた。

他方で、倒産が切迫した中小企業経営者の救出も計画した。彼らは日中、資金繰りのため駆け回る。取引先や銀行などに不信感や裏切られたという恨みの感情を抱きながら、なお動き回っていないといたたまれない。今日、手形がおとせれば、明日はうまくいくかもしれない――そんな夢想にしがみついて、ただ移動し続ける。この「経営的多動」とも言える過程で、非常識な借金を重ね、すでに会社の経営について正常な判断ができなくなっている。

一日中歩き回り、夜は酒を飲んでなんとか寝つく。そして夜明け、浅い眠りは決まって早朝に眼を醒まさせる。朝の３時か４時ごろ、まだ暗い寝床のなかで、一日の空しさが呼び戻される。もうダメだ――日中の金策でごまかしていた絶望感が、塊となって胸にかぶさってくる。何度か反転した後、死ぬことを思う。家族や会社役員は、そんな彼の異常な消耗を知っているが、どうすればよいのか分からない。こんな状態の経営者は焦燥感を強めているので、何か言えば、どんなに反撃されるか分からない。

私はこれまで切迫倒産に至った経営者を入院治療してきた。入院の説得はそんなに難しくない。戦いの終わりを感じるのであろう、医師が入院しかないと告げると、しぶしぶ従う。外との接触を断ち、精神安定剤などで少し眠らせ、この間に誰かが経営危機に対応して整理していけば、2、3ヵ月で落ち着く。

このような臨床経験をもとに、私は大阪商工会議所の深江茂樹部長に協力を求め、不安定な経営者に出会うことも少なくない中小企業診断士の啓蒙を行い、救助入院のシステムを創っていった。そして東京にできた倒産社長の会、「八起会」（野口誠一会長）と交流を深めていった。「倒産の精神医学」とサラ金多重債務者の研究は、経済と精神医学を考える2本の柱となっていった。こうして豊田商事事件など大きな金融事件が起きると、調査分析を頼まれるようになった。

19.7 突っぱり老人のゆうゆうの里

病院で働くことを辞め、私は精神的な失速を感じた。気力が真空の谷間に吸い込まれたようだった。

15年間、精神科臨床に集中してきた。朝、病院に入っていくと、多数の患者さんが廊下に待っていた。診療、相談、判断、頼まれることばかり多く、立ち止まる隙なく一日が過ぎていった。いつしか私は精神の均衡を失っていたのではないか。頼まれ続ける生活によって、まわりの人の感謝によって支えられ、感謝なしには充実を感じられない人間になっていたのではないか。あれほど若い医師に、国家の医師資格に依存した精神科医になってはならないと言ってきたのに、私もまた別の形で「患者」なしには生きられない精神科医になっていたのではないか。

この奇妙で小さな空虚感から抜け出すのに、3ヵ月ほどかかった。かつて大学を卒業したとき、専門家になる、そしていつの日か専門家を否定する、と考えた。それはこんな感覚を伴うのか。やがて私は普通の人として、現代に生きる普通の人間について広く考察できるようになった。私が出会う人は「患者」でなくなり、誰もが普通の人に戻っていった。

日本老人福祉財団、財団が運営する「ゆうゆうの里」を創ったのは村山宏治さんである。1984年3月、村山さんに会い、ゆうゆうの里での入居者の自殺について、助言を求められた。村山さんは独創的な発想をする信念の人である。彼は教養教育を重視する国際基督教大学を卒業し、続けて専門教育を求めて京大建築学科で学んだ。学部学生のころ、大学闘争の終焉に当たり、やってくる高齢化社会に向かって、「老人のコンミューン（共同体）を創ろう」と発想した。

経済成長により、土地の高騰などで日本の少なからぬ老人が資産を所有している。しかも高学歴で大都市で働いてきた人びとは、老いて、これまで一緒に住んでいなかった子ども夫婦に世話してもらうのを良しとしていない。彼らに快適なケア付きマンションを購入してもらい、(死後は部屋を返し、入居金も戻ってこないが) 生活と終末の看取りを保障する。食費、管理費は10万ほどとし、年金で生活できるように運営していく。

この着想を練り、村山さんは日本生産性本部の郷司浩平会長や静岡県浜松の聖隷福祉事業団の長谷川保理事長を説き伏せ、日本老人福祉財団を創り (73年)、まず浜松に「ゆうゆうの里」を開設(76年)。それを叩《たた》き台とし、続いて伊豆高原、神戸、湯河原へと施設を拡げていた (後に大阪、千葉県佐倉、京都へ)。事業は成功し、風光明媚で交通もそれほど悪くない広大な土地に建った森の老人マンション群は、入居者で埋められていった。70〜80年代にかけて、ケア付きマンションの先駆けである。

村山さんは、コンセプト提案、行政との交渉、土地の選定購入、設計、資金繰り、多数の職員の教育と人事を着実に実行し、事業を成功させていた。鮮明な想像力をもって、彼と政治色の違う要人を口説き、協力者にしていた。事務、建物管理、介護、食事、医療など多様な職種の人びとを集め、組織化していく能力にも優れていた。それは国際基督教大学で学んだキリスト教を基盤とするリベラル・アーツ (一般教養)、大学闘争で身につけた討論と組織力、建築家としての専門能力が統合されたものだった、と思われる。

私は大学闘争がその周辺に、このような素晴らしい人を育てたのか、と感心した。だが彼の理想、老人のコンミューンを創るという目標は、妄想的に思われた。戦争世代であり、その反省もせずに経済成長の追従者となってきた人びとが、老いて集まったからといって、社会を変えるコンミューンに発展するはずがないでしょう、と彼をからかった。彼は微笑しながら、それでも彼らには大きな可能性があると、語ってやまなかった。村山さんは私より理想を求め、創造する力があった。

軌道に乗った「ゆうゆうの里」で直面した問題は、入居者の自殺だった。入居してくる人は戦前の専門学校、大学卒の高学歴の人が多く、子どもがいても彼らの世話にならずに老後を送ろうとする「突っぱり老人」たちだった。

そんな自立した老人が、自宅を売ったりして、当時2千万を超える入居金を納めて入ってくる。明るい食堂、広い社交室、クラブ、温泉、散歩道などが配置されている。しかし老いた人は、若い時のように自分の殻を捨てて交流するのが難しい。ここが終《つい》の住処《すみか》と想うと、諍いを恐れ、離れた人間的距離を保とうとする。もし親しくなった後で争いでも起こると、戻っていく処《ところ》がない。

嫉妬が強くなる人もいる。老人施設は年月が経つにつれ、どうしても男が早く亡くなり、女性が多くなってくる。あの職員は私の出したお菓子を食べなかったのに、誰かのお菓子はいただいた。こんな思いもよらないことが嫉妬心を呼び起こす。

眠れない夜、里の各棟の窓の灯が順々に消えていく。まだ起きている人が何人いるだろうか。寂しい。もう十分生きてきた、思いは堂々巡りする。

比較的恵まれた老人が素晴らしい老人の里に入居したのに、その後になぜ自殺するのか。職員は理解できなかった。私は亡くなった人の事情と施設の対応を詳しく聴き取っていった。管理部門は入居者のあいだに諍いが起こると、入居棟・部屋替えで対応し、説得しても退出を希望すると出来る限りの援助を行っていた。私はこれまでの対処が、入居者にさらに対人距離をとる里の文化を強めていると判断した。

そこで各施設に通い、職員と入居者に、人と人との距離を保とうとする構えには負の側面があり、跳ね返って老いの時間を寂しくすること、対立や問題はむしろ「ゆうゆうの里」の財産であり、諍いを通して里はにぎやかに楽しくなっていく、と繰り返し講義した。不満を持っている人のところへ行って、構えている相手、両者を世話している関係職員など6、7人に集まってもらい、共に話し合って不満を告白するように促した。トラブルは里の財産、というメッセージを入居者、職員全体に送り続けた。精神病棟で行ってきた治療共同体論、集団精神療法を伝えたのだった。こうして自殺者はなくなり、里も落ち着いていった。

「ゆうゆうの里」の実績は社会的に認められ、追随する施設も増えていった。だが発展していくにしたがって、厚生省から送り込まれてきた理事らが財団の支配をもくろみ、97年の決算理事会で、突然村山常務理事を解任した。村山さんを支持する職員は配置転換などで嫌がらせを受けて辞めていった。私も顧問を解かれた。

日本社会ではいつも個人が提起した理想はこうして政府、行政によって換骨奪胎され、作り変えられていく。今や有料老人ホームは普及して入居が当たり前になっているが、初期の歴史はこうだった。

70年代から80年代初めまで、高齢化が迫っているのに、大学の福祉、社会学、心理学系、看護学校ともに老人問題に取り組んでいなかった。今では信じられないだろうが、相変わらず、子ども中心の教育研究だった。老人福祉に携わる人の育っていない時代に、村山さんは老人コンミューンの夢をもって、果敢に実行した。認知症キャンペーンと薬物投与に堕落した、今日の老人医療をどう見ているか、彼と話し合いたいが、病に倒れた彼はもう何も語らない。

19.8

お囃子文化に生きる

ドイツ国鉄（DB）はいつ乗っても快い。老いて眼や脚が悪くなるまで、私はレンタカーで旅をするのが好きだった。今は鉄道パスを買って旅する。

日本JRとの違いは、まず全てが静かなことだ。駅に入っても改札がない。駅の要所要所に、分かりやすい時刻表が到着と出発で白と黄色に色分けして掲示してある。何時台に入ってくる列車は、何番線、それからどの都市へ何時に着くか、終着まで追っていくことができる。ICE（ヨーロッパ特急）、急行、地域列車、すべて一覧表になっている。本数も多くほとんど1時間に1列車は走っており空いている。特急券代などのさもしい追加はない。

車内に入ると、その列車の行程、時刻表が座席に置かれている。特急の場合は、何駅から何駅まで予約を示すカードが載った席が散在しているが、カードがない席は自由席だ。地域列車（各停）では車掌の検札はほとんどない。近づくと次の停車駅名が1回放送されるだけで、列車は広軌の鉄路を滑るように走っていく。

大都市の地下鉄、近郊電車、市電は乗り降り自由で、検札はない。すべて発券機から自分の判断で買い、乗ることになっている。極まれに2人組の職員が乗り込んできて調べ、キップなし乗客から罰金を取る。乗客を疑って職員に負担をかけるよりも、なるべく気安く公共交通を利用してもらい、自動車交通を減らし、空気をきれいにし、市民の外出の機会を増やして健康であってもらった方が、市支出を減らすことになるという合意からだ。昔からの路面電車も改良されて速くなり、渋滞なく走っている。

ともかく静かだ。自然と暮らす分散した国土利用を保証するため、日本なら廃線になったであろう古い田舎の小さな鉄道も廃線にせず、維持されている。例えばドイツ東のドレスデンから、ポーランド、チェコの国境三角地域へ走る白い2両列車に乗る。盛り土された単線の軌道が、高く伸びた樹木の間を縫っている。オーク、カスタニエン、白い花の咲くアカシア。小さな列車は森を泳ぐ小舟のようだ。森をぬけると、白樺《しらかば》、ブナの林、緑の牧草地を後に、音もなく走っていく。クライン・ガルテン（町に住む市民が長年にわたって安く借りる公共農園。100坪ほどで、小屋を建てている人も多い）が現れ、数十軒続く。陽光を浴びた小さなプール、森のなかの家族。

すぐ小さな町になり、静かに赤煉瓦の駅舎へ入っていく。見送りに来た父母が、鞄《かばん》を持った娘を何度か抱きしめる。ドレスデン、ベルリンなど大都市へ数時間で行けるようになっているのに、親子は出立と別れの情にひたっている。音もなく、放送もなく、列車は再び動き出し、駅舎の陰から町へ結ぶ小道を去っていく父母を娘は眼で追っている。車窓の外の蜂の羽音が聞こえてきそうなほど、明るく静かだ。

他方、京都駅から列車に乗ることを思うと、うっとうしくなってくる。テープで繰り返される大音響の放送。さらに同じことを何度も叫ぶ職員の放送。この列車は何両で、停車駅は何々、車内販売はありません……。延々と続き、ホームでも、列車に乗ってからも、同じ放送が繰り返され、きどった英語、韓国語、中国語の放送も混じる。列車がホームに入ってくるとすぐ、「閉まる扉にご注意ください」と絶叫調になる。そんなことは分かっている。なぜそんなことを知らねばならないのか。少しでも放送内容を聴き取って反応すると、精神の疲労が激しくなる。

ＪＲ職員は大声をあげていれば、熱心に働いていると評価される。それよりも余分な放送はせず、静かに働いた方が事故も少ないのではないか。国土交通省は外国人観光客が増えているので、さらに放送を多くするように指導しているという。しかし求める情報を簡潔に示す掲示はほとんどない。聴覚情報は聞き手の注意集中を一方的に要求する。視覚情報については、見る者の意志によって取捨選択できる。だが日本ではそれが許されない。

私たちはお囃子《はやし》社会に生きているのか。叫びたてる機械音響（スピーカー）に意味はなく、ただ拍子をとって同じ方向に、同じ感情に、同じ生き方に進めとお囃子されているのか。

ただ騒がしく、歴史を忘れ、営利に向かって走っているJRを見ると、百数十年にわたってこの鉄道を無骨に支えてきた人びとを想う。１９８６年、私は国鉄マンの自殺の調査に当たっていた。83年より急増しており、86年は11月末までに現職47人が亡くなった。先のない退職をした元職員が、しばらくしてどれだけ自殺していったことか、この数字には含まれていない。47人のなかには事後処理が大変なことを重々知っているはずなのに、鉄道自殺を選んだ人が、４人もいた。

何故ここまで死んでいくのか。私は国鉄職員局と総裁室の幹部、国鉄労働組合（国労）書記局の心ある職員の協力をえて、47人の死に至る事情を一人ひとり調べた。その上で、９人については職場、自宅を訪ね、生活史と国鉄を志望した動機、働き方、家族関係、労働組合との関係、国鉄分割民営化が急になってからの心労などを詳しく聴き取っていった。

夏の日、列車に乗って三重や福島県の山里を訪ね、草いきれに染み込むギッチョの声を聞きながら、新しい仏壇に手を合わせた。傍らには、まぶたをまたたかせる老いた父母や、言葉なくお茶をすすめてくれる妻がいた。あの人たちは33年すぎた今も、村里を走り去っていく列車を呆然として眺めているであろう。

また東京運転区人材活用センター（田町）に入りこんだこともあった。そこでは国労を脱退しない（分割民営化に反対する）、働き盛りの50人ほどの男たちが、汚れた大部屋に閉じ込められ、8時間、短く切断した線路をヤスリで磨き、文鎮作りをさせられていた。一刻一刻、一作業一作業、鉄道を支えてきた男たちの誇りを削り取らせていた。「人材活用」と名付けられた名称に、私は「労働は自由に通ず」（Arbeit macht Freiheit）と絶滅収容所に掲示してやまなかったナチス・ドイツの根性魂をはっきりと見た。

戦後ドイツはこの社会的嘘、組織的嘘、国家的嘘、マスコミと学校教育による嘘、それら全ての嘘を克服するために努力してきた。だが日本では社会的嘘は常識となって継承される。初年兵いじめ、内務班しごきへの反省はなく、日本国有鉄道の人材活用センターとして復活、洗練された。その後に続く「窓際人事」へと伝承され、さらに子どもたちは大人社会に適応していくために「いじめ」「いじめられ」文化を発展させてきた。

「国鉄マンよ、もう死ぬな」と題された140枚にわたる論文は、文藝春秋社の月刊誌「諸君！」の斎藤禎《ただし》編集長の英断で一挙掲載され（87年2月号）、師走の東京駅頭で飛ぶように買われていった。この論文を含む産業構造転換期の働く人へのプレス加工（抑圧）は、『生きがいシェアリング』（中公新書、88年10月）としてまとめられている。中心駅で今、飛びまわりマイクに向かって頑張っているＪＲの若い職員に、あなた方の先輩の死は何だったのか、少しだけ思いをよせてほしいと私はささやきたい。

19.9 人を支配する情報社会

情報とは何か。採集狩猟社会、農耕社会、産業革命後の工業社会、そして情報社会へ。何かがゆっくりと忍び寄っており、意識して振り返ると急速に変わっている。ゆっくりと、急速に。農耕、工業社会までは、そこに生きている人間の精神は知、情、意に分けて考えることができた。だが情報は知覚によって識別されるが、知識でもなければ知性でもない。単なるビット（２進法による数字、情報量の単位）の集合でしかない。もちろん、感情でもなければ、意志でもない。ところが20世紀後半、情報によって知も情も意も動かされ支配されるようになってきた。

私が情報社会への移行を意識したのは、１９６７年のころであった。当時、私たちはアメリカのベトナム反戦の学生指導者や革命組織「ブラックパンサー」の代表を大学に招き講演会を開いた。その時、カリフォルニアの大学生が、国防総省、ＣＩＡ、ＩＢＭなどによる情報の国家独占を解体し、エレクトロニクスと情報を草の根で結合させ、「エレクトロニック・アナーキズム」を創造したいと主張していた。私は社会科学の基本も学んでいないのか、とあきれながら、なぜかその言葉、エレクトロニック・アナーキズムが脳裏に焼き付けられた。こうしてアメリカ西海岸にビル・ゲイツやスティーブ・ジョブズを育てる文化がすでに芽生えていたのである。それはヒッピーやベトナム反戦へとつながる対抗文化であった。

それから約10年後、81年、ビル・ゲイツとポール・アレンはマイクロ・コンピュータ用にMS－DOS、M－BASICを作りマイクロソフト社として急成長していった。同じころ、スティーブ・ジョブズは機械の使いやすさ、小型化、普及に強い関心を抱き続けウォズニアックと共にApple Ⅱを製作。その後の挫折、復帰を経て、iPhone、iPadを創造。2011年、56歳で生き急ぎ逝ってしまった。

彼らによってマイコンをパーソナル・コンピュータに発展させ、個人のパソコンをつなぎ、ネットワーク社会を創るという野心は急速に実現されてきた。今はアマゾンやグーグルなどの消費とサービスのネットワークが巨大化し、膨大な情報を集積し解析し選択肢を出すAI（人工知能）が蔓延しつつある。米英では経済ニュース、天気予報、スポーツ、さらに地方新聞が拠って立つ細かな地域情報はAI記者によって編集されるようになっており、ニューヨーク・タイムズのみがAI記者導入に抵抗している。60年代末、自立した個人と個人のネットワーク、国家を超えた個人の対話の実現の野心は忘れられたかに見える。

情報社会化への動きは、日本でも早く、アメリカに少し遅れただけで始まった。78年、マイコンにのめり込んでいた西和彦は西海岸のマイクロソフト社に電話をかけ、「社長は誰ですか」ときく。ここからビル・ゲイツと西和彦の交流が始まった。2人は21、22歳だった。

私は85年7月より、西和彦さんとアスキー編集部の協力でパソコンのソフトウェア作りに没頭するハッカーたちの面接調査を始めた。朝も夜もけじめなく徹夜を続けるハッカーたちとの東京青山アスキー社での日々。そこから銀行、大企業のソフトウェア作成、コンピュータ・ゲームのデザイン、教育のための情報工学にたずさわる人びとの取材へと一気に拡がっていった。

少年のころ「子供の科学」の愛読者であり、大学教養のころは理工系と同じレベルの数学、物理学を学ばされたとはいえ、それは昔のこと。コンピュータ関連の思考、用語についていくのは苦しかった。何故こう動くのか、すぐハード面に思考が向かってしまう。少しずつ機械（ハード）をブラック・ボックスにして考えるのに慣れようとした。

他方、薬局店の商品管理のコンピュータ化を進めたファルマの阪彰敏さん、松下電器の下請け工場の自動化を進めた松月忠雄さんらが、新しく流通業の情報化をはかるためRSAネットワークを創業することになり、顧問にされてしまった。コンピュータ・ソフト会社の顧問といっても、何をするのか。彼らは自分たちが日本の流通システムを根底から革新するので、あまりに尖鋭化し始めたらブレーキをかけてほしいとのことだった。自分たちが世界を変えるので観察者になれというのである。

製造業、流通業、銀行、政府、誰もが情報化に向かって訳も分からず走りだそうとしていた。例えば銀行は優良顧客のデータをいち早く集めたものが勝利者になる。優良データはそれ以下を寄せ付けず、差は開き続けるとか言っていた。多くの人が「情報社会がくる」という言葉に酔っていた。好況の日本経済と情報化は重なりあって、うねっていった。

私も酔っていたのではないか。通商産業省、大蔵省、労働省、郵政省、日本経済調査協議会、情報志向型卸売業研究会、CATV連絡協議会などなど、会議や講演に呼ばれ続けた。政府のテクノポリス財団が建設する、熊本や仙台郊外のテクノポリスを見学しにいったりした。

厚生省と通産省が企画した僻地医療の情報化で、遥か波照間島へ自治医科大学を卒業して間もない青年医師を訪ねたとき。当時、高額のコンピュータ回線で離島と沖縄本島の県立中部病院をつなげていたが、地域の患者の相談をしようとしても本院の専門医は職務でないので画面に出てくれないという。今は、離島間の自治医大卒の友人をコンピュータ画像で呼び出して、淋しさを紛らわしている。「こんにちは」「魚釣れたか」とか。なんとかニューメディアを導入すれば情報化になると騒いでいた。

こうして80年代前半の情報社会の到来を駆け巡りながら、86年2月25日から9月30日まで「週刊エコノミスト」誌（毎日新聞社）に「情報社会の現在―2―コンピュータと人間」を29回にわたって連載した。毎週24枚（400字原稿紙）の原稿、他の調査や外来診療、ブータンへの出張を続けながらの執筆だった。なぜあれほどの観念の湧出が可能だったのか、振り返っても分からない。

「週刊エコノミスト」連載論文で第2回テレコム社会科学賞（87年）が贈られ、さらに本になった『コンピュータ新人類の研究』（文藝春秋）で第18回大宅壮一ノンフィクション賞を受賞した。社会科学賞は新しい時代精神の分析が認められたとして納得したのだが、文学賞（大宅賞）は意外だった。テーマの現代性と、人間精神の記述の確実性の故か、と思い直した。その後もテクノストレスについての論文（『コンピュータリズム』共編著、同朋舎出版、90年）で労働問題リサーチセンター「沖永賞」をいただいた。

情報化について発言を求められることも多くなっていったが、過ぎてしまえば虚しく思える。情報にかかわる時間は、私たちの生きられる時間とは異なる。情報化への考察は、私の感情を揺さ振りはしなかった。

19.10

トップ経営者の人間学

１９８３年秋に常勤の精神科医を辞めてから3年、取り組みたいと思って時間をとれなかった調査研究に打ち込んできた。不安をエネルギーとして疾駆迷走して止まない現代社会について、『都市人類の心のゆくえ』(NHKブックス、86年2月)などを書き、版を重ねていた。このままフリーの精神病理学者、評論家として生活していこうか、でも何時《いつ》まで続けられるか、少し迷っていた。

86年秋、友人の奥野勝久教授(ドイツ語、フランクフルト学派研究)から、彼の勤める神戸市外国語大学が国際関係学科を新設するので、比較文化コースの教授として応募しないか、と誘われた。古く外国に開かれた港町・神戸にあって、伝統のある自由主義的な大学。大学闘争を経てきた教員も多く、議論は活発とのことだった。灘区からユニバーシアード会場跡地の新しい建物群へ移転し、外国語専攻からさらに人文・社会科学を発展させようとしていた。

応募し4ヵ月の研究業績審査を経て、翌87年4月に発令された。新しく採用された同僚教授は、国際政治が読売新聞出身で中東調査会理事の浅井信雄、国際経済が経済企画庁出身の坂本正弘、英語が毎日新聞サイゴン、ワシントン特派員などをへた北畠霞さんだった。新設学科の教授を大学外から4人も選んだと、マスコミの話題になった。私はすでに43歳になっていた。

前年の秋より、「週刊ダイヤモンド」の企画で大企業経営者の会見を始めていた。これまで戦後経済のもとで生き抜き、あるいは振り回される中間層や下積みの人びとの調査分析をしてきた。資本主義下の経済と人間の生き方。人生は多様なのにあまりにも経済活動に精神も、時間も占有されている。その経済を能動的に先導し決断してきた人はどんな人か。各業界のトップ経営者を分析することによって、経済と人間の関係の全体像を考えてみようとした。

意図を理解し賛同された「週刊ダイヤモンド」編集部の森健二さん、辻広雅文さんが、各企業の社史、面会予定者のこれまでのマスコミ全記事を集めてくれた。お2人が広報室長や社長室長に企画の趣旨を説明、私は一人ひとりの分厚い資料を精読していった。各業界のトップ企業の経営者に、2時間の面接時間をあけてもらうのは容易でなかった。しかも質問項目には生い立ち、人格形成、経営危機や方針転換のときの判断について教えてほしい、と書いていた。日本経済新聞の文化面「私の履歴書」のような、経営者の成功物語を記者が書く企画はこれまであったが、精神科医による分析となると、各室長は困惑されたようだった。

それでも、流通業界のトップ経営者としてダイエーの中内㓛会長（兼社長）が最初に受けてくれた。私は静岡県修善寺での国鉄労働組合第50回臨時全国大会（執行部案が否決された歴史的大会）を取材した翌日、86年10月11日、東京芝公園のダイエー本社を訪ねた。

会長室のあるフロアには大小多数の坂本龍馬像が並んでいた。ひとつならず、多数の龍馬が林立する。よほど心酔しているのであろう。「先生も土佐人ですね」と言って、祖父が高知出身の中内さんは迎えてくれた。「僕もいよいよ精神科医の診察を受けさせられるようになったか」、これが中内さんの歓迎の挨拶だった。

彼はフィリピン・ルソン島での敗残で極限状況を体験していた。手榴弾を浴び腕と大腿に重傷を負い、医薬品どころか食糧もなく、すべての歯は抜け落ちた。靴の革を食べるまでしてなんとか生き残って帰った後、皆がおいしいものを腹一杯食べられること、良い商品を安く容易に入手できること、それが戦争を否定し人間的な社会を創ることにほかならないと考えた。

この流通への熱い思いは『わが安売り哲学』（日本経済新聞社、1969年）に書かれている。この本には「流通革命」に始まって、「問屋は革命同盟軍に入れない」「ソビエトをつくろう」「長征三千里に学ぶ」「革命的人間像」といった項目が並んでいる。絶版になっていた本を読み感銘していた私が何度か言及すると、中内さんは「あの本を読むと毛沢東みたいに思われるから、もう触れないでくれ」と苦笑しながら、それでも「まだ流通革命の前史にしか至っていない」と燃えていた。

ダイエー1号店を1957年に開店、80年に小売業初の1兆円売り上げ達成、その後失速し、ようやく立て直しに成功するまで、流通業への情熱を聴いた。私はこの連載第1回の見出しを、「志士としての商人――中内㓛」とした。

中内さんの人柄、戦争体験と大志を刻み込んだ文章は好評で迎えられ、それ以後、会見予約が取りやすくなっていった。一度断っておきながらライバルの弟を意識して「受ける」と言ってきた人もいた。こうして野村證券会長の田淵節也、花王社長の丸田芳郎、日本電気社長の関本忠弘、住友銀行会長の磯田一郎、ソニー会長の盛田昭夫、セコム会長の飯田亮、鹿島建設会長の石川六郎、旭化成工業会長の宮崎輝《かがやき》、NTT社長の真藤恒、新日本製鐵会長の武田豊、西武鉄道社長の堤義明、味の素社長の歌田勝弘、三井物産会長の八尋俊邦、日産自動車会長の石原俊《たかし》さんへと続いていった。これらのビッグ・インタビューは『経営者人間学――リーダーはいかにして創られるか』（ダイヤモンド社、1988年）の1冊になっている。さらに京セラ会長の稲盛和夫、東日本旅客鉄道社長の住田正二、富士通社長の山本卓眞、キヤノン会長の賀来龍三郎さんなどの面接へと続き、続編が『経営者の人間探究――企業トップはいかにして創られたか』（プレジデント社、1994年）としてまとめられている。

ここで培った視点を元に、後にダイキン工業より頼まれてダイキンの企業文化を紹介する本『縁あって』（1988年7月）の執筆にもたずさわった。緊張して受け止められた経営者人間学の企画だったが、なかには2時間の面接では足らず、八尋さんのように「もっと話したい。もう1回会ってほしい」と言われ、再訪した人もいた。

彼らの多くは「大きな人（ビッグマン）」だった。敗戦でそれぞれの産業が崩壊し、上の世代からの支配が緩み、自分で開拓できる位置に立つことができた。そんな時代が創った「大きな人」だった。あれから30年あまりがたち、今の経営者はあまりに忙しく、自分の任期を乗り切ることで精一杯に見える。もう一度、トップ経営者の研究ができるならば、中国、韓国、東南アジア、インドなどの変動する社会での経営者の面接をしてみたいものだ。

この「経営者人間学」の研究で、私は多くの企業の個別資料を読んだ。その知識は勤労者の精神的苦しみを具体的に理解するために役立っていった。アメリカ社会の文化人類学ともいえる経営学の本を読んでも、日本のサラリーマンの抑うつ、不安の理解には結びつかなかったが、各業界の代表的企業の歴史、業績、組織、人を知ることによって、働く人間の理解を深めることができた。

19.11

「賞」の文化再考

文学作品そのものより、重要な賞の受賞の方が話題になる。この転倒はいつから始まったのか。賞の文化は戦略的に創られ、永い年月をかけて磨かれ、宣伝されてきたものである。

最近、飛行機の機上シネマで「天才作家の妻　40年目の真実」（スウェーデン、米英合作映画）を観た。内容は偉大な作家がノーベル文学賞を受賞、だがその作品は慎ましく家庭を支えてきた妻が書いたものであった。彼は受賞講演において、感極まって「私が今日あるのは妻のおかげだ」と何度も述べてしまう。彼女は言ってはならないことを言ったと彼をなじり、抑えていた複雑な感情が湧きあがり、ひとりアメリカへ帰る。幸せな作家は招待されて泊まっていた豪華なホテルの一室で、心筋梗塞を起こし亡くなる。たわいのない映画だが、ノーベル文学賞を上手に皮肉っていた。観ていて私は、受賞への過程がまったく同じなのに驚いた。神戸外大に勤めるようになって少しして、1987年9月8日、『コンピュータ新人類の研究』が大宅壮一ノンフィクション賞の候補に選ばれたと電話があった。私は大宅賞の名称を知っていたが、意識したこともなかった。1ヵ月後の10月7日夜に受賞作が決まる、その時どこにいるか、連絡をとれるようにと告げられた。

その日、教授会に出て帰宅。いつも通り書斎で仕事をしていると、受賞の電話があり「明日から忙しくなります、何かあれば連絡ください」と言われた。夜遅いのに電話が鳴り始め、翌朝の朝日新聞や読売新聞のインタビュー予約となっていった。その後、日本文学振興会の担当者との打ち合わせ、1ヵ月後のホテルオークラでの贈呈式の準備、招待者リスト作りと続いていった。賞金や副賞(世界一周一等航空券)はそれほどでもないが、他の賞と違ってなぜこれほどまで贈呈式やパーティーに出費するのか、無知な私はいぶかったものである。

もうひとつの代表的ノンフィクション賞、講談社ノンフィクション賞を『喪の途上にて』(岩波書店)で受賞したのは5年後(92年)だった。9月4日夜、南ドイツアルプス、ツークスピッツェの山頂から下山し、アイプゼーの湖畔ホテルへ入っていくと電話が待っていた。東京の講談社から受賞決定の祝辞とこれからの予定の説明だった。私はウィーン大学招聘教授だったので贈呈式に出られないと伝えると、東京往復の旅費が送られてきた。この時も、大宅賞の時と同じように過ぎていった。あまりにも同じ手続きによって進行するのに感心した。

そしてこの映画。日本の文学賞もまた、西欧起源のノーベル賞を真似しているのであろうか。いつも通り、表層の真似なのか。

賞の文化を育てるために、欧米は遥かに長期にわたる後援を受賞者にしている。90年10月、北アイルランド紛争に対する平和運動でノーベル平和賞（76年）を受賞したメイリード・マグアイアさんが来日した時、ノーベル賞受賞者日本フォーラムで矢野暢《とおる》教授と共に「市民運動と世界平和」の討論を行った。この時、ノルウェー・ノーベル委員会が受賞者に永年にわたって秘書をつけ、各国へ派遣して講演会を行っていることを知った。議論の多い平和賞だが、世界中に認められるために、ここまで努力している。

賞の価値は賞金の額の大小によって決められるものではない。賞金はその一部でしかなく、社会的に評価されるために、その何倍もの費用を使って運営されている。日本にも日本国際賞（日本政府主導）、京都賞（稲盛財団）などがあるが、賞を出す側の宣伝を感じさせ、意味のある賞の文化を創るに至っていない。なかには、大賞の受賞者を再び自分たちの賞に取り込む小判鮫《こばんざめ》賞もある。ノーベル賞受賞者への文化勲章、オリンピック金賞者への勲章授与は、受賞そのものを表彰することによってナショナリズムに利用しているのである。

もともと日本には、中国の支配システムを模倣して作られた位階制があり、敗戦後の新憲法で廃止されたものの、叙勲として残存している。そのため国家体制に近い者から高位の叙勲を受けることになっている。未だ肩書に大勲位と書いて喜んでいる老人もいた。

時代錯誤の叙勲制の傍らに、西洋で創られた賞の文化は育たず、この並行する関係の故に、日本の賞は叙勲制にからめとられ、日本国を賛美するナショナリズムの飾りとなっていくのである。

東日本大震災のころより、ニッポン、ニッポンの連呼が騒がしく、天皇の代替わりになってとりわけひどくなっている。オリンピックになると、ニッポンの連呼が痙攣して、それ以外何も聞こえてこなくなるのではないか、と心配する。だが日本を、ニホンと読むか、ニッポンと読むか、歴史的根拠はない。その上、ニッポンという発話の裏には、ニホンはすばらしい、古来の伝統、独自の優れた文化をもつといった自国中心の感情がはりつけられている。

しかし日本文化に独自なものはほとんど無く、ほぼすべて中国、欧米から取り入れ、模倣したものである。ただそれを上手に真似、時に洗練、変形させるのに巧みである。ただし模倣したものは本物とは違っており、年月とともに似て非なるものに変わっていく傾向を強く持っている。しかも昔から雑多な文化が輸入されてきた社会にあっては、新しく入ってきた文化はすぐかき回され、その生成の思想は理解されず、原形を失って古来の伝統という嘘に入れ替わる。

例えば民主主義。日本は民主主義国家か。国会の建物に入ると、大会議室は全壁面、古代地中海文明の壺を写した木彫りのデザインで飾りたてられている。まるで鹿鳴館時代のままである。そこで行われている質疑応答は、前もって準備され、役人たちに書いてもらったものである。個人がその見識、知性において討議するものになっていない。空虚、同語反復、慇懃無礼《いんぎんぶれい》。書いてもらった日本語の文章さえ読めない者もいる。「世界中で最も難しい言語はどの国の言語か」「日本語」、「首相も読めないから」とドイツで小話にされても、気にしない。真似て非なることは自明なのに、皆で議会民主主義が実行されていると信じていなければならない。間違って読むことよりも、書いてもらった文章を読んでいることが問題なのだ。北村誠吾大臣に至っては、別の日の答弁書を、間違って読み上げたりもしている。

社会制度、社会思想において、この島国が独創したものはほとんどない。近世になって出羽（秋田、山形県）に思想家、安藤昌益が現れたくらいであろう。すべて中国文明の移植であり、近現代は欧米からの移植である。起源でないこと、独創的でないことが必ずしも悪いことではない。入ってきた制度や思想がどれだけ変容しているのか、どのような力によって変わっているのか、それを知り教える方が、嘘を重ねてナショナリズムを煽《あお》るよりも大切である。

19.12

悲しみを変えた研究

学問は歴史をもって発展してきた知の体系であるとともに、学者が直面している現実との対話である。精神医学も永い歴史をもっているとともに、何を研究対象にするかによって、知のあり方が変わってくる。収容所的精神病院で精神病者なるものを診療している精神科医、身体医学中心の大学病院の片隅に押し込められた精神科病棟や外来で診療している研究者、医療刑務所で罪を犯した異常者なる者を診ている犯罪精神医学者。それぞれが同じ精神医学を語っているつもりで、実は彼らが出会っている「病める人」に規定されて異なった学問を語っている。

幸いにも私はその3施設のどれでもない、やや大学病院精神科に似た総合病院精神科で、多数の病床をもち、外来中心の精神科医療に取り組むことができた。そこで見出した研究テーマは既存の精神医学が主要疾患としてきた精神分裂病、躁うつ病などだけではなかった。大学病院に籍を持てなかったS・フロイトが神経症の研究をしたように、私は精神病理学的に社会問題を考えることによって、多くの研究テーマを発見していった。

そのひとつは急性の悲哀である。一緒に生きてきた人、愛する人の死に直面して、月日にわたって看病してきた人と急に死別した人との悲哀は何故《なぜ》これほども違うのか。若い人の引き裂かれるような悲哀と、老いた人の滲み出る悲哀。男と女の違い。夫や妻、子ども、親といった亡くした人の属性やその関係による悲哀の違い。加害者の有無、加害者の対処姿勢による悲哀の変化。現代社会は悲哀をどのように理解し、対応しているのか。階層、文化、宗教による違い。それら総てを研究した上で、精神医学に何ができるか。

１９８７年9月20日、私は日本航空機墜落事故で家族を喪《うしな》った遺族会「８・１２連絡会」から、死別をどう受け止めるか、講演を頼まれた。２年前の85年８月12日、ＪＡＬジャンボ機は群馬県上野村・御巣鷹の尾根に墜落、御盆前の東京発―大阪便は満席だったため５２０人が死亡した。関西へ帰省する多くの中年サラリーマンや夏休みで東京へ遊びに行っていた家族が帰らぬ人となった。

ＪＡＬは82年２月の羽田事故などの場合と同じく、遺族がまとまるのを恐れながら個別の補償妥結を急いだ。だが死亡者はあまりにも多く、また遺族には見識のある壮年の人びとが少なくなかった。ＪＡＬは個々の遺族に世話係をつけたものの、冷たく対立的な関係のままだった。すでに２年たった時点で、耐えがたい悲哀に直面した人びとを診てきた精神科医として招かれたのだった。この時私はさまざまな死別の悲しみを調べ、残された人が死別に耐え、悲哀を否定したり逃げたりすることなく十分に悲しみ、悲哀と共に生きていくようになれるにはどうすればよいか、研究することに決めた。

当時、産業構造転換に直面した人びとの研究、大企業経営者の面接、情報化の調査も続いており、神戸市外国語大学での比較文明論の講義を開いたばかりであり、多忙を極めていた。

それからＪＡＬ事故の遺族との付き合いが始まり、30人を超える遺族の聞き取りをし、何度か墜落地である御巣鷹山にも一緒に登った。かつての日航機羽田事故の遺族にも、その後の上海での高知学芸高校の修学旅行生の列車事故（88年３月24日）の遺族にも、横須賀沖で起きた自衛隊潜水艦と遊漁船の衝突事故（88年７月23日）の遺族にも会ってきた。大阪の千日前ビル火災（72年５月13日）の遺族や関係者にも面接している。あるいは加害者側である日本航空の遺族世話役や、横須賀沖で沈んだ「第一富士丸」船長の面接も行ってきた。ＪＡＬ機墜落後の群馬県警察、上野村職員、保険会社の職員、弁護士、その他関係者を加えると、死別と悲哀の話をどれだけ聴いてきたかわからない。遺族の悲哀は、遺族にかかわる人びとと社会のまなざしによって変わると考えたからであった。

外国の文献も探した。日本には災害と悲哀の研究論文は皆無だったが、アメリカの精神科医E・リンデマンは古い論文で大火の被害者と遺族の観察から、正常な悲哀と病的悲哀を分けていた。その後の北米での孤児の研究、奇形児を生んだ両親の反応の研究、近年のキュブラー＝ロスによる癌末期の人の死にゆく過程の研究なども整理していった。また失恋の体験記も読んでいった。こうして激烈な悲哀への人間の反応を分類考察し、「体験緩衝の時間学」としてまとめていった。男と女、年齢、社会的役割、置かれた状況の違いを縦軸に置き、それぞれの代表的悲哀を具体的に彫り深く分析しようとした。この記述を通して、事故後の悲哀に耐えた人びとの体験を尊敬し、後に同じような体験をする人びとが耐えていく見通しを持てるようにしようと考えた。

ショック、死別の幻想的否定、怒り、永い抑うつをへて、やがて遺族は亡くなった人が幽かに遺した「遺志」を聴くようになる。こうあってほしいという幻の声を支えに遺族は生きていく。繰り返し述べたこの見解はゆっくりと遺族に、関係者に届いていった。

さらに航空機事故調査のあり方、事故はハード面以上にヒューマン・エラーから起きていることなどにも視点を拡げていった。全日空の総合安全推進委員会を先導する舟津良行専務理事や、アメリカ政府の国家運輸安全委員会のJ・バーネット委員長からも多くを学んだ。羽田でジャンボ機の着陸シミュレーションも体験させてもらった。

こうして調査研究が一段落した90年9月から翌91年12月まで、岩波書店の「世界」に「喪の途上にて――大事故遺族の悲哀の研究」を連載した。編集を支えてくれたのは相良剛さんと山本慎一さんだった。この布張りの表紙で細やかに作られた本は版を重ね、２０１４年には岩波現代文庫になって読み継がれている。韓国の客船セウォル号沈没事故の後、韓国で翻訳書も出版された。

医学論文の体裁をとって精神神経学会誌に発表する方が楽だったが、長文の研究書であり文学書でもある形をとった。日本のノンフィクションが浅薄な取材をフィクションで補っているのを、「かのようなノンフィクション」と呼んで、私は否定してきた。ノンフィクションは事実を徹底的に調べ考察した、その限界にあって成立する文学であるはずだ。

『喪の途上にて』は死別の悲しみに直面した多くの人びとに読み継がれてきた。夫や妻を亡くした方から、この本を何度も読んで心の支えにしてきたという便りをいただく。若い新聞記者は取材に当たる心構えを作ったと言う。厳しく批判した加害者側企業や法律家たちも少しずつ対応を変え、事故と遺族の悲哀を通して社会を良くするとはどういうことか、学んでいっている。ＪＲ尼崎列車脱線事故（２００５年４月25日）では、ＪＲ西日本の職員に遺族の感情の動揺に付き合うことが慰霊であると私は助言し続け、彼らはそれをやりとげた。『喪の途上にて』は日本人の悲哀を変えた本となった。

あとがき

2006年春、「南国土佐を後にして」四十数年がたち、当時私も齢《よわい》六〇をこえていた。故郷高知の人口は減るばかりで、70万人台（2019年6月に70万人を切った）。山と海に挟まれて東西に長い土地、山は嶮《けわ》しく海は荒い。それでも人々が楽しく活き活きと暮らしていればよい。工業がない、大企業がない、と言って軽薄な知事にピンク色の（当時、完全な私立でもない、県立でもない公設民営とか称する）工科大学設立で騙されているのを見ると、あまりにあさましく思えた。

こんな郷里の人びとに私は、ほんの少しの年月だが、もっと人びとが自由で自分で考えようとしていた時期があったことを伝えたいと思った。それは多くの人びとが死に、殺され、さらに多くのアジアの人びとを殺した戦争の後、やっと与えられたものだった。そう思って06年5月から1年間、自由民権の闘争から生まれ紆余曲折の永い歴史をへた郷里の高知新聞に『高知が若かったころ』を連載した。私も若かったが、土佐人も若かった。高知も若かった。

ただし私が学校教育から得たものは、あまりにも少ない。後年、少数でも他県の中等教育の理念と運営に優れたものがあることを知ったとき、大切な少年期のかなりを無駄にしたと思った。しかし私の師であり、友であったのは、四国山脈である。とりわけ単独行をするようになって、岩と草と泥の山道を登りながら黙々と考え続けた。読んだ本を想い起こしながら考え、風の音を聴き、樹木の移ろいを感じ、天空と嶺峰を仰ぎ見た。読書で得ただけの幼い思考を熟成させてくれたのは、四国の山々だった。

こうして私は黒潮に洗われる土佐を出て、かつて自由民権期の土佐の青年が憧れた札幌農学校、現在の北海道大学に進んだ。雪山へ、ロシア・シベリアの北の大地へ、北極圏へ。南の四国山脈になかった、雪と氷の探検家たろうとした淡い願望は、安保闘争後の激しく対立する学生運動に揺さ振られ、北海道大学新聞会を拠り所として学生生活を送るようになった。高校生のころ詩を書いていた私は、北大新聞では評論を書くようになった。やがて全日本医学生連合（医学連）の再建、青年医師連合の結成に打ち込み、社会科学の思想に没頭していった。山歩きが育んだ精神の二つの内、ひとつである感性の表現力は足ぶみし、もうひとつの思考力、判断力の修練の時代となっていった。

子どものころ、はにかみが強かった私は、いつの間にか多数の前に立って問題提起するのに平気になっていた。安保闘争から全共闘運動への中間期を荷って、私がそこで身に付けたものは思想と判断力と組織力だった。

1969年、25歳で北大医学部を卒業。1年間、青医連運動に打ち込んだ後、精神科医として1984年まで15年間、第一線の診療にたずさわってきた。多くの人がそうであろうが、壮年期、私も精神科医療、精神医学に没頭し、年月は飛び去っていった。琵琶湖の北、長浜赤十字病院精神神経科を拠点にして新しい地域精神医療を創りあげた後、私は文化変容する社会の調査研究へ移っていった。

この間のこと、大学時代、精神科医としての歩み、やがて精神病理学者として、評論家として生きていくようになった過去の回想を、続いて高知新聞に『過ぎし日の映え』として書くことになった。天野弘幹編集委員に励まされ、9年の中断をおいて、2016年5月よりの再就筆となった。

書き始めたときは、批判力を持とうともしない今の大学生に、さらに巨大製薬会社の小間使いとなった精神科医たちに対して、つい数十年前、1970年代、80年代、このように生きた人もいたと伝えるつもりだった。だが書いているうちに、急速に私自身の老化が進んでいった。視力が衰え、血圧が高くなり、腰椎を痛め歩行が困難になった。そんな身体的なこと以上に、精神科医として大脳の神経細胞の萎縮を実感する。老化による痴呆化として問題にされるのは、主として新しい記憶、記銘力の障害であるが、それだけでは決してない。感じる力の衰え、感情の豊かさの低下、感情移入する能力の低下。意欲、興味の低下。それらが複合して意志決定が緩み、時間がかかっていること。これらがいつも分析的に自覚される。

結局、回想記とは自分の生きてきた人生を辿りながら整理することであると共に、死への準備なのだ、と気付かされるようになった。毎月、月末に一回の連載がいつまで続けられるか、分からない。今、1980年代の終わりのころの出来事、私が45歳のころについて回想している。次にペレストロイカ後のロシアの調査や日本の戦争体験の記憶の歪みなどについて述べていくつもりだが、頁数も多くなったので、2019年末を区切りとしてここらで一冊にまとめることにした。後に続く連載は、次第に現在へ近づくにつれ、今日の問題の批評へ移っていこうと思っている。

本連載を企画し、編集し続けてくれているのは天野弘幹さんである。初めの『高知が若かったころ』の時は高知新聞学芸部次長として担当し、編集委員となった後も『過ぎし日の映え』を担当してくれている。天野さんの支援なしには、就筆の意欲の衰えた私は続けるのが難しい。

また一冊の本にまとめて出版していただいたのは、講談社の菅家洋也さんである。天野さん、菅家さん、そして高知新聞社に心から感謝する。

故郷の伝統ある高知新聞に連載できることは、とても嬉しい。私と同じように老いて生き残っている方には、近況を伝える語りである。若い世代には、戦後の焼野原に育ち、四国山脈の山行で思索することを憶えた少年が、札幌での学生生活をへて専門家となり、やがて専門家を否定して唯《ただ》の人になっていくとはどういうことか、ひとつの生の物語を伝えることになろう。連載は高知在住の方にしか読んでいただけなかったので、一冊の本にまとめることによって、他の地方に生まれ育った方がどのように読まれるか、著者として対話を待っている。

２０２０年2月10日
小雪まう岩倉の里で

【著者略歴】

野田正彰（のだ・まさあき）

1944年生まれ。高知市出身。土佐高、北海道大学医学部卒業後、長浜赤十字病院精神科部長、神戸市外大教授、ウィーン大学招聘教授、関西学院大学教授などを歴任。パプア・ニューギニア高地、ロシア、リビアなど文化変容の研究を重ねた。『コンピュータ新人類の研究』（文藝春秋）で大宅壮一ノンフィクション賞。『喪の途上にて』（岩波書店）で講談社ノンフィクション賞。『戦争と罪責』（同）や『虜囚の記憶』（みすず書房）など著書多数。

社会《しゃかい》と精神《せいしん》のゆらぎから

2020年3月27日　第1刷発行

著者——野田正彰《のだまさあき》

発行者——渡瀬昌彦　発行所——株式会社 講談社
東京都文京区音羽二丁目一二番二一号　郵便番号 一一二—八〇〇一
電話　編集 〇三—五三九五—四〇二一
販売 〇三—五三九五—三六二五
業務 〇三—五三九五—三六一五

印刷所——株式会社 新藤慶昌堂　製本所——株式会社 国宝社

ISBN978-4-06-519453-9